STEVE PARKER

So funktioniert mein Körper

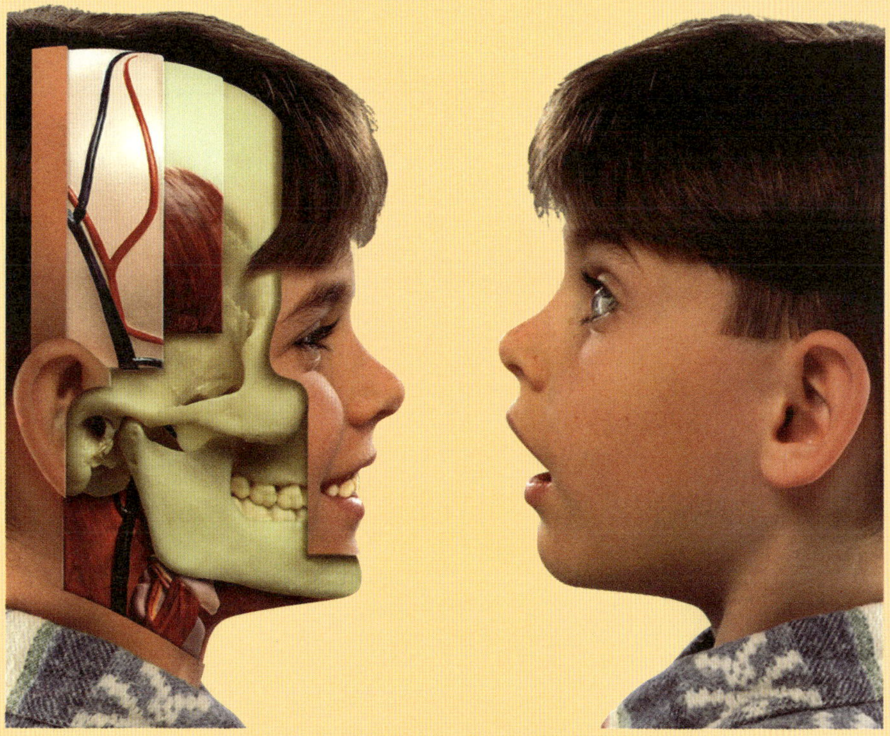

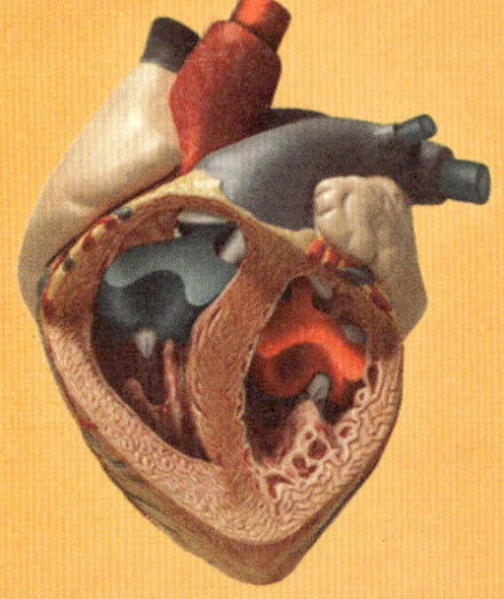

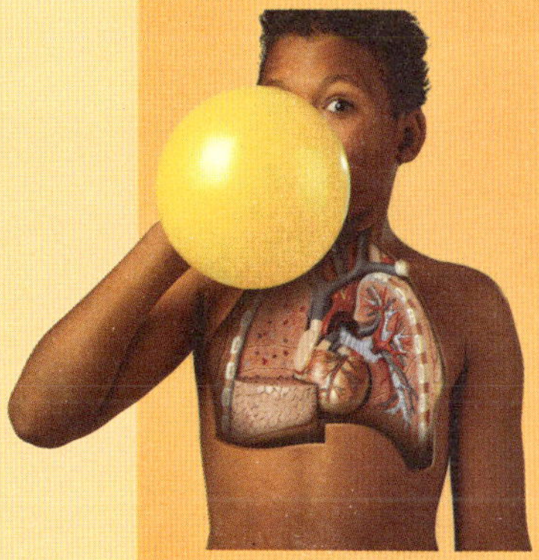

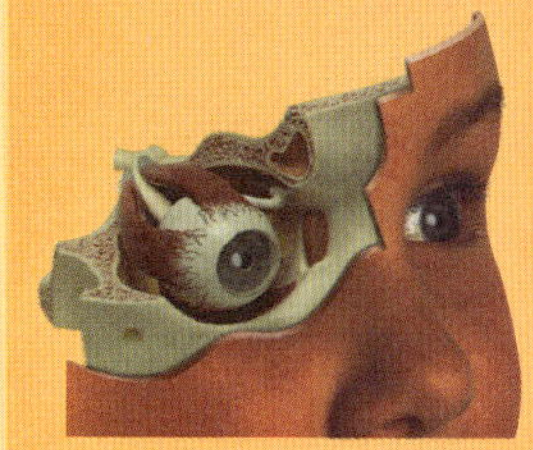

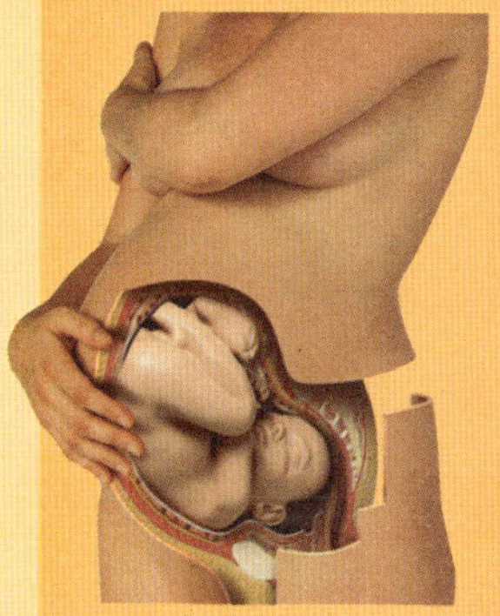

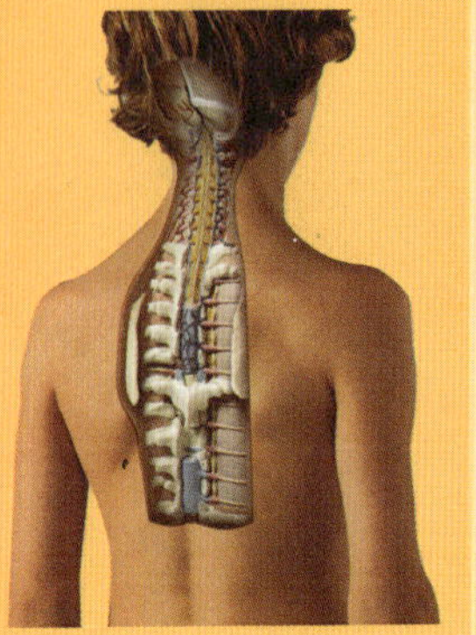

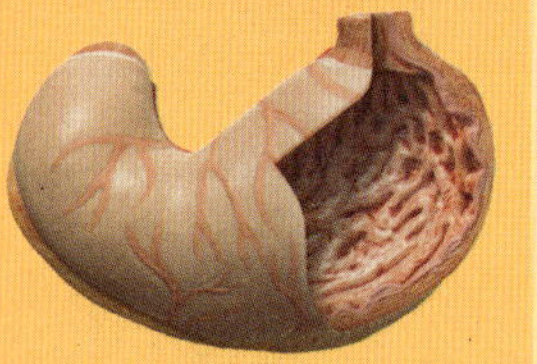

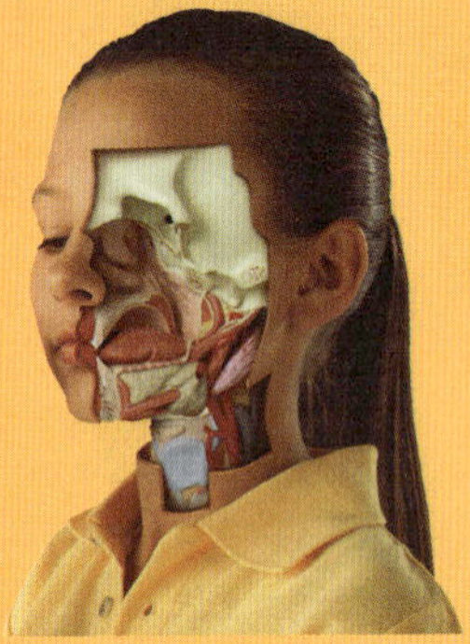

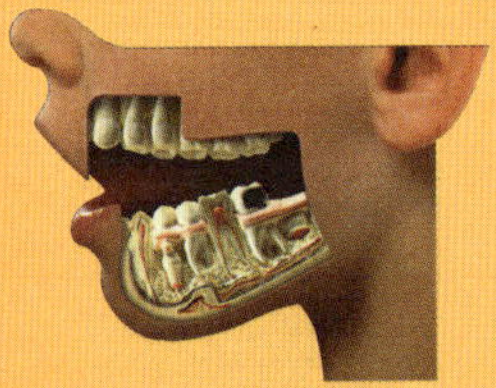

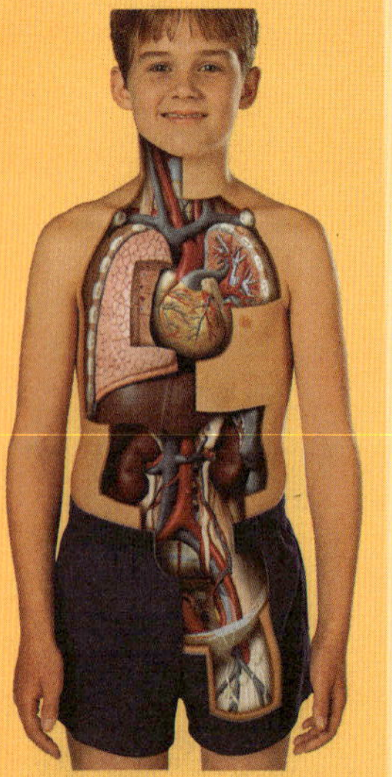

Covergestaltung: Beate Dorfinger
Printed in Dubai

STEVE PARKER

So funktioniert mein Körper

Eine faszinierende Reise ins Innere des Menschen

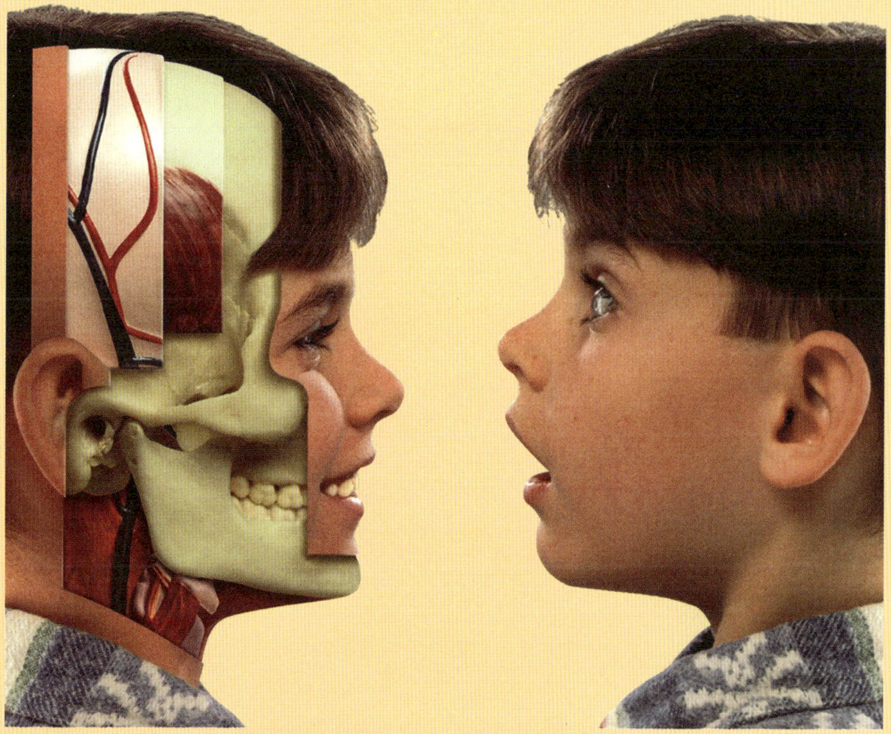

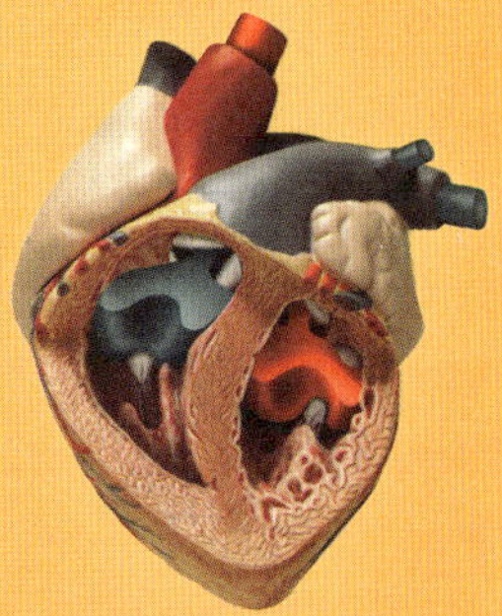

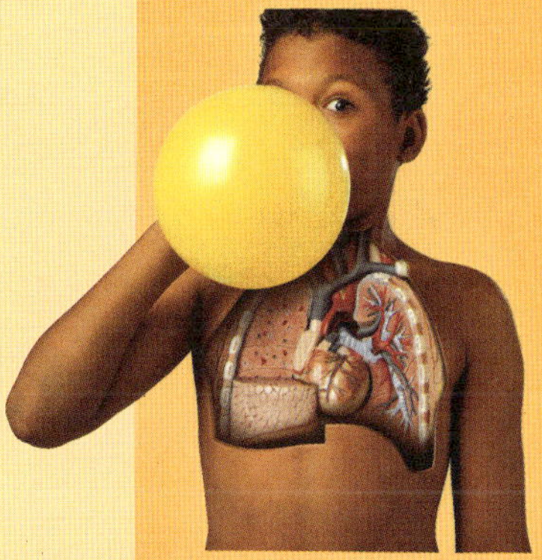

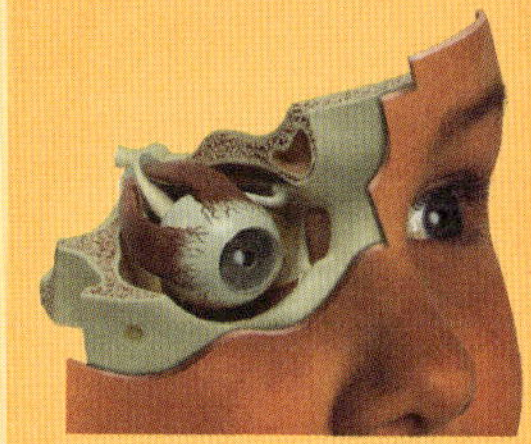

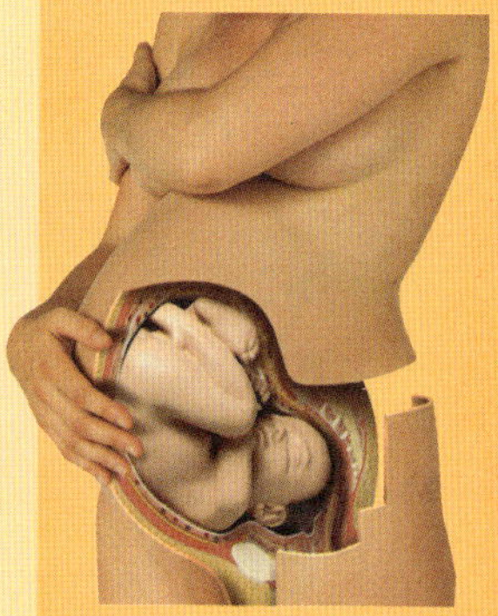

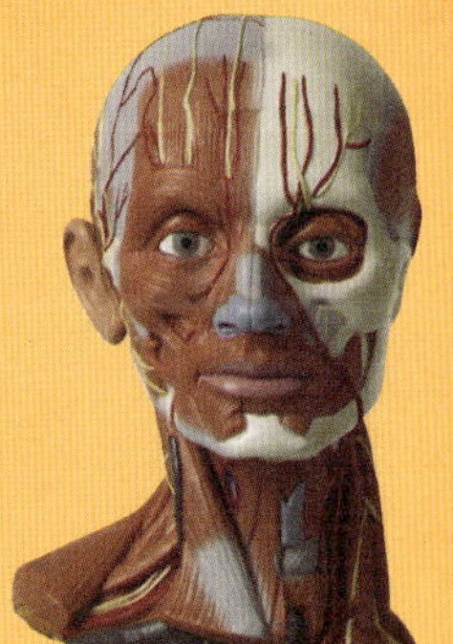

Fachmännische Beratung: Dr. Tim Wootton

tosa

Inhalt

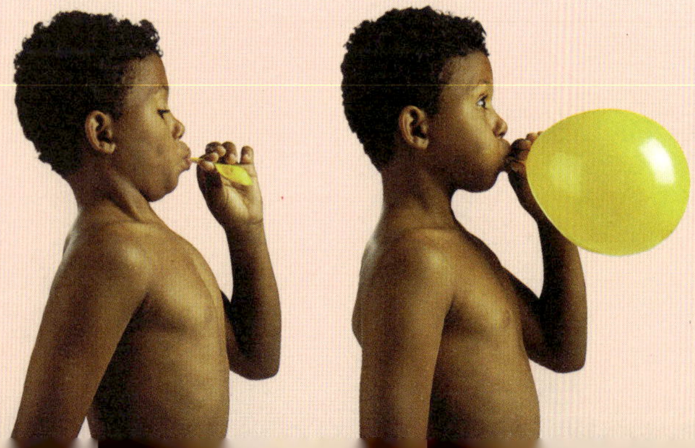

5

Die Sinne 84

6

Kontrollzentrum 98

7

Fortpflanzung 110

Einleitung

Wir bewundern die komplizierten Maschinen unserer modernen Welt. Wir leben im Raumzeitalter und sind von Technologie besessen. Aber die wunderbarste Maschine im Universum ist jetzt gerade bei dir. Wahrscheinlich ist sie für dich schon so selbstverständlich, dass du dir kaum einmal Zeit nimmst, um hineinzublicken und zu sehen, wie sie funktioniert.

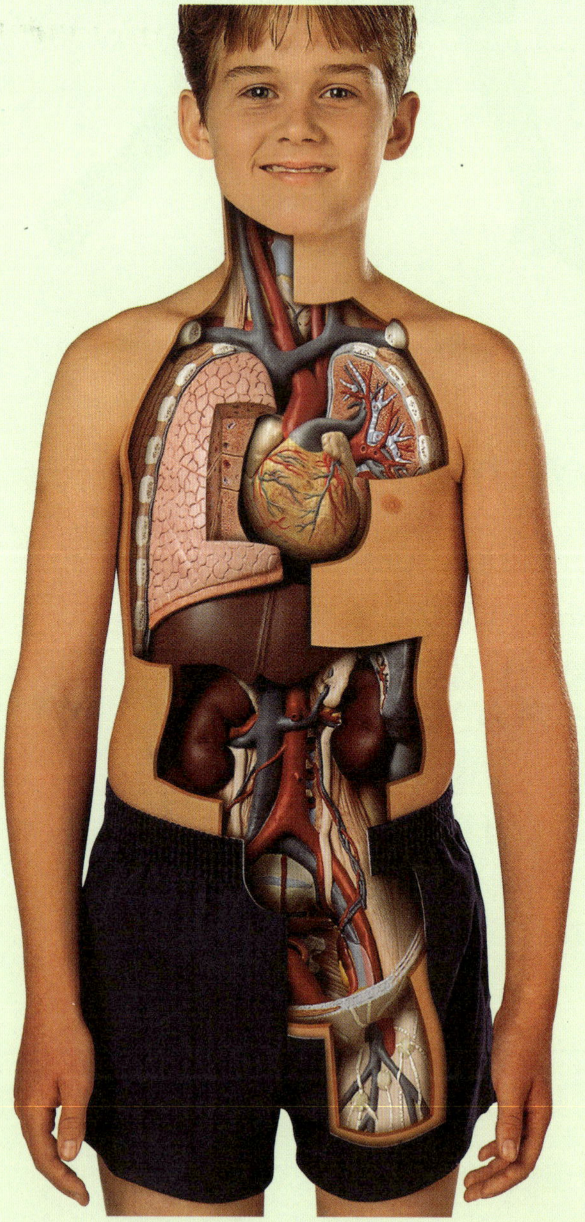

Im Rumpf oder Truncus befinden sich dutzende verschiedene Organe.

Eine biologische Maschine

Diese Maschine ist natürlich der menschliche Körper. Sein Grundaufbau ist bereits mehrere tausend Jahre alt, obwohl deine eigene Version wahrscheinlich um einiges jünger ist. Wie lässt sich nun dieser Körper mit den neuesten hochentwickelten Maschinen vergleichen?

Der menschliche Körper ist kein mechanisches, sondern ein biologisches Gerät. Seine Struktur und Funktionen sind unglaublich kompliziert. Er besteht aus dutzenden großer Teile, die wir Organe nennen. Jedes davon hat seine eigenen Aufgaben. Diese Organe setzen sich aus hunderten von Geweben zusammen, die wiederum aus Billionen mikroskopisch kleiner Zellen bestehen, die tausende verschiedene Tätigkeiten verrichten. Sie alle arbeiten für dein Wohl zusammen. All das verbirgt sich hinter einer biegsamen Hülle aus Haut, sodass wir kaum einmal hineinschauen können.

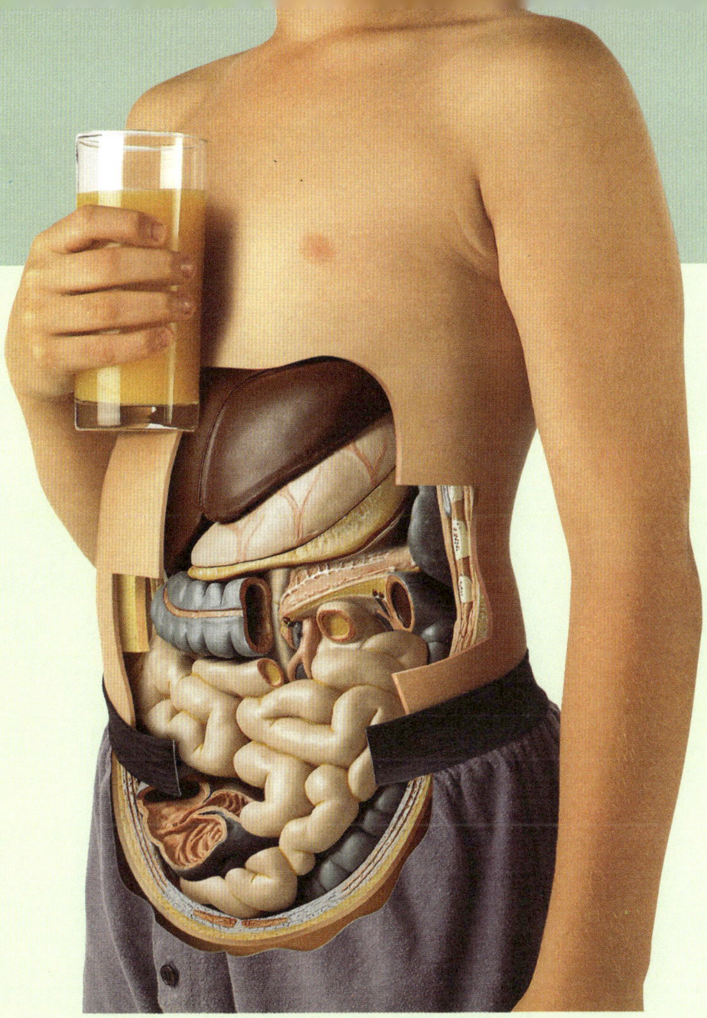

Im Bauch oder Abdomen wird das Essen verdaut.

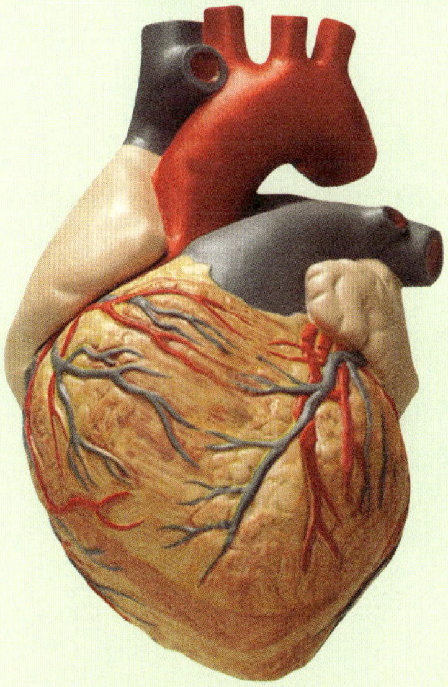

Keine mechanische Pumpe ist so wirkungsvoll und langlebig wie das Herz.

Eine lebende Maschine

Die menschliche Maschine hat alle Eigenschaften tierischen Lebens. Sie ist ein atmendes, essendes, sich bewegendes Wesen und kommuniziert mit ihren Mitmenschen durch Laute, Zeichen und Gesten. Ihr Körper wächst und entwickelt sich mehr oder weniger von selbst, gemäß einem vorgezeichneten „Entwurf“, den Genen. Die wichtigsten Bestandteile reparieren sich über Jahrzehnte hinweg von selbst und haben dadurch eine längere Lebensdauer als die meisten mechanischen Maschinen. Und menschliche Körper können mehrere ähnliche menschliche Körper produzieren, indem sie sich fortpflanzen.

Fortsetzung auf der nächsten Seite

Fortsetzung der Einleitung

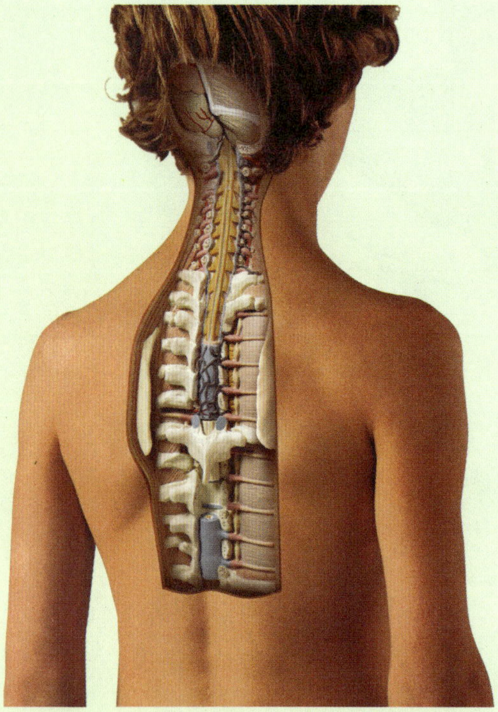

Die Wirbelsäule ist die wichtigste Stütze des Körpers. Sie ist stabil, aber dennoch biegsam.

Eine denkende Maschine

Die vielleicht wunderbarste Eigenschaft des Menschen ist, dass er auch denken kann. Er hat Gedanken und Gefühle, Wünsche und Bedürfnisse. Er kann lernen, Entscheidungen treffen, Freude und Schmerz empfinden. All diese Tätigkeiten spielen sich in seinem Kontrollzentrum ab, einem kokosnussgroßen, faltigen, grauen Klumpen in seinem Kopf, dem Gehirn.

Eine fragende Maschine

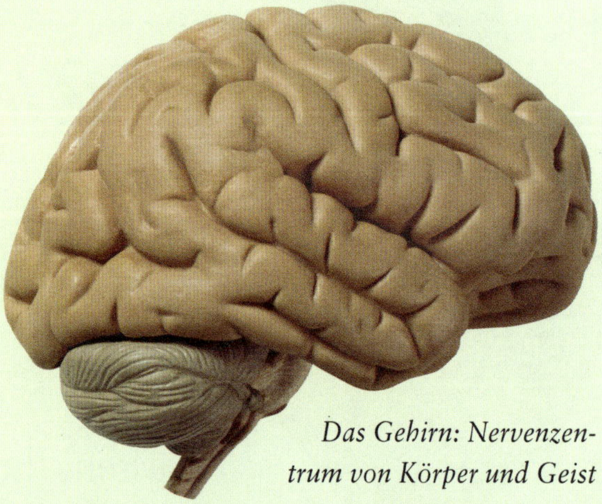

Das Gehirn: Nervenzentrum von Körper und Geist

Dieses Buch betrachtet den menschlichen Körper von verschiedenen Seiten. Dabei benutzen wir Forschungsergebnisse, die mithilfe modernster Geräte gewonnen wurden. Weshalb hat der Körper genau diese Form und Größe? Wie ist er aufgebaut und weshalb? Was befindet sich unter der Haut? Was passiert mit der Luft, dem Essen und den Getränken, die unser Körper aufnimmt? Was kommt davon wieder heraus? Wie entwickelt sich aus einem stecknadelkopfgroßen Embryo unser Körper? Und wie wird diese unglaubliche Maschine gesteuert? Die Antworten auf diese Fragen werden uns alle faszinieren.

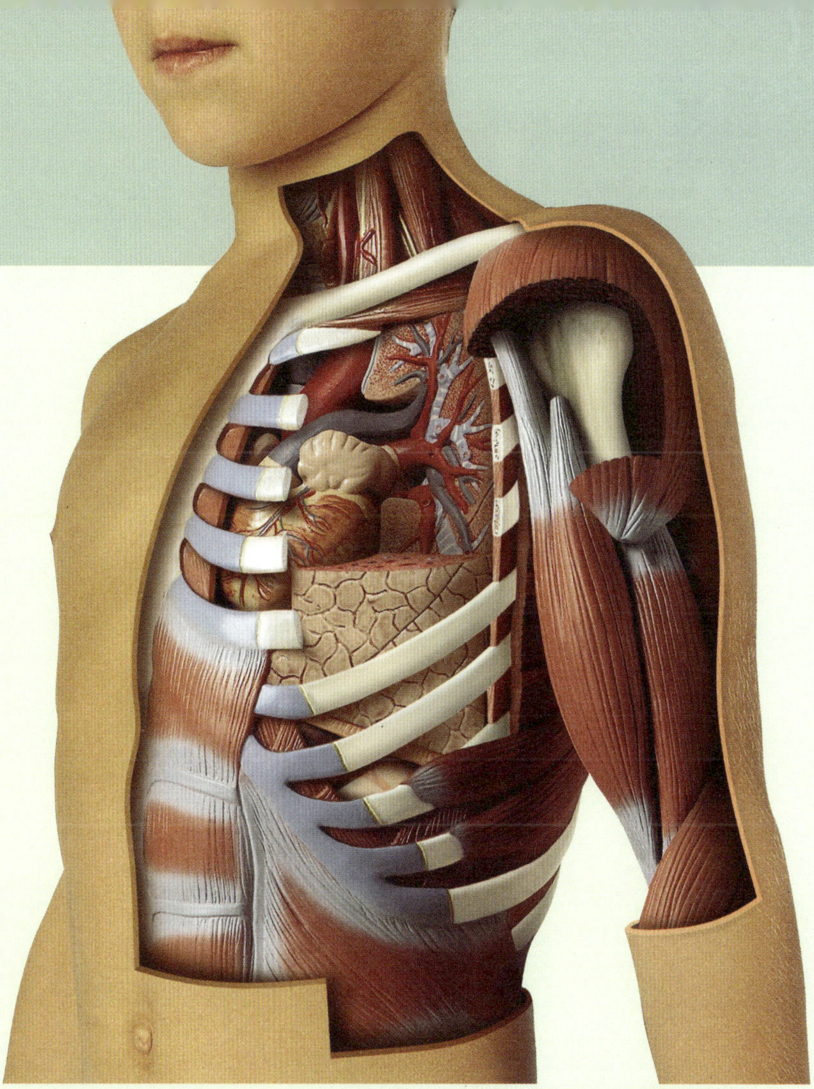

Die Bilder in diesem Buch

Die einzigartigen Abbildungen in diesem Buch sind mittels der neuesten Computer-Paintbox-Technologien entwickelt worden. Dabei wurden Photographien von wirklichen Menschen verwendet und mit anatomischen Modellen und Computerbildern kombiniert.

Verschiedene Schichten werden mithilfe des Computers übereinander gelegt und ermöglichen so faszinierende Einblicke.

Die Modelle zeigen das Innere des Körpers, angefangen von großen Organen wie etwa Herz oder Leber, bis hin zu mikroskopisch kleinen Zellen und deren Innenleben. Die Computertechnologie ermöglicht es uns, scharfe, dreidimensionale Bilder vom Körperinneren zu sehen, und all das, ohne auch nur einen einzigen Tropfen Blut zu vergießen.

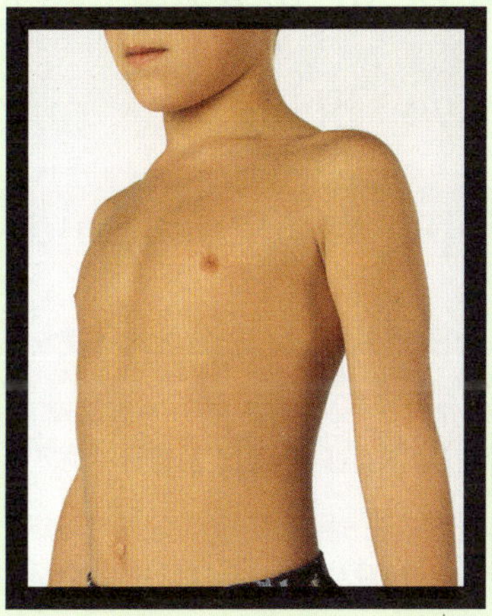

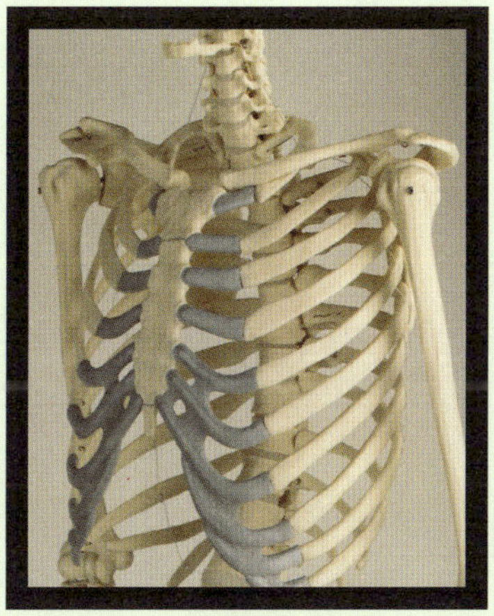

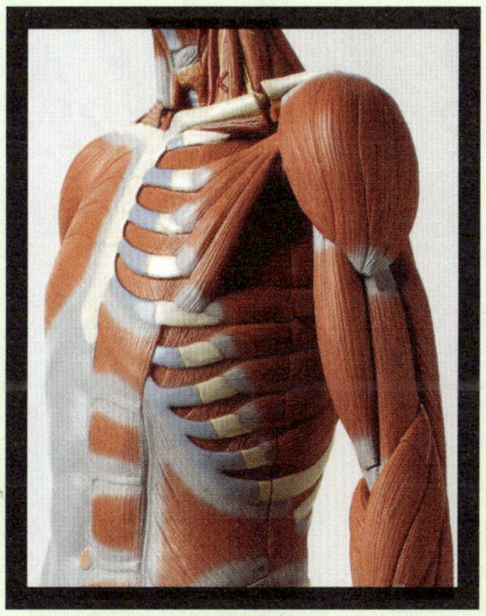

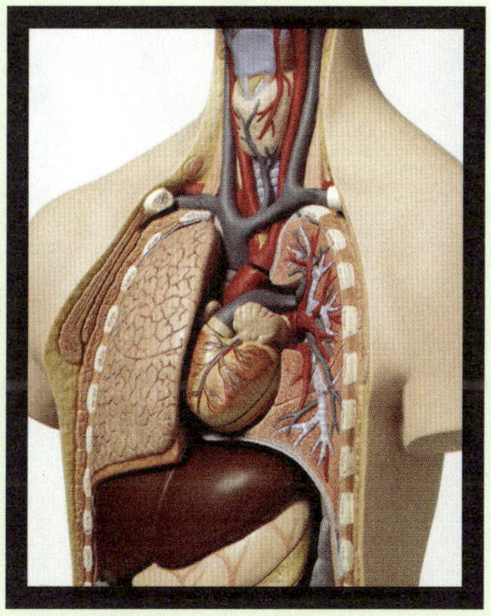

Kapitel 1

Form und Struktur

WENN DU DAS NÄCHSTE MAL in den Spiegel schaust, nimm dir ein paar Augenblicke Zeit. Stell dir vor, du bist ein Außerirdischer und siehst zum ersten Mal einen Menschen. Welche sind die wichtigsten Merkmale? Der Großteil des Körpers ist mit Haut bedeckt. Hie und da gibt es ein paar Öffnungen, wie etwa Augen, Nasenlöcher oder Mund. Weiters sieht man zwei Arme und zwei Beine, die mit dem Rumpf verbunden sind. Die meisten der Sinnesorgane, mit denen wir sehen, hören, schmecken

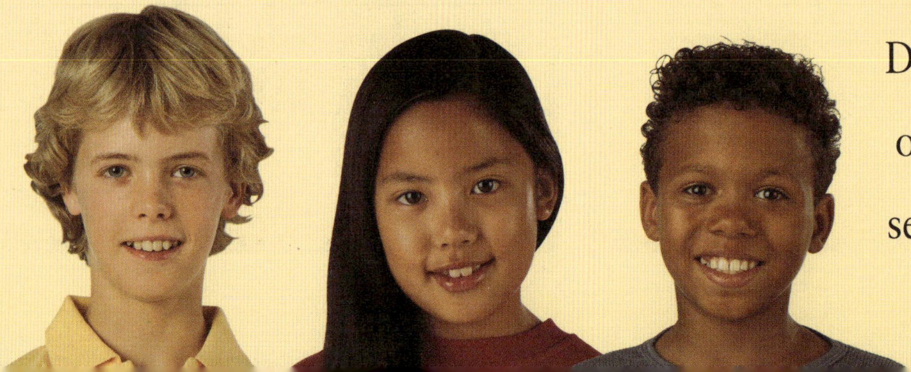

und riechen, befinden sich in der großen oberen Kugel mit pelzigem Deckel, dem Kopf mit den Haaren.

Wenn du dich umsiehst, wirst du viele andere menschliche Körper sehen. Sie haben unterschiedliche Farben, von fast Weiß über Rosa, Hellbraun, Dunkelbraun bis hin zu fast Schwarz. Es gibt große und kleine, breite und schmälere Körper. Das kommt zum Teil daher, dass die einen älter sind und die anderen jünger. Der Körper wächst und verändert sich das ganze Leben lang. Aber dennoch bestehen wir alle aus den gleichen Grundbausteinen. Wenn der Außerirdische durch unsere Haut schauen könnte, würde er feststellen, dass wir im Inneren fast gleich sind.

Grundmerkmale

UNSERE GRUNDLEGENDEN KÖRPERMERKMALE sind so offensichtlich, dass wir ihnen kaum Beachtung schenken. Es ist selbstverständlich, dass wir zwei Augen, zwei Ohren, zwei Arme und zwei Beine haben. Aber ist das wirklich so selbstverständlich? Viele Tiere haben vier Beine, manche sogar zehn oder mehr. Manche tragen Fühler auf den Köpfen, einige haben einen Schwanz. Die Antwort auf die Frage, weshalb wir so aussehen, wie wir aussehen, liegt Millionen von Jahren zurück in unserer Entstehungsgeschichte. Die meisten Wissenschafter stimmen darin überein, dass die Menschen, genauso wie andere Lebewesen, Pilze, Eichenbäume und Giraffen, durch einen Evolutionsprozess gegangen sind. Das bedeutet, dass sie sich über viele Generationen hinweg verändert haben. Die Evolution hat den menschlichen Körper so gestaltet, dass er die Anforderungen der Natur erfüllen kann, etwa sich fortbewegen, Nahrung finden und in der Wildnis überleben.

Eine Familie

Bei unseren Mitmenschen erkennen wir unterschiedliche Gesichtszüge, Frisuren und Kleider. Aber diese Unterschiede sind verschwindend klein gegenüber den vielen Gemeinsamkeiten. Alle haben zwei Arme, zwei Beine und einen Kopf. Stell dir vor, hier gäbe es genauso viele Varianten wie bei Frisuren!

Wirbeltiere und Säugetiere

Die Menschen gehören zur Gruppe der Wirbeltiere. Zusammen mit den Fischen, Reptilien, Amphibien, Vögeln und Säugetieren. Sie alle haben in ihrem Inneren ein Skelett. Normalerweise besteht es aus Knochen, darunter auch einer Wirbelsäule. Innerhalb der Wirbeltiere gehören wir zur Gruppe der Säugetiere. Alle Säugetiere haben warmes Blut und ein Fell oder Haare. Die Muttertiere füttern ihre Jungen mit Milch aus den Milchdrüsen. Die meisten Säugetiere haben vier Gliedmaßen. Wir Menschen haben all diese Eigenschaften; deshalb sind wir Säugetiere.

Der menschliche König der Affen

Innerhalb der Säugetiere gehören wir zur Gruppe der Primaten. Dazu gehören auch Halbaffen und Affen. Sie gehen im Allgemeinen auf zwei Beinen, haben zwei große, nach vorne gerichtete Augen und Hände mit langen Fingern zum Greifen. Auch wir haben diese Eigenschaften. Unsere engsten Verwandten sind die Menschenaffen. Sie haben im Laufe der Evolution ihre Schwänze verloren. Aus diesem Grund haben auch wir keine Schwänze.

Die Grundform des menschlichen Körpers ist uns sehr vertraut. Wir sehen sie jeden Tag im Spiegel. Dadurch vergessen wir leicht, dass er sich über Jahrmillionen entwickelt hat.

Menschen finden sich in allen Teilen des Planeten. Kein anderes großes Lebewesen hat sich so erfolgreich entwickelt und ist so weit verbreitet.

Gott sei Dank, denn ansonsten wäre es sehr umständlich, in die Jeans zu schlüpfen.

Langsame Veränderungen

Vor ungefähr 5–10 Millionen Jahren sahen unsere Vorfahren wahrscheinlich aus wie Schimpansen. Wir wissen das von fossilen Knochen und Zähnen, die man in Afrika, Asien und Europa gefunden hat. Der Körper wurde größer, der Gang aufrecht und die „Vorderbeine“ entwickelten sich zu Armen. Das Gehirn und der Hinterkopf wurden größer, das Gesicht und die Kiefer im Verhältnis dazu kleiner. Die dichte Körperbehaarung fiel aus. Vor etwa 100 000 Jahren war dann der Mensch voll entwickelt. In seinem Körper finden sich Spuren seiner Vergangenheit – Wirbeltier, Säugetier, Primat und Menschenaffe.

So unterschiedlich sind Säugetiere

Diese Wesen sehen sehr unterschiedlich aus, aber sie alle sind Säugetiere. Alle haben eine Wirbelsäule, warmes Blut, Fell oder Haar, und die Weibchen haben Milchdrüsen, die Nahrung für ihre Jungen produzieren. Über Millionen Jahre der Evolution sind einige dieser Merkmale verschwunden oder abgeändert worden. Die Haut des Delfins ist heute fast völlig glatt. Das Känguru hat ein Fell. Das Fell des Gürteltieres wird von einem Knochenpanzer bedeckt. In ihrem Inneren sind sie aber alle Säugetiere.

Wusstest du, ...

... DASS DER MENSCH FOLGENDERMASSEN ZUGEORDNET WIRD:

- **KÖNIGREICH:** TIERE
- **STAMM:** CHORDATA
- **UNTERSTAMM:** WIRBELTIERE
- **KLASSE:** SÄUGETIERE
- **ORDNUNG:** PRIMATEN – HALBAFFEN, AFFEN UND MENSCHENAFFEN
- **FAMILIE:** HOMINIDE – MENSCHEN UND IHRE ENGEN VERWANDTEN, OBWOHL MIT EINER AUSNAHME ALLE AUSGESTORBEN SIND
- **GATTUNG:** HOMO „MENSCH“
- **SPEZIES:** HOMO SAPIENS, „WEISER MENSCH“. ALLE MENSCHEN AUF DER ERDE GEHÖREN ZU DIESER GRUPPE. ES HEISST NICHT „RASSE MENSCH“, SONDERN „SPEZIES MENSCH“.

Größe und Form

WER HAT DEN KLEINSTEN KÖRPER? Manche Erwachsene sind kleiner als andere. Aber Babys sind noch viel kleiner. Es gibt zwei Hauptgründe für diese Unterschiede. Der eine ist das Alter. Je älter wir werden, desto größer werden wir. Wir wachsen nicht immer gleich schnell. Am schnellsten wachsen wir vor unserer Geburt, im Mutterleib. Babys werden auch rasch größer, dann bremst sich das Wachstum ein. Während der Pubertät beschleunigt es sich wieder. Mit 18–20 Jahren haben die meisten Menschen ihre volle Größe erreicht und hören auf zu wachsen.

Der zweite Hauptgrund für die Größenunterschiede liegt in den Genen. Die Gene sind unser „Bauplan", eine komplizierte Anleitung für den Aufbau und die Funktion eines Körpers. (Gene werden noch ausführlicher auf Seite 122 beschrieben). Ein Baby bekommt zwei Gensätze mit, einen von jedem Elternteil. Diese Gene kontrollieren alle Körperprozesse, darunter auch das Wachstum, und haben große Auswirkungen auf die Körpergröße. Die Erbinformation wird weitergegeben, das heißt, dass große Eltern wahrscheinlich große Kinder haben. Das muss aber nicht unbedingt so sein.

Eine neue Form

Wenn ein Baby heranwächst, verändern sich die Proportionen des Körpers. Im Vergleich zur Gesamtgröße wird der Kopf kleiner, wogegen die Gliedmaßen, speziell die Beine, länger werden. Man sieht das sehr deutlich an diesen Bildern, auf denen wir den Körpern alle dieselbe Größe gegeben haben.

Fett und Muskeln – ein gewichtiger Punkt

Größe beinhaltet auch Breite und Gewicht. Die Gene kontrollieren, ob jemand lange Knochen hat. Daraus ergeben sich dann Merkmale wie breite Schultern oder ein kräftiger Brustkorb. Die Körperform kann aber weit stärker von Fett und Muskulatur beeinflusst werden. Wenn du zu viel isst, bildet sich Fett, vor allem an Bauch und Hüften. Wenn du viel Sport treibst, wölbt sich der Körper dort auf, wo die Muskeln direkt unter der Haut sitzen, zum Beispiel in den Schultern, dem oberen Brustbereich, den Unterarmen, Schenkeln und Waden. Du kannst zwar an deiner Größe nicht viel ändern, aber du hast

Gesichter

Wenn wir jemanden ansehen, konzentrieren wir uns normalerweise auf das Gesicht. Es hilft uns dabei, Menschen zu erkennen, ihre Mimik zeigt uns, ob sie glücklich oder traurig sind. Unsere Merkmale haben wir geerbt, über unsere Gene; deshalb ähneln wir unseren Eltern. Die Hautfarbe ist teilweise vererbt, teilweise dadurch bestimmt, wie oft wir unsere Haut dem Sonnenlicht aussetzen (siehe Seite 26).

starken Einfluss auf Form und Gewicht.

3 Monate | 3 ¾ Jahre | 9 Jahre | Erwachsener

Geschlechtsunterschiede

Auch das Geschlecht beeinflusst Größe und Form des Körpers wesentlich. Bei Kindern unter 9 oder 10 Jahren gibt es noch kaum Unterschiede. Aber mit zunehmendem Alter werden Burschen üblicherweise größer und schwerer als Mädchen. Männer haben auch im Allgemeinen eine eher kantige Körperform mit breiten Schultern, wogegen Frauen runder gebaut sind und breitere Hüften haben.

Wir dürfen nicht vergessen, dass es auch hier Abweichungen gibt, zum Beispiel Millionen von Frauen, die größer sind als Männer. Gesündere Lebensbedingungen haben in einigen Ländern dazu geführt, dass dort die Kinder heute um bis zu fünf Zentimeter größer sind als Kinder desselben Alters, die vor 50 Jahren gelebt haben. Der Begriff „normal“ ist sehr weit gefasst. Aber diese Unterschiede machen den Körper ja erst so faszinierend!

Körperchemie

Bewegung hält den Körper warm.

JEDES DING IM UNIVERSUM, vom Sandkorn bis zum Planeten, besteht aus Atomen. Es gibt unsagbar viele von ihnen. In einem Tropfen Wasser zum Beispiel befinden sich über 100 Billionen Billionen Atome! Aber es gibt nur etwa 100 verschiedene Atome. Man nennt sie chemische Elemente. Dazu gehören Wasserstoff, Sauerstoff, Eisen, Schwefel oder Chlor.

Auch der menschliche Körper besteht aus chemischen Elementen. Wenn du ihn in einem chemischen Labor genau untersuchen könntest, würdest du sehen, dass er aus etwa 20 wichtigen Elementen zusammengesetzt ist. Etwa 99 % des Körpers bestehen aus nur sechs Elementen, nämlich Sauerstoff, Kohlenstoff, Wasserstoff, Stickstoff, Kalzium und Phosphor. Die restlichen Elemente nennt man Spurenelemente, das bedeutet, dass sie nur in ganz kleinen Mengen vorkommen.

Die richtige Mischung aus Molekülen und Elementen

Wenn man Elemente zu Molekülen zusammensetzt, so haben die Moleküle andere Eigenschaften als die Elemente. Wasserstoff und Sauerstoff, zum Beispiel, sind unsichtbare Gase. Wenn man jedoch zwei Atome Wasserstoff und ein Atom Sauerstoff zusammensetzt, so erhält man H_2O, Wasser, eine durchsichtige Flüssigkeit. Zwei Drittel deines Körpergewichts sind Wasser, bei einem durchschnittlichen Erwachsenen sind das 37 Liter. Stell dir einmal 37 Einliterflaschen Mineralwasser vor. Das ergibt einen ziemlich nassen Körper!

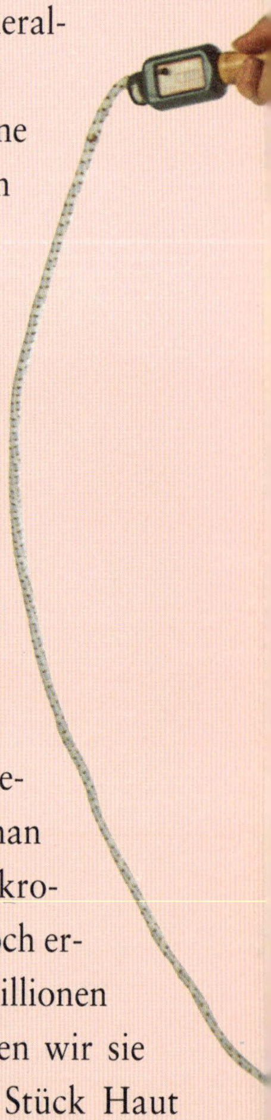

Diese Elemente und Moleküle schwirren nicht einfach herum. Wenn sie das täten, wäre der Körper eine schlammige chemische Suppe von Zutaten, die unabhängig voneinander herumtreiben. Der Schlüssel zum menschlichen Körper liegt darin, wie diese chemischen Zutaten miteinander verbunden sind. Manche dieser Moleküle sind sehr klein, wie etwa der Zucker im Blut, der uns Energie zuführt. Andere sind riesig und bestehen aus hunderten oder tausenden von Atomen, zum Beispiel die Proteine, die die Haut, Muskeln und Knochen bilden. Aber sogar diese Riesenmoleküle kann man nicht sehen. Die besten Mikroskope können sie gerade noch erkennen. Nur wenn sich Millionen zusammenschließen, können wir sie erkennen und sie als ein Stück Haut oder ein Haar identifizieren.

Reich und Arm

Für die meisten Menschen in reichen Ländern ist es kein Problem, ihrem Körper die notwendigen Elemente zuzuführen. Sie haben genug zu essen. Zu große Mengen bestimmter Nahrungsmittel sind aber nicht gesund, denn wenn man sich falsch ernährt, entstehen Probleme für den Körper. Die Menschen in ärmeren Ländern haben normalerweise nicht so viel Auswahl und bekommen manchmal zu wenig Nahrung, um gesund zu bleiben. Manche haben sogar zu wenig, um zu überleben.

Der Nachschub an Elementen

Dieselben chemischen Stoffe bleiben nicht ein Leben lang im Körper. Der Körper wächst und repariert sich, und so kommt es zu einem ständigen Kommen und Gehen bei Atomen und Molekülen. Wir beziehen unseren chemischen Nachschub aus der Nahrung.

Die Geschwindigkeit, mit der die Substanzen verarbeitet werden, ist von Element zu Element verschieden. Manche bleiben über Jahre im Körper, zum Beispiel die Minerale Kalzium und Phosphor, die deine Knochen kräftigen. Andere verschwinden nach ein paar Tagen, wie etwa Natrium und Kalium, das wir für gesunde Nerven brauchen. Ärzte messen die Menge und die Geschwindigkeit, mit der die Elemente verarbeitet werden. So kann man oft feststellen, ob der Körper gesund ist. Manchmal genügt es schon, die Chemikalien durch gesündere Nahrung oder Medikamente zu ersetzen, um eine Krankheit zu heilen.

Die Körperzutaten

Chemisches Element	Anteil am Gesamtgewicht (%)	Gramm im Erwachsenenkörper
SAUERSTOFF	65,0	39.000
KOHLENSTOFF	18,5	11.100
WASSERSTOFF	9,5	5.700
STICKSTOFF	3,2	1.920
KALZIUM	1,5	900
PHOSPHOR	1,0	600
KALIUM	0,4	240
SCHWEFEL	0,3	180
CHLOR	0,2	120
NATRIUM	0,2	120
MAGNESIUM	0,1	60

Andere wichtige Elemente:
Jod, Eisen, Kobalt, Kupfer, Fluor, Mangan, Zink, Silizium

Winzige Spuren von:
Vanadium, Chrom, Selen

Wusstest du, ...

➤ ... DASS DIE ZAHL AN ATOMEN UND MOLEKÜLEN IM KÖRPER SCHIER UNVORSTELLBAR IST?

➤ ... DASS SICH DAS MOLEKÜL HÄMOGLOBIN IN DEN MIKROSKOPISCH KLEINEN ROTEN BLUTKÖRPERCHEN BEFINDET? ES TRANSPORTIERT SAUERSTOFF VON DEN LUNGEN ZU DEN KÖRPERGEWEBEN UND GIBT DEM BLUT SEINE ROTE FARBE. ES IST EIN GROSSES MOLEKÜL UND BESTEHT AUS TAUSENDEN VON ATOMEN.

➤ ... DASS SICH IN JEDEM KLEINEN TROPFEN BLUT FÜNF MILLIONEN ROTE BLUTKÖRPERCHEN BEFINDEN?

➤ ... UND DASS JEDES DIESER BLUTKÖRPERCHEN UNGEFÄHR 270 MILLIONEN HÄMOGLOBIN-MOLEKÜLE ENTHÄLT!

Kleiner und kleiner

LANGSAM ROLLT DAS FLUGZEUG ZUR STARTBAHN. Plötzlich beginnen seine Maschinen zu husten und zu stottern. Die Warnlichter blinken und die Maschine kehrt in den Hangar zurück. Wo liegt das Problem? Ein moderner Jumbojet hat vier Millionen verschiedene Bestandteile. Ein erfahrener Techniker überprüft zuerst die Hauptsysteme, wie etwa die Elektronik, die Hydraulik und den Treibstoff. Nach und nach wird das Problem lokalisiert, das Flugzeug ist im Handumdrehen repariert, überprüft und bereit zum Start.

Der menschliche Körper ist weit komplizierter. Aber er ist auf ähnliche Weise aufgebaut, wodurch wir seine Arbeitsweise leichter verstehen können. Der Körper besteht aus ungefähr 12 Hauptsystemen. Dazu gehören das Verdauungssystem, das Kreislaufsystem, die Sinnesorgane und die Muskeln. Diese Systeme werden in den folgenden Kapiteln noch genau beschrieben.

Jedes System in unserem Körper hat verschiedene Bestandteile, die zusammenarbeiten. Beim Verdauungssystem zum Beispiel sind das der Mund mit den Zähnen, die Speiseröhre, der Magen und der Darm. Die wichtigsten Teile nennt man Organe. Jedes Organ besteht aus Geweben, die wiederum aus Zellen zusammengesetzt sind. Zellen sind die mikroskopisch kleinen Bausteine des Körpers. Mit Geweben und Zellen befassen wir uns noch genauer auf Seite 21.

Schau in dein Inneres

Von außen sieht man nur das größte Organ des Körpers, die Haut. Wenn man sie mithilfe der Computergrafik abschält, so findet man die Muskeln, die Bestandteile des Muskelsystems, das unsere Bewegungen ausführt. Zwischen und durch die Muskeln hindurch verlaufen die Leitungen jener zwei Systeme, die sich über den ganzen Körper verteilen: die fadenähnlichen Nerven des Nervensystems und die Röhren oder Gefäße des Kreislaufsystems, durch das das Blut transportiert wird. Wenn du noch tiefer hineingehst, so kommst du zu den Knochen des Skeletts, das dem Körper Form und Halt gibt. Die wichtigsten Knochen in dieser Abbildung sind die Rippen.

Weiter hinten befindet sich die Lunge, das Hauptorgan des Atemsystems, durch das Sauerstoff in den Körper gelangt. Zwischen den beiden Lungenflügeln ist das Herz eingebettet, die unermüdliche Pumpe des Kreislaufsystems. Der ganze Körper ist auf diese Weise aufgebaut, mit Organen und anderen Teilen, die eng aneinander liegen.

Das Innere

➤ Die größten Organe des Körpers sind die Haut auf der Außenseite und die Leber auf der Innenseite.

➤ Zu den kleinsten Organen gehören die Tastsensoren in der Haut und die Lymphknoten, die unseren Körper vor Eindringlingen und Krankheiten schützen (siehe Seite 80–81).

➤ Das wichtigste Organ ist das Gehirn; hier werden wir zu dem gemacht, was wir sind. Andere Organe sind nicht so wichtig; manche können sogar zeitweise durch Maschinen ersetzt werden, wie Herz oder Nieren.

Ein Blick hinein

Woher wissen wir all das? Schon seit je haben Chirurgen Menschen aufgeschnitten und versucht, sie damit zu heilen. Mediziner haben auch Leichen (und manchmal sogar lebendige Menschen) zerlegt, um zu sehen, wie es im Inneren aussieht. Unser Wissen über den Körper verbesserte sich im 17. Jahrhundert mit der Erfindung des Mikroskops. Zum ersten Mal konnten die Menschen zusehen, wie die Zellen wachsen, sich bewegen, sich teilen, absterben und durch neue Zellen ersetzt werden. Sie konnten auch Eindringlinge sehen und den Schaden, den diese im Körper anrichten können.

Heute können wir in den Körper hineinblicken, ohne ihn zu beschädigen. Ärzte haben eine Vielzahl an medizinischen Scannern und Bildsensoren, die sich verschiedene Strahlen und Wellen zu Nutze machen, etwa Radiowellen, Röntgenstrahlen oder Ultraschall; außerdem gibt es spezielle Kameras, die Bilder von Organen und Geweben liefern. Es gibt auch Abbildungen von ganzen „Cyberkörpern“, die in den Computern gespeichert sind. Mithilfe der modernen Elektronik und der virtuellen Realität kann man diese Körper aus allen Richtungen und Blickwinkeln betrachten.

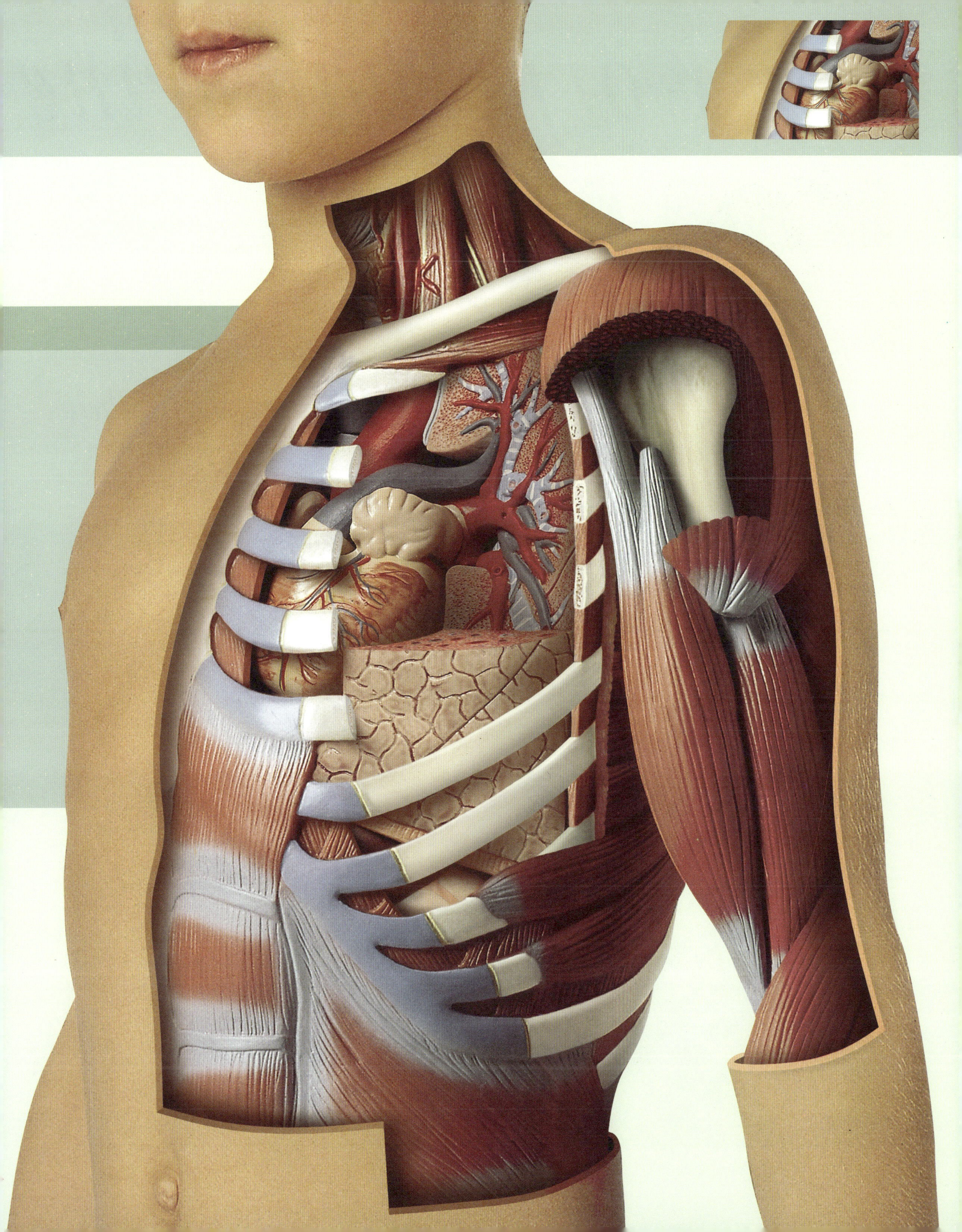

Die Körperbausteine

Das ist eine Knochenzelle. Rund um sich bildet sie harte Knochen.

ALLE LEBEWESEN BESTEHEN AUS ZELLEN. Manche haben nur eine einzige Zelle, wie etwa eine schwabbelige Amöbe. Der menschliche Körper besteht aus mehr als 50 Milliarden Zellen. Eine einzelne Körperzelle ist zu klein für unser Auge. Erst mit der Erfindung des Lichtmikroskops konnte der Mensch diese winzige Welt untersuchen. Die meisten Zellen im menschlichen Körper haben einen Durchmesser von 10–50 Mikrometer (µm). Das bedeutet, dass 40 solcher Zellen hintereinander einen Millimeter lang sind. Aber diese Reihe wäre nur eine Zelle breit und daher viel zu dünn, um erkannt zu werden! Die Zellen bestehen hauptsächlich aus Wasser und sind fast durchsichtig. Nur wenn mehrere Millionen von ihnen auf einem Haufen sind, können wir sie auch sehen.

Die Zellteile

Das ist eine typische Zelle. Nicht alle Zellen sehen so aus, es gibt noch andere Arten. Aber sie enthält alle wichtigen Bestandteile. Viele Zellen haben eine ganz andere Form; manche sind lang und dünn, andere flach und breit.

Zellen in unterschiedlichen Formen und Größen

Körperzellen gibt es in hunderten verschiedenen Formen und Größen. Die größte Zelle des Körpers ist die Eizelle, die von einer Samenzelle befruchtet werden kann und zu einem Baby heranwächst. Sie hat einen Durchmesser von ungefähr 100 Mikrometern. Zu den kleinsten Zellen gehören die roten Blutkörperchen, mit einem Durchmesser von nur 7 Mikrometern.

Zellen schließen sich mit Zellen derselben Art zusammen und bilden so Gewebe. Viele Muskelzellen ergeben Muskelgewebe. Verschiedene Gewebe formen die Organe. Die Organe arbeiten als Systeme zusammen. Und die Systeme halten den ganzen Körper am Leben.

Die komplexe Struktur der Zellen

Jede Zelle hat eine komplizierte Anordnung innerer Strukturen, die durch Membranen voneinander abgetrennt werden. In derselben Weise wie der Körper aus Organen besteht, besteht eine Zelle aus Organellen. Die Membranen unterteilen eine Zelle in hunderte von verschiedenen Abteilen und Kammern.

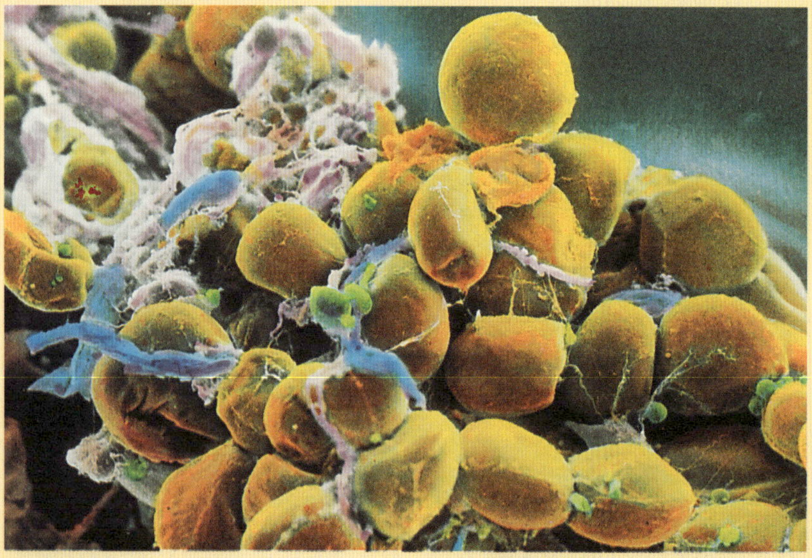

Das sind Fettzellen oder Adipozyten. Sie speichern Energie und Nahrung.

Die Membran auf der Außenseite ist wie eine Haut. Im Inneren gibt es dutzende weitere Membranen, die die Organellen bilden. Manche sind ausgebreitet. Andere sind eingerollt und gekrümmt und trennen so die verschiedenen Räume ab. Wieder andere haben die Form von Bällen, in denen es Speicherraum für nützliche Chemikalien oder für Müll gibt. Die Chemikalien in den Zellen dringen durch Membran-„Türen“ zwischen den Organellen ein. Sie kommen auch durch Löcher oder Poren in der Hauptmembran in die Zelle hinein und wieder hinaus.

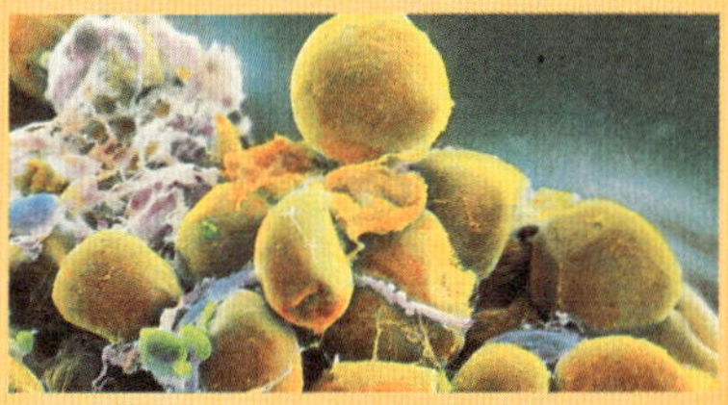

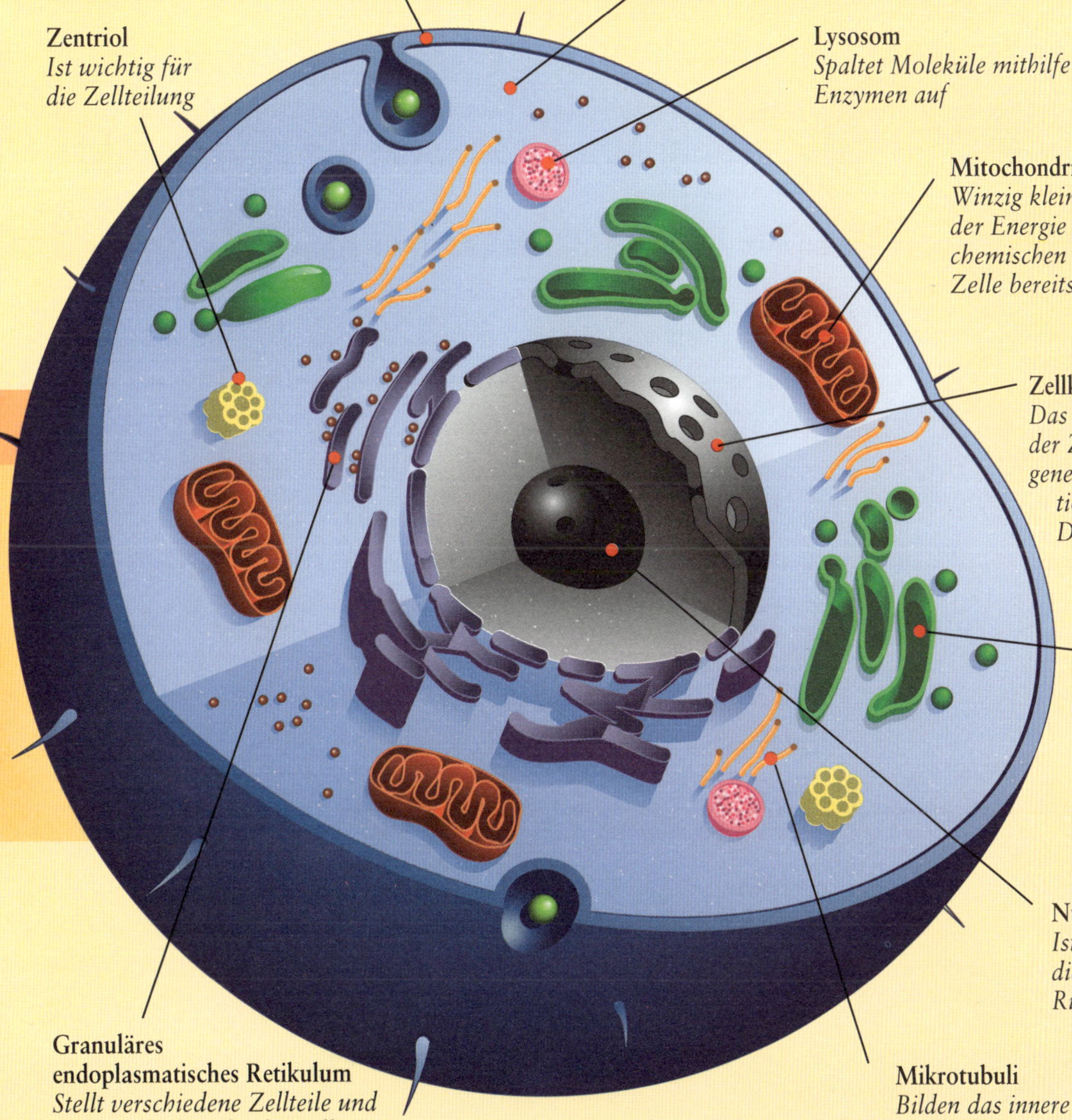

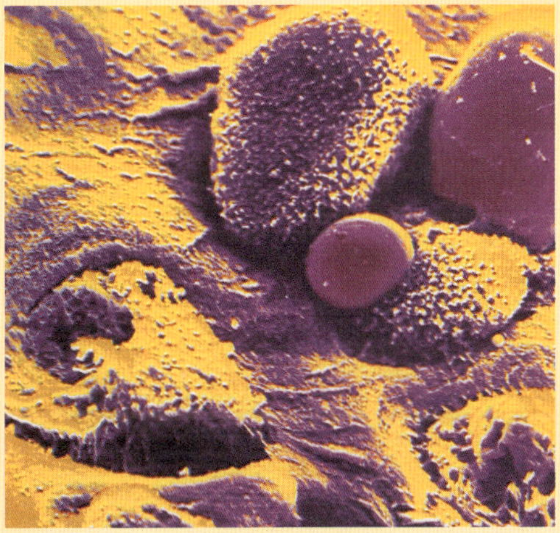

Diese Knorpelzellen oder Chondrozyten bilden feste Knorpelringe in der Luftröhre.

Innere Stabilität und Kontrolle

Sogar der wässrige Teil der Zelle, das Zytoplasma, ist nicht leer. In ihm finden sich Mikrotubuli und Mikrofilamente, die das innere Gerüst der Zelle bilden. Sie geben ihr Stabilität und Form. Bei manchen Zellen können sie länger oder kürzer werden, sodass die Zelle ihre Form verändern und sich wie eine winzige Schnecke fortbewegen kann.

Das Kontrollzentrum der Zelle, der Zellkern, enthält alle notwendigen Informationen und Anweisungen, um die Zelle gesund zu erhalten. Diese Information ist in immens langen Strängen von Molekülen gespeichert, der DNS, die die Gene bildet.

Wusstest du, ...

... DASS MAN OFT FESTSTELLEN KANN, OB EIN MENSCH KRANK IST UND WESHALB, INDEM MAN SEINE ZELLEN UNTER DEM MIKROSKOP BETRACHTET?

- MEDIZINER KÖNNEN ZELLEN ERHALTEN UND FÄRBEN. DADURCH WERDEN IHRE FORM UND DIE EINZELTEILE KLARER ERSICHTLICH. DIE ZELLEN WERDEN ENTNOMMEN:
- AUS DEM INNEREN DES MUNDES ODER DER HALSSCHLEIMHAUT
- AUS EINER PROBE BLUT ODER EINER ANDEREN KÖRPERFLÜSSIGKEIT
- AUS EINER STUHLPROBE
- AUS EINER KLEINEN GEWEBSPROBE, EINER SO GENANNTEN BIOPSIE
- AUS DER FLÜSSIGKEIT AM GEBÄRMUTTERHALS (CERVIX) EINER FRAU, DEM SO GENANNTEN SCHEIDENABSTRICH

Wie Zellen wachsen

ZELLEN LEBEN NICHT EWIG. Genauso wie der Körper, in dem sie sich befinden, werden sie geboren, leben und sterben. Das ist ein natürlicher Bestandteil des Körperwachstums. Auch die Atome, Moleküle und die anderen Teile der Zellen werden im Laufe ihres Lebens nach und nach ausgetauscht. Stell dir ein Haus vor, bei dem im Laufe der Jahre einmal ein Ziegel hier, ein Fenster da ausgewechselt wird. Nach einer gewissen Zeit sind keine Originalteile mehr übrig. Beim Körper ist das ähnlich. Wahrscheinlich sind die meisten Moleküle, die bei deiner Geburt in deinem Körper waren, schon durch neue ersetzt worden. Die meisten Zellen haben eine weit kürzere Lebensdauer als der Körper. Manche sterben schon innerhalb weniger Stunden ab, besonders in Körperteilen, die stark beansprucht werden, wie etwa die Haut, oder das Innere des Mundes, des Magens und des Darms.

Wenn nun die Zellen pemanent sterben und ersetzt werden, woher kommen dann die neuen Zellen? Sie entstehen durch Zellteilung. Eine Zelle teilt sich in zwei Hälften. Jede Hälfte hat ihre eigene Zellmembran, ihre Organellen und alle anderen Bestandteile. Die beiden neuen Zellen wachsen zur Größe der Mutterzelle heran und teilen sich dann auch. Auf diese Weise entstehen immer wieder neue Zellen.

Geteilte Loyalität

Es gibt zwei verschiedene Arten der Zellteilung. Die unten dargestellte nennt sich Mitose. Alle Gene werden vor jeder Teilung kopiert, sodass jede Nachfolgezelle die gesamte Geninformation enthält. Die andere Art der Teilung nennt man Meiose. Bei ihr entstehen die Ei- und Spermazellen für die Fortpflanzung, wie wir auf Seite 116 noch sehen werden.

1

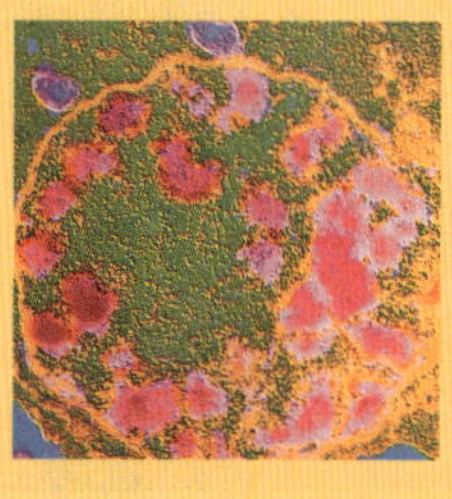

Die DNS-Stränge mit den Genen für dieses weiße Blutkörperchen sind bereits kopiert worden. Jedes bildet ein Chromosom (rot und rosa).

2

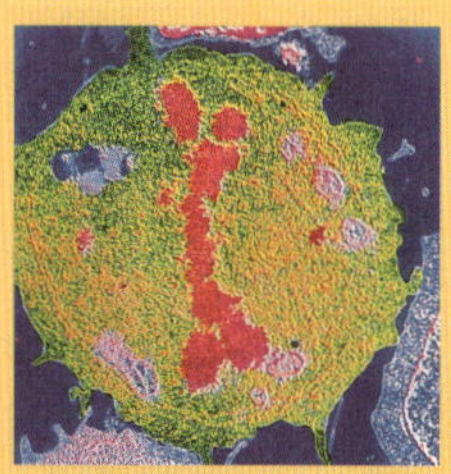

Die beiden Chromosomensätze bilden eine Reihe. Ein Netz aus Microtubuli, die Spindelfasern, geht daran, sie auseinander zu ziehen.

3

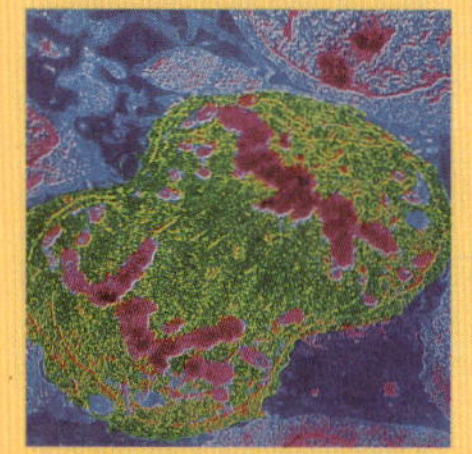

Jedes Chromosom wird von seinem Partner weggezogen und bildet einen separaten Gensatz. Die Zelle wird in der Mitte zusammengedrückt.

4

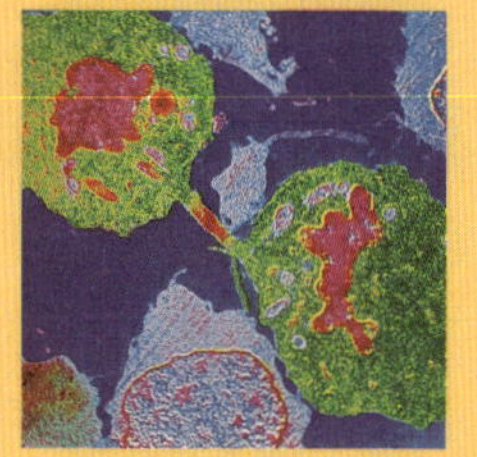

Die Teilung ist fast komplett, die beiden Tochterzellen ordnen ihren Inhalt. Die winzige Verbindung bricht ab, die Zellen sind getrennt.

Wie die Gene der Eltern kopiert werden

Ein wichtiger Bestandteil bei der Zellteilung ist der Zellkern. Jeder Kern enthält zwei Sätze von Genen. Einer kommt vom Vater, der andere von der Mutter. Wenn nur ein Satz in jede Nachfolgezelle eingebaut wäre, wie könnte sich diese Zelle dann richtig teilen? Eine ihrer Nachfolgezellen hätte dann ja überhaupt keine Gene. Deshalb werden beide Gensätze vor der Teilung kopiert. Das nennt man DNS-Replikation. Jede Nachfolgezelle erhält eine komplette Doppelgarnitur von Genen, sowohl von jenen des Vaters, als auch der Mutter. Auf diese Weise finden sich in allen Zellen alle Gene des Körpers.

Bei einigen Zelltypen geht die Zellteilung unglaublich schnell vor sich. Pro Sekunde werden etwa zwei Millionen neue rote Zellen für dein Blut produziert. Andere Zellen leben länger, besonders die Nervenzellen in deinem Gehirn und in den Hauptnerven. Das kommt daher, dass die komplizierten Muster und Verbindungen zwischen den Nervenzellen gestört wären, würden die Zellen zu schnell absterben. Und diese Verbindungsmuster ermöglichen es uns zu denken, zu lernen und Entscheidungen zu treffen.

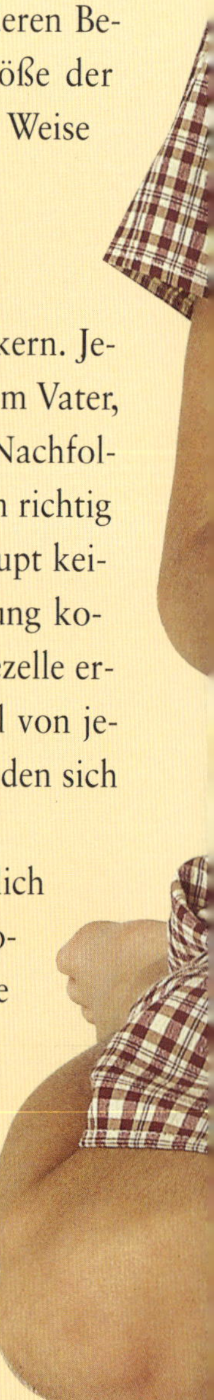

Die Zellform

Nicht alle Zellen sind rund. Manche sind lang und dünn, andere sind viereckig oder flach wie Pflastersteine. Nervenzellen haben eine kompliziertere Form. An einem Ende befindet sich der Zellkörper. Er ist von dutzenden kleiner Verästelungen besetzt, den Dendriten. Ein Teil des Zellkörpers wird in Form einer sehr langen, dünnen Schnur gebildet, dem Axon. Diese Form ermöglicht es der Nervenzelle, Nervensignale von einem Teil des Körpers zum anderen zu senden.

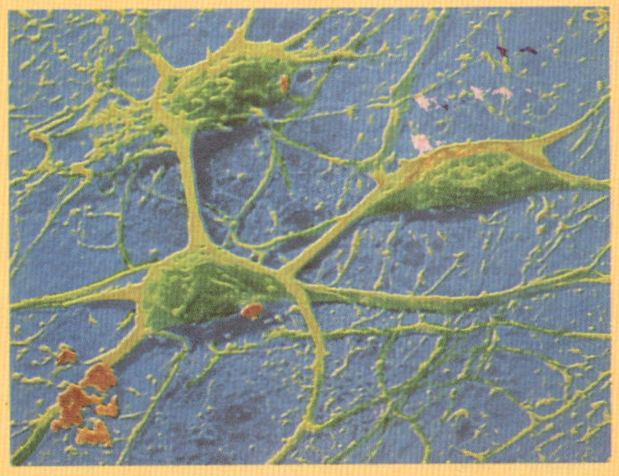

Wie alt bist du?

Eine Maschine, etwa eine Stereoanlage, funktioniert nur, wenn die Batterien regelmäßig ausgewechselt werden. Auch der Körper hat Teile, die schon oft erneuert wurden. Um gesund zu bleiben, muss er abgestorbene Zellen durch lebende, in der Zellteilung entstandene, ersetzen. Jede Minute sterben ca. 3 Milliarden Zellen ab. Sie werden durch 3 Milliarden neue Zellen ersetzt. Die Nervenzellen im Gehirn bilden eine Ausnahme. 10 000 sterben täglich ab und werden nicht ersetzt.

Kapitel 2

Bewegung

VON DEM AUGENBLICK, an dem du morgens aufwachst, bis hin zu dem Zeitpunkt, zu dem du schlafen gehst, ist dein Körper in Bewegung. Die Muskeln in deiner Brust lassen dich atmen. Die Muskeln in deinem Kopf lassen dich beißen, kauen und schlucken, die Muskeln hinter deinen Augäpfeln lassen dich hin und her schauen. Die Muskeln in deinem Kehlkopf und in deinem Hals ermöglichen es dir zu sprechen, andere Muskeln im Hals halten deinen Kopf aufrecht. Die Muskeln in deinem Arm und deiner Hand lassen dich zu-

greifen, die Muskeln in deinem Bein und deinem Fuß lassen dich gehen, laufen und vielleicht treten. Du bist niemals völlig bewegungslos, denn dann wärst du tot.

Alle Bewegungen des Körpers werden von Muskeln angetrieben. Die meisten davon ziehen an einem System von Hebeln, einem starren, mit Gelenken versehenen beweglichen inneren Gerüst, das wir Skelett nennen. Du hast mehr als 600 Skelettmuskeln, und auch die winzigste Bewegung setzt dutzende in Aktion. Wir sind so geübt darin, unsere Muskeln zu kontrollieren, dass wir kaum an die vielen Bewegungen denken, zumindest so lange nicht, bis wir wieder eine neue Tätigkeit lernen wollen.

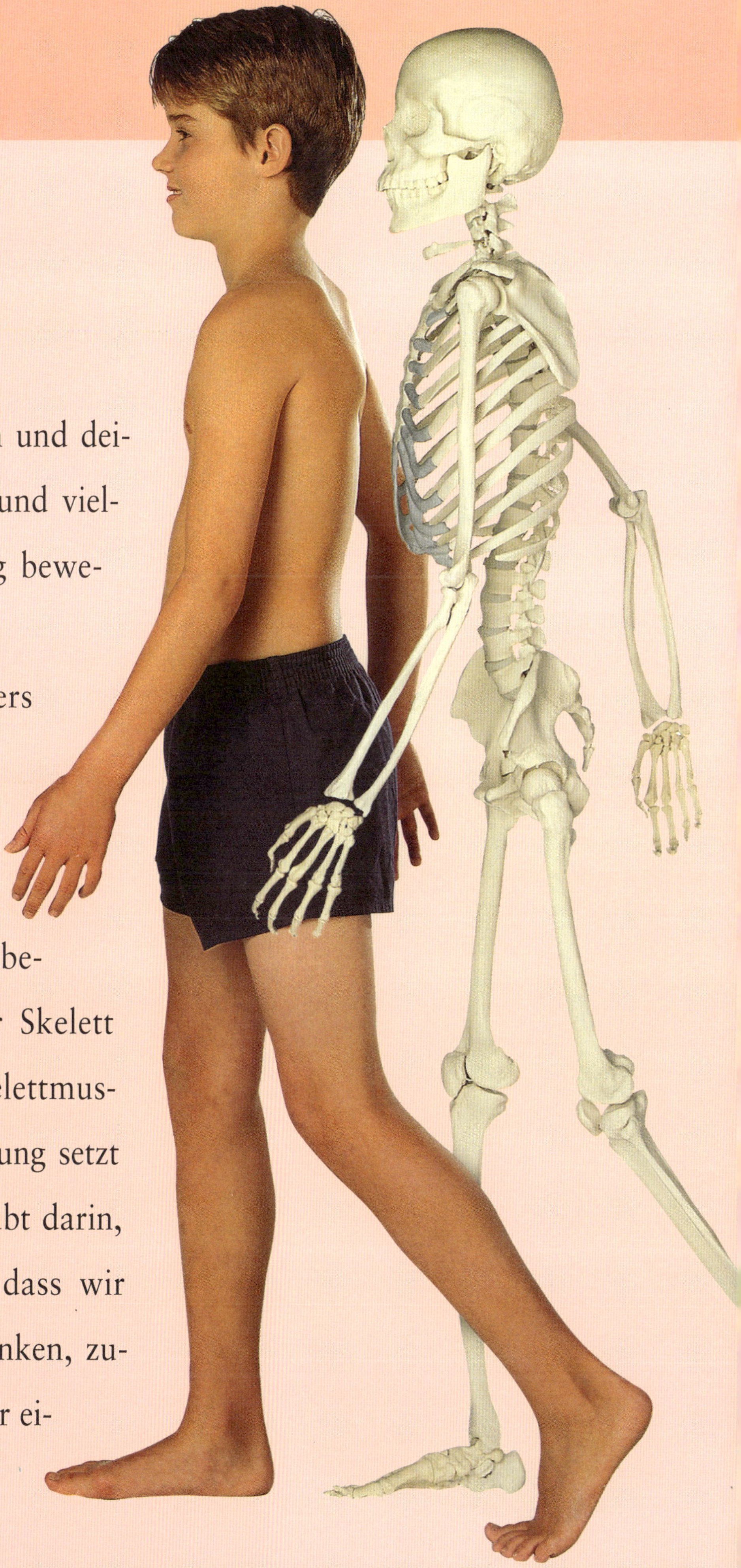

Die elastische Hülle

WENN DU MENSCHEN ANSIEHST, so fällt dir vielleicht ihre Kleidung, Haut oder vielleicht die Frisur auf. Welche Haarfarbe haben sie? Ist die Haut glatt oder unrein, jung oder faltig? Diese Eigenschaften stechen ins Auge und mögen uns wichtig erscheinen, aber sie sagen wenig darüber aus, wie der Mensch in seinem Inneren ist. Egal, die Hautoberfläche, die du siehst, ist tot. Die mikroskopisch kleinen Zellen, die die oberste Schicht bilden, sind vor ungefähr zwei Wochen abgestorben. Sie wurden härter, sodass sie den normalen Beanspruchungen standhalten können. Diese Zellen werden bei deinen alltäglichen Bewegungen kontinuierlich abgestoßen. Pro Minute fallen etwa 50 000 Zellen vom Körper ab. Sie werden durch andere gehärtete, abgestorbene Zellen ersetzt, die von unten nachrücken.

Falten

Babyhaut ist noch jung und enthält viel Elastin. Später wird die Haut von Wind, Sonne und Regen beansprucht. Außerdem nimmt die Zahl an mikroskopisch kleinen Elastinfasern ab. Das bedeutet, dass die Haut weniger elastisch ist, es bilden sich Falten. Dieser Prozess wird beschleunigt durch mangelnden Schutz, besonders vor der Sonne.

Dein eigener lederner Overall

Die Haut ist die äußere Hülle des Körpers. Sie ist wie lebendiges Leder. Die Tierhäute, aus denen Leder gegerbt wird, sind unserer Haut ähnlich. Eine ihrer vielen Aufgaben ist es, den Körper zu schützen. Sie hält Wind und Regen ab, schützt auch vor Schmutz und Keimen und verhindert, dass Körperflüssigkeiten austreten. Sie hält auch schädliche Sonnenstrahlen ab. Die gepolsterte Schicht unter der Haut schützt uns vor Schlägen und Stößen und hält übermäßige Kälte oder Wärme ab. Die Haut spielt eine wichtige Rolle bei der Kontrolle der Körpertemperatur und sie enthält auch unseren Tastsinn (siehe Seite 96–97).

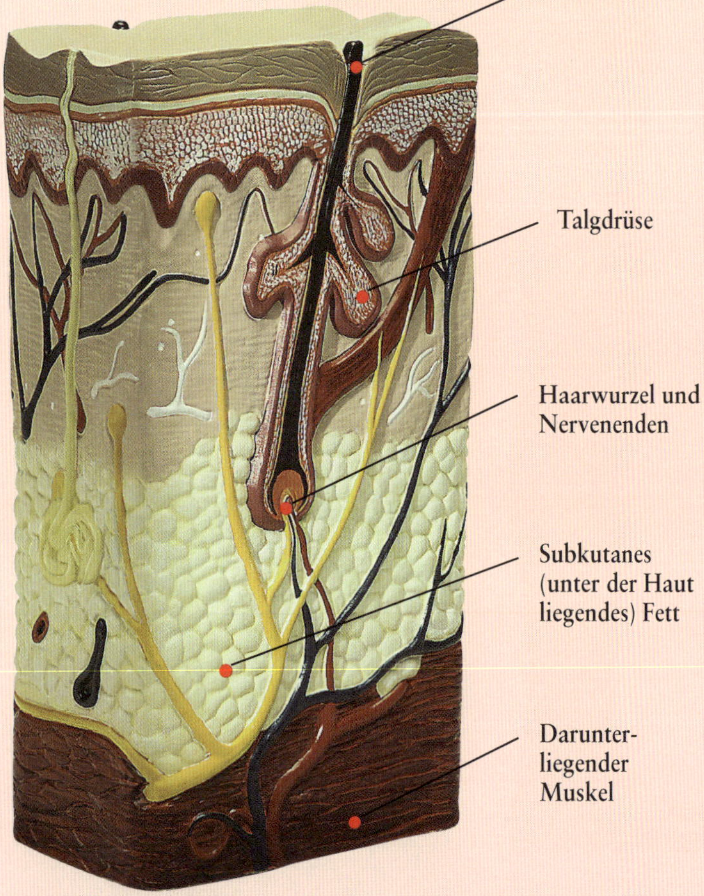

Geschmeidig und elastisch

Eine weitere faszinierende Eigenschaft der Haut ist, dass sie geschmeidig und elastisch ist, wie ein erstklassiger Taucheranzug. Dadurch kann der Körper seine Bewegungen ausführen. Wäre die Haut dicker, würde sie vielleicht besser schützen. Aber wahrscheinlich würde sie an den Stellen, wo sie am meisten beansprucht wird, brüchig werden. Die Geschmeidigkeit der Haut kommt unter anderem von ihren natürlichen Wachsen und Ölen, wie etwa Talg. Sie werden in kleinen Drüsen direkt unter der Hautoberfläche produziert und kommen an die Oberfläche, um die Haut wasserabweisend und elastisch zu machen.

Von der zarten Babyhaut bis hin zu den Falten: man sieht den natürlichen Alterungsprozess der Haut. Falten werden verstärkt durch zu viel Sonne und Wind.

Die Struktur der Haut

Im Körper gibt es hunderte verschiedene Proteine. Sie sind die wichtigsten Moleküle für seine Struktur und geben ihm Stabilität, Form und Halt. Die Haut bezieht ihre Stabilität hauptsächlich aus drei Proteinen: Keratin, Kollagen und Elastin. Sie haben die Form mikroskopisch kleiner schnurähnlicher Fasern. Keratin füllt die meisten Zellen in der äußeren Hautschicht, der Epidermis oder Oberhaut, aus. Es macht die Zellen hart und widerstandsfähig gegen äußere Einflüsse.

Unter der Oberhaut befindet sich die Dermis. In ihr finden sich Kollagen- und Elastinfasern und noch vieles mehr. Kollagen gibt der Haut Stabilität, sodass sie sich nicht zu sehr ausdehnt und reißt. Die Elastinfasern machen die Haut elastisch und biegsam. Das bedeutet, dass sie sich ausdehnen kann und dann wieder in ihre ursprüngliche Form zurückgeht.

Ein beweglicher Freund

Die Oberfläche der Haut ist bedeckt mit toten, von Keratin gehärteten Zellen. Sie werden sich bald ablösen und abfallen. Aus Keratin sind auch die Haare gemacht, die aus Grübchen in der Haut, den Follikeln, herauswachsen. Über die Haut verteilt finden sich Löcher. Das sind Schweißporen. Wässriger Schweiß quillt hier von den darunterliegenden Schweißdrüsen an die Oberfläche, dadurch wird der Körper abgekühlt. Diese Mikroskopabbildung zeigt die Gesichtshaut eines Mannes; seine Barthaare wurden von einem Rasierer abgeschnitten und sind umgeben von schuppigen Zellen der Oberhaut.

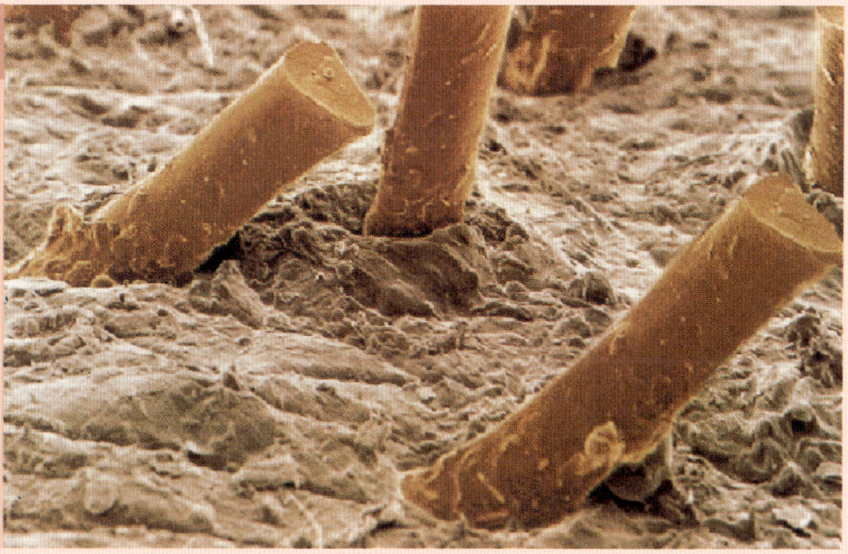

Das Skelett

WENN JEMAND ÜBER EINEN LANGEN ZEITRAUM hinweg zu wenig isst, magert er ab. Das Fett und die Muskeln schrumpfen, die Knochen unter der Haut werden sichtbar. Aber selbst in einem solch traurigen Zustand behält der Körper dank seiner Knochen seine Grundform. Das Skelett ist der Stützapparat des Körpers. Die Knochen sind sehr leicht, aber dennoch fest und ihren Aufgaben perfekt angepasst. Dazu gehört, die umliegenden weichen Teile abzustützen, einen Ansatzpunkt für die Muskelenden zu bilden und als Hebel zu dienen, an denen die Muskeln ziehen und so den Körper bewegen können. Die wichtigste Stütze des Skeletts ist das Rückgrat oder die Wirbelsäule. Sie durchläuft das Zentrum des Körpers und besteht aus 7 Halswirbeln, 12 Brustwirbeln, 5 Lendenwirbeln, dem Kreuzbein (5 Wirbel) und dem Steißbein (3–5 Wirbel).

Die sieben Zwerge

Im Knöchel gibt es sieben Knochen (Fußwurzelknochen). Sie können sich im Verhältnis zueinander nur wenig bewegen. Aber zusammen machen sie den Knöchel ziemlich beweglich, und dennoch stark genug, um das ganze Körpergewicht auszuhalten.

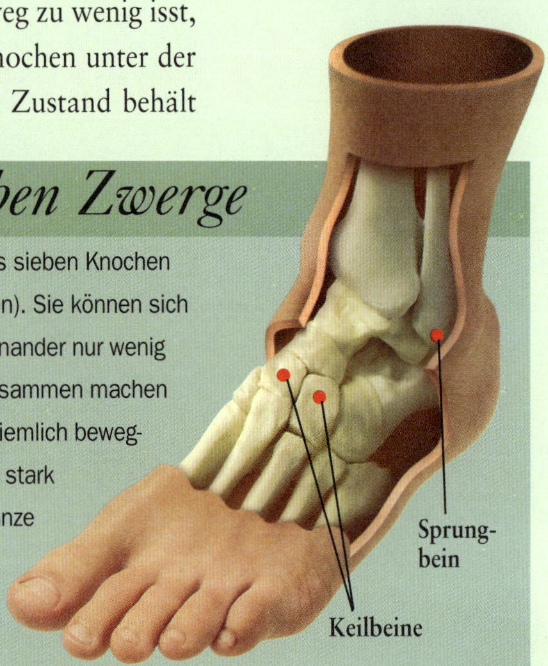

Flexible Gelenke für mehr Beweglichkeit

Wären die Knochen starr miteinander verwachsen, könnten wir uns nicht bewegen. Deshalb sind sie durch Gelenke verbunden (siehe Seite 34). Manche Knochen dienen auch zum Schutz. Die abgerundeten Knochen auf der Oberseite des Schädels, auch Kranium genannt, bilden einen hohlen Schutzschild für das empfindliche Hirn. In den Knochen der Augenhöhlen sind die Augen untergebracht. Die Rippen bilden einen Käfig rund um die Lunge und das Herz. Und der Beckenknochen, oder Pelvis, bildet eine Schüssel für die weichen Organe, wie etwa die Blase, den Darm und (bei Frauen) die Gebärmutter.

Jeder Knochen hat eine Fachbezeichnung. Sie wird von Ärzten verwendet, vor allem von Orthopäden, die auf Knochen- und Gelenkprobleme spezialisiert sind. Die meisten Knochen haben auch alltägliche Namen. Die Tibia zum Beispiel ist das Schienbein. Die Klavikula ist das Schlüsselbein. Es hat verschiedene Knoten, wo Muskeln ansetzen können. Die Fachbezeichnungen kommen durchwegs aus dem Lateinischen, wie etwa Os lacrimale für das Tränenbein (lacrima = Träne). Knochen sind auch Namensgeber für benachbarte Nerven oder Blutgefäße. Die Oberschenkelarterie, die das Blut entlang des Beines transportiert, heißt auch Arteria femoralis, benannt nach dem Femur oder Oberschenkelknochen.

Handbewegungen

Die Unterarmknochen (Speiche und Elle) lassen sich ein wenig gegeneinander verdrehen. So kannst du die Hand beugen und gleichzeitig den Ellbogen still halten.

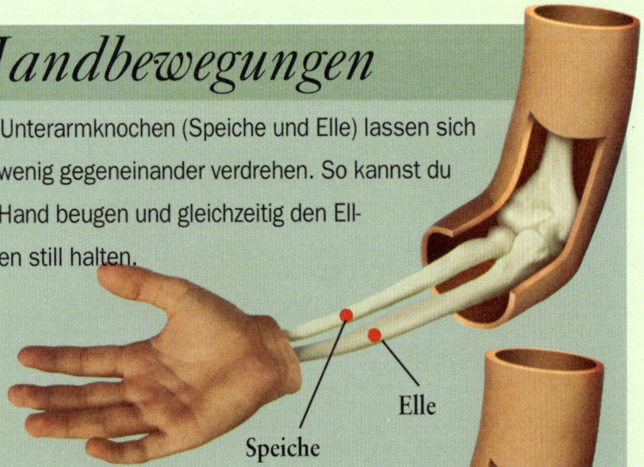

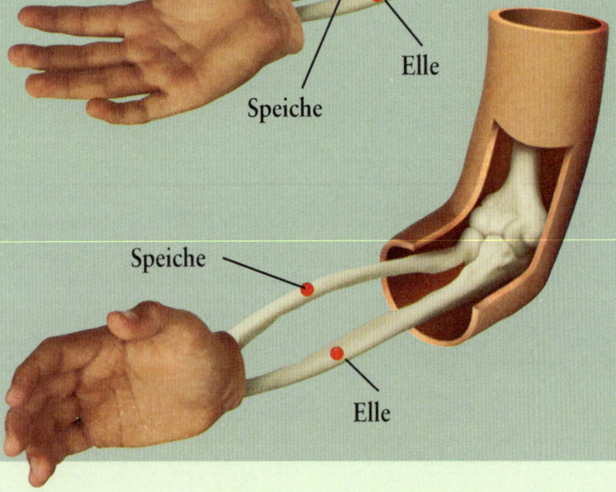

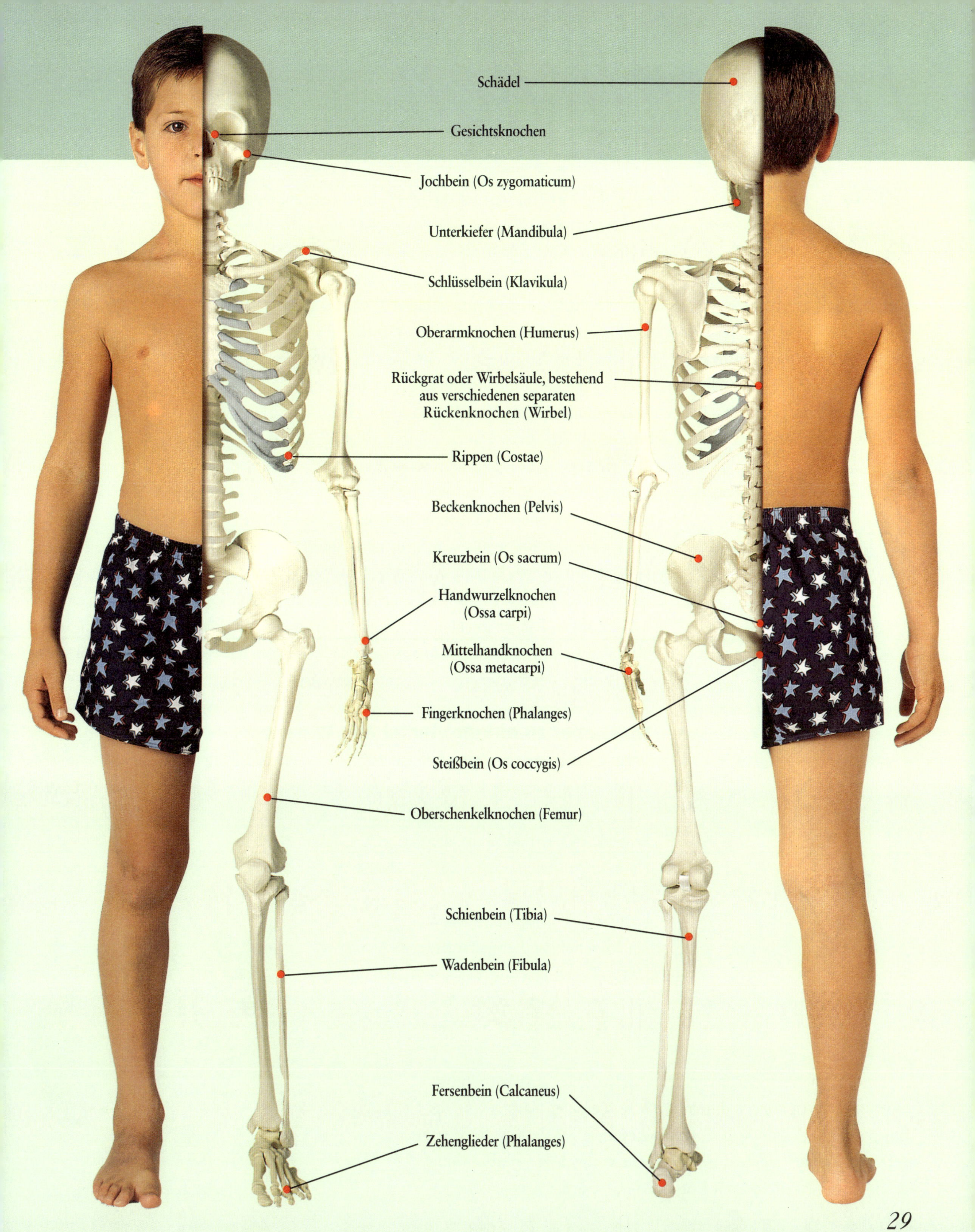
Schädel
Gesichtsknochen
Jochbein (Os zygomaticum)
Unterkiefer (Mandibula)
Schlüsselbein (Klavikula)
Oberarmknochen (Humerus)
Rückgrat oder Wirbelsäule, bestehend aus verschiedenen separaten Rückenknochen (Wirbel)
Rippen (Costae)
Beckenknochen (Pelvis)
Kreuzbein (Os sacrum)
Handwurzelknochen (Ossa carpi)
Mittelhandknochen (Ossa metacarpi)
Fingerknochen (Phalanges)
Steißbein (Os coccygis)
Oberschenkelknochen (Femur)
Schienbein (Tibia)
Wadenbein (Fibula)
Fersenbein (Calcaneus)
Zehenglieder (Phalanges)

Im Knochen

EIN KNOCHEN IST NICHT völlig starr und steif wie Stahl. Ebenso wenig ist er spröde und brüchig wie uralte Knochen in einem Museum. Lebende Knochen sind ein wenig weich und elastisch, zum Teil hohl, glatt und federnd und voll chemischem Leben, wie der Rest des Körpers. Ein Knochen besteht aus zwei Arten von Knochengewebe. An der Außenseite ist er von einer Art „Haut“ umgeben, dem Periost. Darunter befindet sich eine dünne Schicht aus dickem, „solidem“ Knochen, auch hartes oder kompaktes Knochengewebe genannt. Das Innere des Knochens besteht vorwiegend aus einem anderen Knochengewebe, das einem Schwamm oder Honigwaben ähnelt. Es hat Hohlräume und wird Substantia spongiosa genannt. Die Hohlräume sind gefüllt mit Blutgefäßen, puddingartigem Knochenmark zur Herstellung neuer Blutkörperchen (siehe Seite 66) und Fett. Dieser Knochenaufbau macht das Skelett stabil und gleichzeitig leicht. Ein Skelett aus Stahl würde fünfmal mehr wiegen.

Unter einem Mikroskop sieht man, dass diese Knochengewebe aus winzigen, miteinander verkeilten Stäben bestehen. Dieses System wird Havers-Lamellensystem genannt (nach dem britischen Arzt Clopton Havers). Ein Stab sieht aus wie ein kleiner Baumstamm, der aus vielen dünnen Schichten besteht, die in Ringen aneinander gereiht sind. In der Mitte hat er ein Loch mit unglaublich kleinen Blutgefäßen und Nerven. Sie versorgen das Innere des Knochens mit Nährstoffen, orten Schmerzen und andere Probleme.

Knie-Schutz

Die Kniescheibe (Patella) ist ein Knochen, der nicht direkt mit einem anderen verbunden ist. Sie schützt das Kniegelenk und verschiebt sich, je nachdem, ob du dein Bein abbiegst oder ausstreckst.

Die Schulter

Das Schulterblatt (Skapula) ist eine breite, dreieckige Knochenplatte. Sie hat einen Hohlraum, wo das Ende des Oberarmknochens liegt. Muskeln verbinden es mit den Rippen, dem Schlüsselbein und den oberen Rückenwirbeln, sodass es sich in alle Richtungen bewegen kann. Die Schulter ist ein sehr flexibles Gelenk.

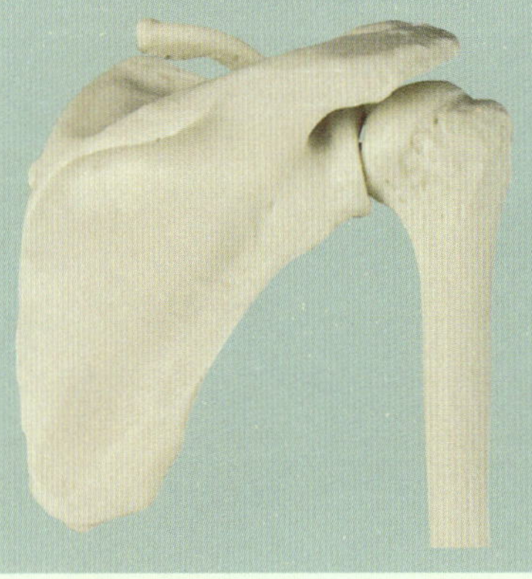

Hart, aber zu einem Viertel aus Wasser

Wenn du den Knochen auf seine chemische Zusammensetzung überprüfen könntest, wärst du wahrscheinlich überrascht, dass diese harte, feste Substanz zu etwa einem Viertel aus Wasser besteht! Ungefähr ein Drittel besteht aus Kollagenfasern, einem Protein, das wir auch in der Haut finden (siehe Seite 26). Ein weiteres Drittel wird aus Kalzium-, Phosphor- und anderen Mineralkristallen gebildet. Das Kollagen macht den Knochen leicht elastisch und beweglich, wogegen ihn die Kristalle fest und starr machen.

Knochen sind nicht von den anderen Teilen getrennt. Blutgefäße und Nerven dringen durch Löcher in ihrer Oberfläche tief in ihr Inneres ein. Gesunde Knochen enthalten viele Mineralien. In Mangelzeiten können einige dieser Mineralien abgezogen und mithilfe des Blutes in einen anderen Körperteil transportiert werden, wo sie

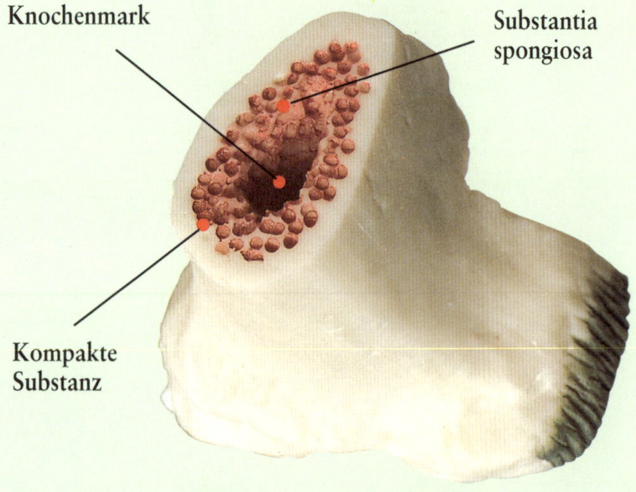

Ein Schnitt durch einen langen Knochen zeigt seine innere Struktur.

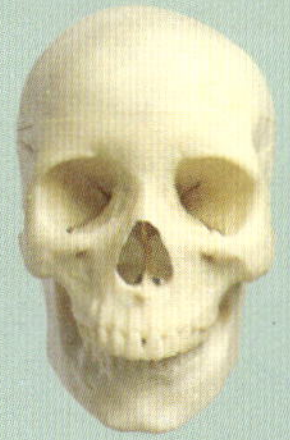

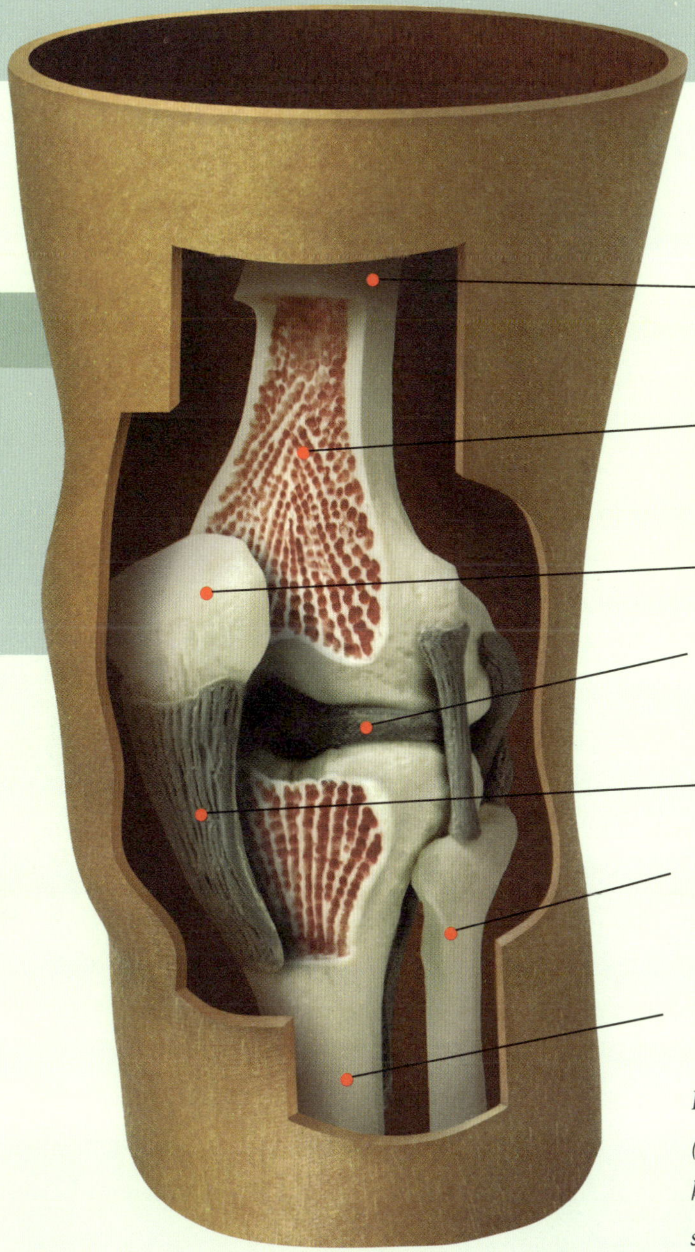

Das Knie ist das größte Einzelgelenk des Körpers (siehe Seite 34), es liegt zwischen dem Oberschenkelknochen und dem Schienbein. Die Kniescheibe selbst ist nicht Teil des Gelenkes.

dringender gebraucht werden. Deshalb schwächen manche Krankheiten die Knochen und machen sie spröde. Dasselbe kann auch im Alter passieren, sodass die Knochen alter Menschen leichter brechen. Positiv ist hier jedoch, dass Knochen sehr gut auf Beanspruchung und Belastung, innerhalb vernünftiger Grenzen, reagieren. Wenn du viel trainierst, werden deine Knochen stärker und gesünder, sodass sie widerstandsfähiger sind und mehr aushalten.

Röntgenbilder

Auf einem Standardröntgenbild erscheinen die Knochen als schattige weiße Formen. Brüche, Missbildungen und andere Anomalien weden klar ersichtlich, wie bei diesem Röntgenbild einer Hand. Die Handwurzel besteht aus acht kleinen Knochen, den Ossa carpi. Die Knochen der Mittelhand nennt man Ossa metacarpi.

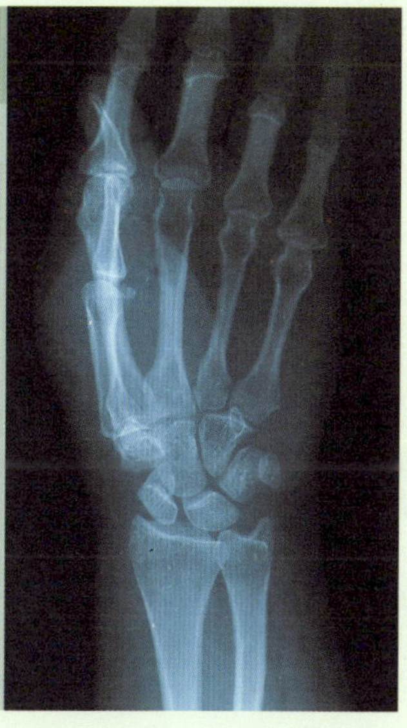

Wusstest du, ...

- ... DASS DAS SKELETT ETWA 1/7 DES KÖRPERGEWICHTS AUSMACHT?
- ... DASS ES DURCHSCHNITTLICH 206 KNOCHEN IM KÖRPER GIBT? EINIGE MENSCHEN HABEN MEHR, ETWA EIN ZUSÄTZLICHES PAAR RIPPEN.
- ... DASS ES KEINEN WISSENSCHAFTLICHEN BELEG DAFÜR GIBT, DASS MÄNNER UND FRAUEN EINE UNTERSCHIEDLICHE ZAHL VON RIPPEN HABEN? DIESER MYTHOS KOMMT WAHRSCHEINLICH AUS DER BIBEL, WO ERZÄHLT WIRD, DASS GOTT EVA AUS EINER RIPPE VON ADAM ERSCHAFFEN HAT.
- ... DASS DIE BEIDEN OBERSCHENKELKNOCHEN DIE GRÖSSTEN KNOCHEN SIND?
- ... DASS DIE KLEINSTEN KNOCHEN DIE STEIGBÜGEL SIND, WINZIGE, NUR 5–7 MILLIMETER LANGE KNOCHEN IM OHR?

Schädel und Kiefer

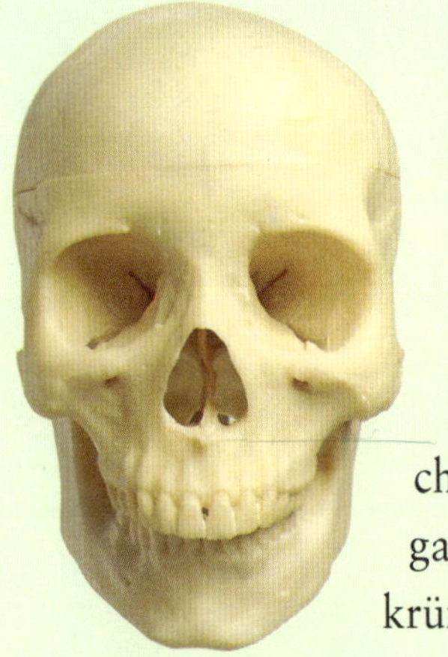

KLOPF EINMAL LEICHT AUF DEINEN KOPF. Klingt es hohl? Hoffentlich nicht, denn die obere Hälfte deines Kopfes ist durch das Hirn ausgefüllt. Dieses lebenswichtige Organ wird durch einen Helm geschützt – den Hirnschädel. Schädel ist die Bezeichnung für die knöchernen Teile des Kopfes und des Gesichtes. Diese Teile befinden sich direkt unter der Haut, den Haaren und den Gesichtsmuskeln. Der Schädel besteht aus 20 Knochen. Bevor du geboren wurdest, als du noch im Mutterleib warst und dein ganzer Körper in einem Hühnerei Platz finden konnte, waren sie noch gekrümmte Formen. Nach und nach wuchsen daraus in einem Prozess, den man Osteogenese nennt, Knochen und verbanden sich miteinander. Nach der Geburt wurden diese Verbindungen fixiert, und zwar entlang von Zickzacklinien, den Nähten. Der daraus entstandene Schädel ist wie ein eigener, starker Knochen.

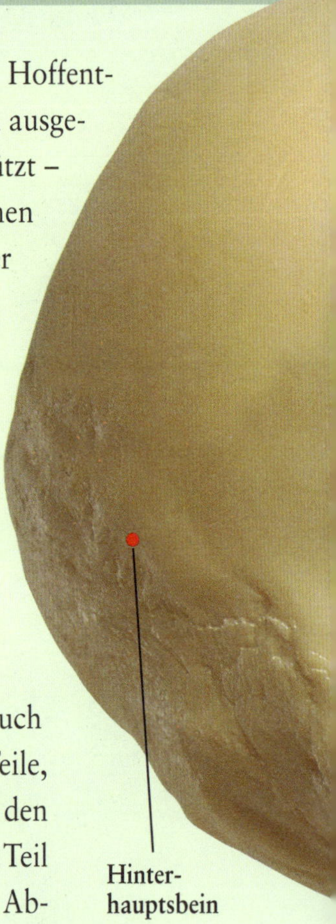

Ein Blick auf das Hirnkästchen

Der Schädel hat einen sehr komplizierten Aufbau. Der gewölbte obere Teil, der Hirnraum, wird auch Kranium genannt. Er hat acht große, gewölbte Teile, die die Stirn, die Schläfen, die Schädeldecke und den gebogenen hinteren Teil bilden. Auch im unteren Teil finden sich verschiedene Knochen, für die obere Abgrenzung des Mundes und die Spitze des Halses. Diese Knochen haben kleine Löcher, sodass Nerven und Blutgefäße zur Stirn- und Kopfhaut vordringen können.

Wir haben 14 Gesichtsknochen. Das Jochbein unter dem Auge gibt den Muskeln, die deinen Mund, die Lippen und die Kiefer bewegen, Halt. Die Augenhöhle oder Orbita, eine schüsselförmige Einbuchtung auf beiden Seiten des Schädels, schützt das Auge.

Knochen im Kopf

Die Schädelhaut ist dünn und weich und reich an Blutgefäßen. Wenn du dir hier wehtust, blutet es also ordentlich. Unter der Haut finden wir die Gesichts- und Schädelmuskeln, die uns ermöglichen zu zwinkern, zu beißen, zu kauen und Grimassen zu schneiden. Dann kommen die Schädelknochen, die das Gehirn, die Augen, die Nase und das Innenohr umgeben und schützen. Zwischen vier Schädelknochen, dem Siebbein, dem Oberkiefer, dem Keilbein und dem Stirnbein, befinden sich mit Luft gefüllte Kammern, die Stirnhöhlen. Sie sind über Löcher und Leitungen mit der Hauptluftzufuhr in der Nase verbunden. Eine Aufgabe dieser Kammern ist es, deine Stimme lauter zu machen.

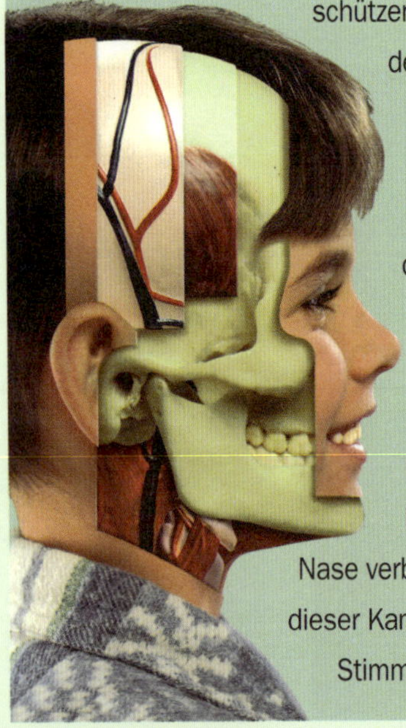

Immer der Nase nach

Im Schädel gibt es auch ein Loch für die Nase. Bei lebenden Körpern besteht der vorstehende Teil der Nase aus Fleisch und einem elastischen Material, dem Knorpel. Es gibt keine Knochen in der Nase. Nach dem Tod verfault der Knorpel und ein Loch bleibt zurück. Auch der äußere Teil des Ohres besteht aus Knorpel. Deshalb haben Totenschädel keine Ohren und Nasen mehr.

Der größte Einzelknochen im Kopf ist der Unterkiefer. Er ist kein Teil des Schädels, sondern ein eigener Knochen. Im Unterkiefer und im Oberkiefer sitzen deine Zähne. Die Zähne sind übrigens härter als Knochen.

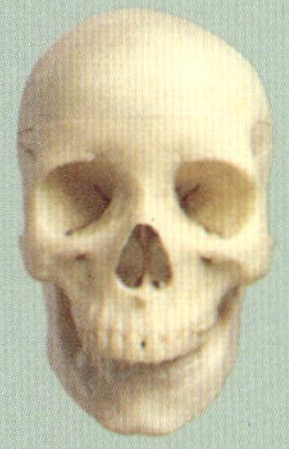

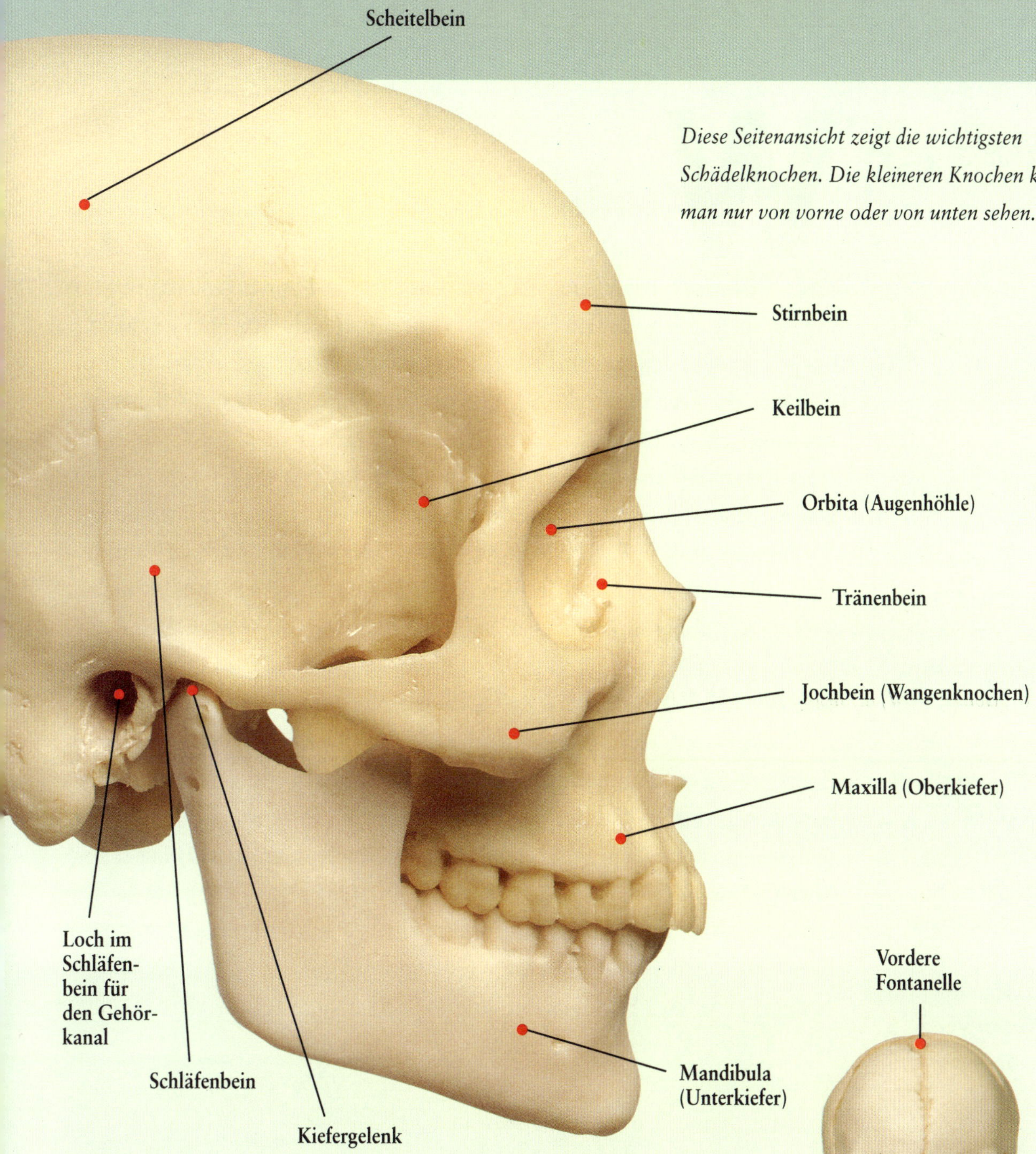

Diese Seitenansicht zeigt die wichtigsten Schädelknochen. Die kleineren Knochen kann man nur von vorne oder von unten sehen.

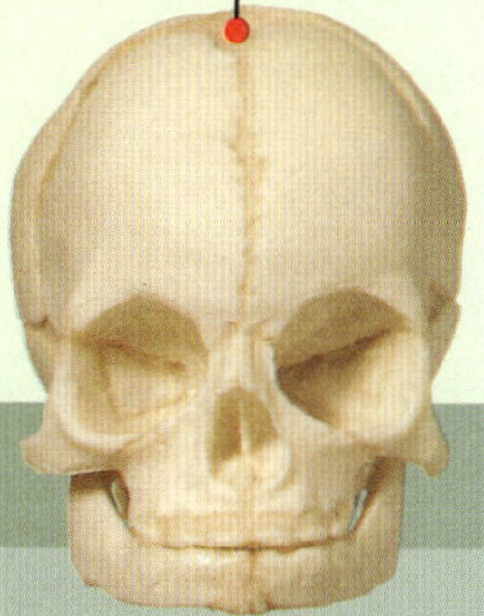

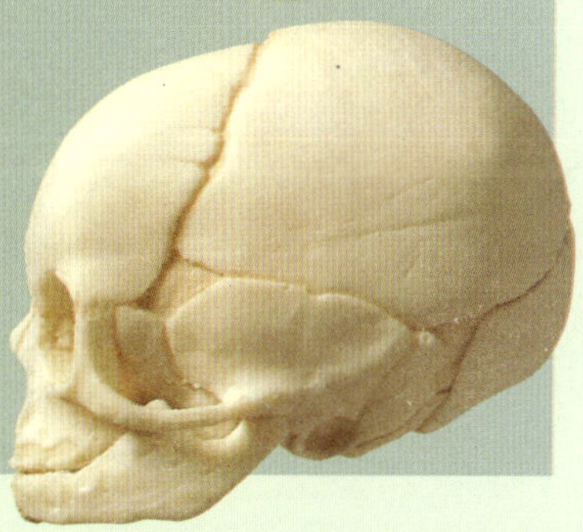

Der Schädel eines Kleinkindes

Der Kopf eines Kleinkindes ist, im Vergleich zum restlichen Körper, größer als bei einem Erwachsenen. Der obere Teil des Babykopfes, in dem sich das Hirn befindet, ist sogar noch größer. Deshalb scheinen Babys eine riesige Stirn und ein kleines Gesicht zu haben. Die Form des Kopfes wird von den Schädelknochen bestimmt. Bei einem Säugling gibt es Spalten zwischen diesen Knochen, die wir Fontanellen nennen. Dadurch können sie sich ein wenig aufeinander zu bewegen, wenn der Kopf durch den Geburtskanal der Mutter gepresst wird.

Wusstest du, ...

... DASS SCHÄDEL UND GESICHT AUS 29 KNOCHEN GEBAUT SIND:

➤ ... 8 KNOCHEN IM HIRNSCHÄDEL: 1 STIRNBEIN, 2 SCHEITELBEINE, 1 HINTERHAUPTSBEIN, 2 SCHLÄFENBEINE, 1 KEILBEIN, 1 SIEBBEIN

➤ ... 14 KNOCHEN IM GESICHT: 2 UNTERE NASENMUSCHELN, 1 PFLUGSCHARBEIN, 2 GAUMENBEINE, 2 JOCHBEINE, 2 NASENBEINE, 2 TRÄNENBEINE, 2 OBERKIEFER UND 1 UNTERKIEFER

➤ ... 3 WINZIG KLEINE KNOCHEN IM OHR, DIE GEHÖRKNÖCHELCHEN, DIE WICHTIG FÜR DAS HÖREN SIND

➤ ... DASS ES NOCH EINEN ANDEREN KNOCHEN UNTER DEN SCHÄDELKNOCHEN GIBT – DAS ZUNGENBEIN, DAS SICH IM HALS ZWISCHEN ZUNGENWURZEL UND KEHLKOPF BEFINDET.

Bewegliche Gelenke

Scharniergelenk

Das Kniegelenk lässt den unteren Teil des Beines hin und her schwingen. Dieses Design schränkt zwar die Bewegung ein, verleiht aber viel Kraft. Das Knie ist ein außergewöhnliches Gelenk, denn es hat im Inneren verschiedene Bänder, die wir Kreuzbänder nennen, zusätzlich zu Bändern an der Außenseite (siehe Seite 31). Außerdem enthält es Knorpel, die Menisken, die zwischen den Knochenenden „treiben“. Sie geben zusätzliche Stabilität und helfen dem Knie einzurasten, sodass du über lange Zeit hinweg stehen kannst. Bei Menschen, die schnell laufen, reißen manchmal die Kreuzbänder oder beschädigen einen Meniskus. Wenn die Knorpel in einem Gelenk steif, brüchig und aufgeraut werden, so führt das zu einer schmerzhaften Krankheit namens Arthritis.

WÄREN DEINE KNOCHEN fest miteinander verbunden, so wärst du völlig steif und könntest dich nicht bewegen. Wären sie überhaupt nicht miteinander verbunden, wäre dein Körper völlig elastisch und bewegungsunfähig. Zum Glück ist dem nicht so. Deine Knochen sind durch Gelenke verbunden, sodass sie sich bewegen können, und nicht auseinander fallen.

Es gibt verschiedene Arten von Gelenken. Ihre Namen kommen oft aus der Technik. In der Schulter und der Hüfte zum Beispiel haben wir ein Kugelgelenk. Es ist jenem Kugelgelenk ähnlich, das bei der Verankerung eines Computer-Joysticks verwendet wird. Das kugelförmige Ende eines langen Knochens, etwa des Oberarms oder des Schenkels, steckt im runden Sockel eines großen, flachen Knochens, dem Schulterblatt oder dem Hüftknochen. Dieses Gelenk lässt viel Bewegungsfreiheit, denn der lange Knochen kann in jede Richtung schwingen, und sich sogar der Länge nach drehen.

Stabilität kontra Beweglichkeit

Der Scharniergelenk-Typ findet sich im Ellbogen, Knie oder Kiefer. Er funktioniert wie eine Türangel, die Knochen können sich nur in eine Richtung bewegen. Dafür ist dieses Gelenk sehr stabil. Das trifft auf die meisten Gelenke zu. Je beweglicher und flexibler ein Gelenk ist, desto schwächer und instabiler ist es. Manche Gelenke lassen überhaupt keine Bewegung zu, wie etwa die Nähte im Schädel. Andere ermöglichen ein wenig Bewegung, aber wenn viele solcher Gelenke zusammenkommen, kann man sich auch hier gut bewegen, wie etwa beim Handgelenk, Fußgelenk oder bei der Wirbelsäule.

Obwohl es viele verschiedene Arten von Gelenken gibt, haben fast alle dieselbe Struktur, nämlich die eines synovialen Gelenkes. Die Knochenenden werden durch Bänder zusammengehalten. Diese überbrücken den Abstand zwischen den Knochen und sind an jedem Ende mit ihm verbunden. Wenn die Knochenenden aneinander reiben, sind sie mit Knorpel abgedeckt, einer glatten, glänzenden und gummiartigen Substanz. Dadurch können sich die Knochenenden berühren, ohne dass sie stark abgenutzt werden. Sie federn auch den Druck ab, wenn die Knochen aneinander gepresst werden, etwa wenn du springst. Wenn die bloßen Knochen aneinander gepresst würden, würden sie sich bald abschaben. Unter den Bändern befindet sich daher eine elastische Tasche, die Gelenkkapsel. Ihr Inneres ist mit der Gelenkinnenhaut ausgekleidet. Sie produziert eine glitschige Flüssigkeit, die Gelenkschmiere. Sie benetzt den Knorpel und schmiert das Gelenk, sodass es über Jahre hinweg reibungslos arbeiten kann.

Kugelgelenk

Dein Schultergelenk ermöglicht es dir, deinen Arm in fast jede Richtung zu bewegen, so wie bei diesem Buben. Es ist ein Kugelgelenk und hat eine eher flache Verankerung im Schulterblatt. Dadurch kann sich der Oberarmknochen in fast jede Richtung drehen. Die Hüfte ist ähnlich, aber die Verankerung im Hüftknochen ist tiefer. Daher ist die Hüfte weniger beweglich, aber dafür stärker, denn sie muss ja das Gewicht des ganzen Oberkörpers tragen.

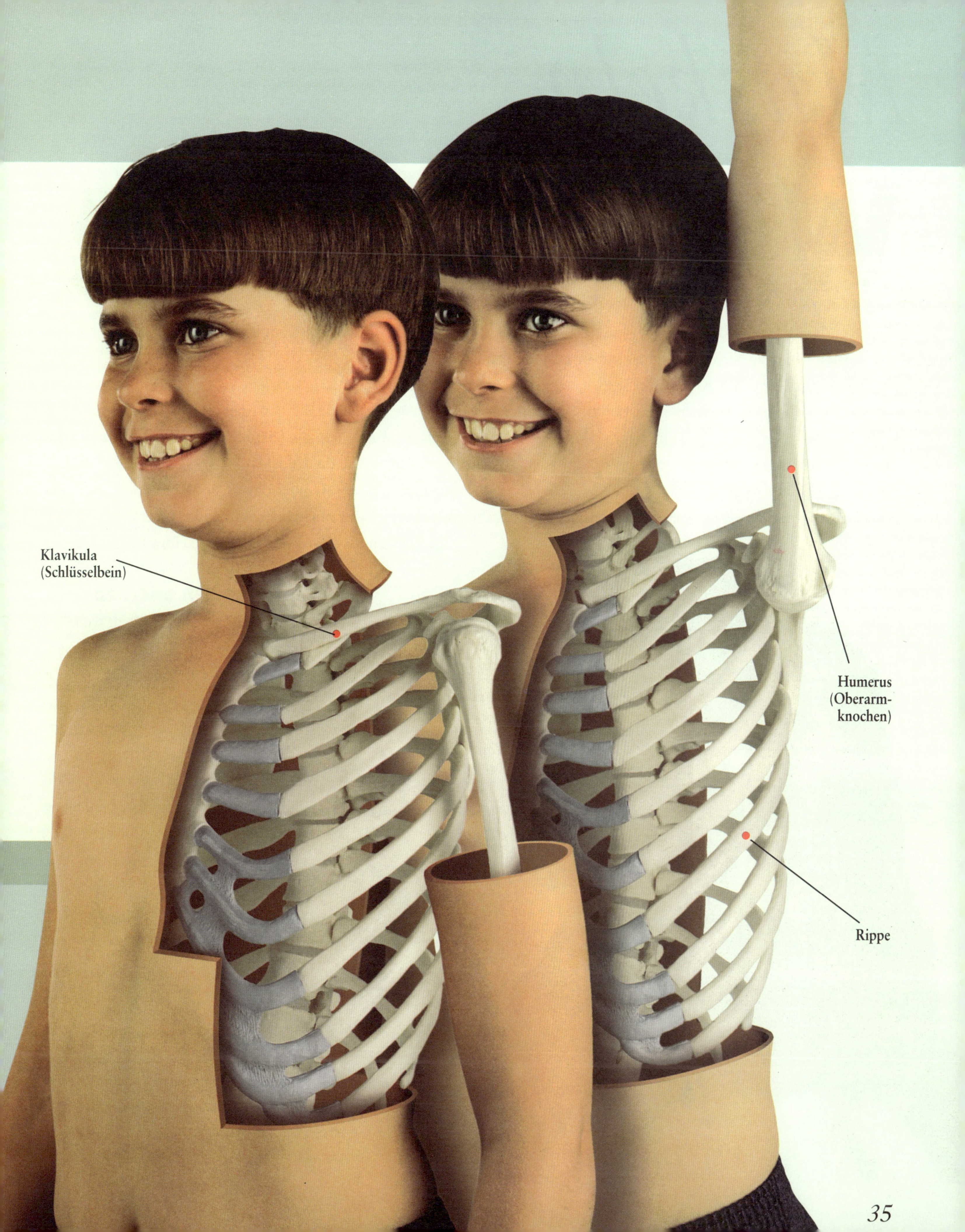
Klavikula
(Schlüsselbein)
Humerus
(Oberarm-
knochen)
Rippe

Muskeln

WENN DU ABENDS im Bett liegst, fühlst du dich vielleicht völlig entspannt. Aber manche Muskeln schlafen nie. Sie sind ununterbrochen damit beschäftigt, dein Herz zum Punpen und deine Lungen zum Atmen zu bringen. Diese Muskeln werden auf Seite 41 noch genauer beschrieben. Hier beschäftigen wir uns mit jenen Muskeln, die sich sehr wohl entspannen, wenn du schläfst.

Man nennt sie Skelettmuskeln, denn sie sind mit den Knochen verbunden. Sie bewegen den Körper. Sie heißen auch willkürliche Muskeln, weil sie der bewussten Kontrolle des Gehirns unterstehen. Das bedeutet, dass du sie bewegen kannst, wann immer du willst. Mit den Muskeln in deinem Herzen oder deinem Darm ist das nicht möglich. Du hast mehr als 640 Skelettmuskeln, die etwa zwei Fünftel deines gesamten Körpergewichtes ausmachen. Genau wie die Knochen haben sie fachliche Bezeichnungen, aber nur wenige Muskeln haben allgemein bekannte Namen. Der Bizeps ist einer davon, er befindet sich im Oberarm. Genau gesagt heißt er eigentlich Biceps brachii (Armbizeps), denn es gibt auch einen Bizeps im Oberschenkel, den Biceps femoris (zweiköpfiger Schenkelmuskel).

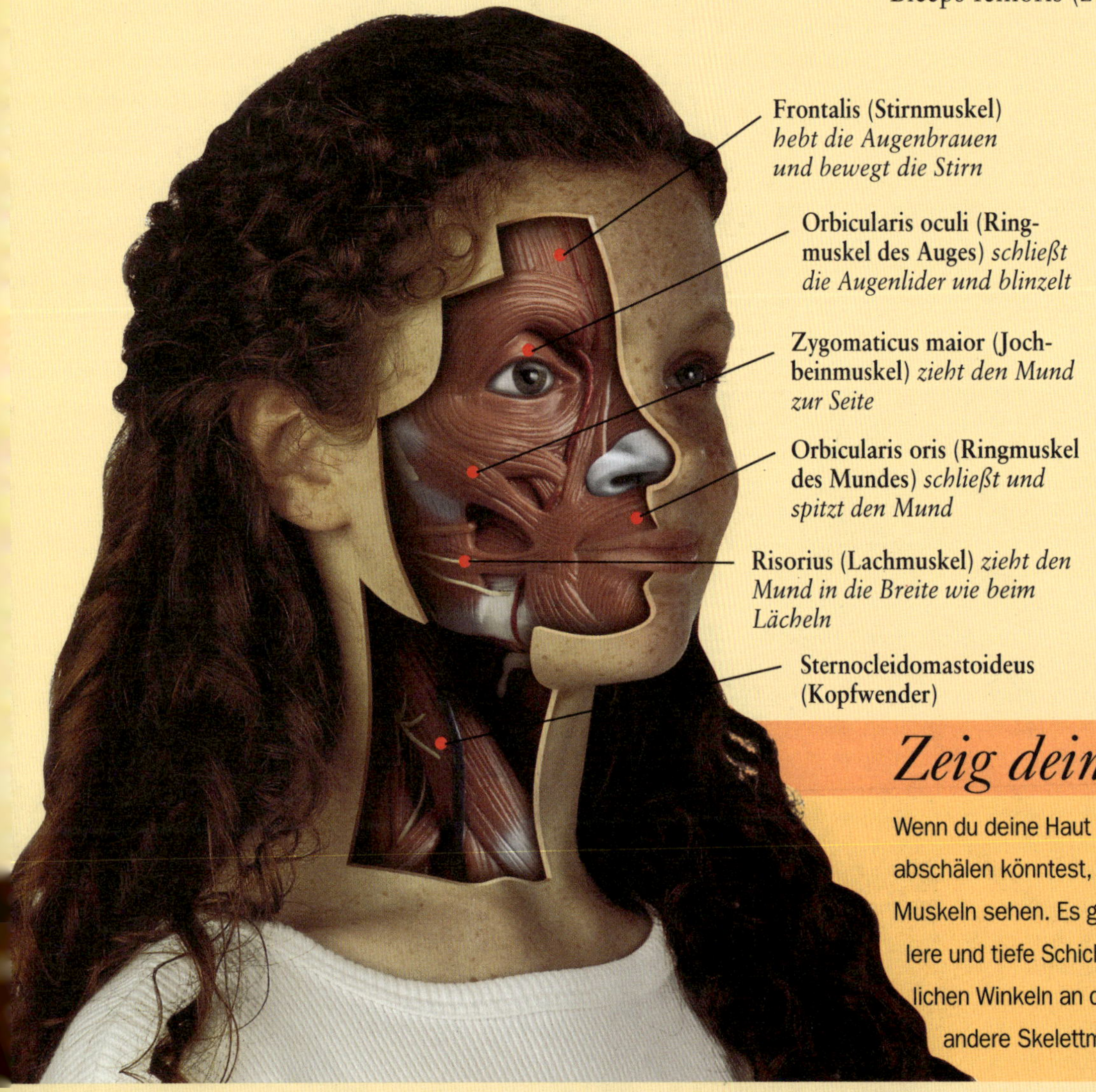

Bewegungen erlernen

Du musst nicht nachdenken, wenn du deine über 600 Muskeln bewegen willst. Schon vor deiner Geburt hast du gelernt, deine Muskeln zusammenarbeiten zu lassen. Du hast mittlerweile schon so viel Übung im Gehen, Reden oder Schreiben, dass du dabei fast nicht mehr nachzudenken brauchst. Erst wenn du versuchst, neue körperliche Tätigkeiten, wie Windsurfen oder Klavierspielen, zu erlernen, merkst du, wie viele Muskeln man da kontrollieren muss!

Zeig deine Muskeln

Wenn du deine Haut und die äußere Schicht subkutanen Fetts abschälen könntest, würdest du die meisten der hier gezeigten Muskeln sehen. Es gibt noch weit mehr. Darunter liegen noch mittlere und tiefe Schichten, die einander kreuzen und in unterschiedlichen Winkeln an den Knochen festsitzen. Wir haben auch noch andere Skelettmuskeln, die zu klein für diese Abbildung sind.

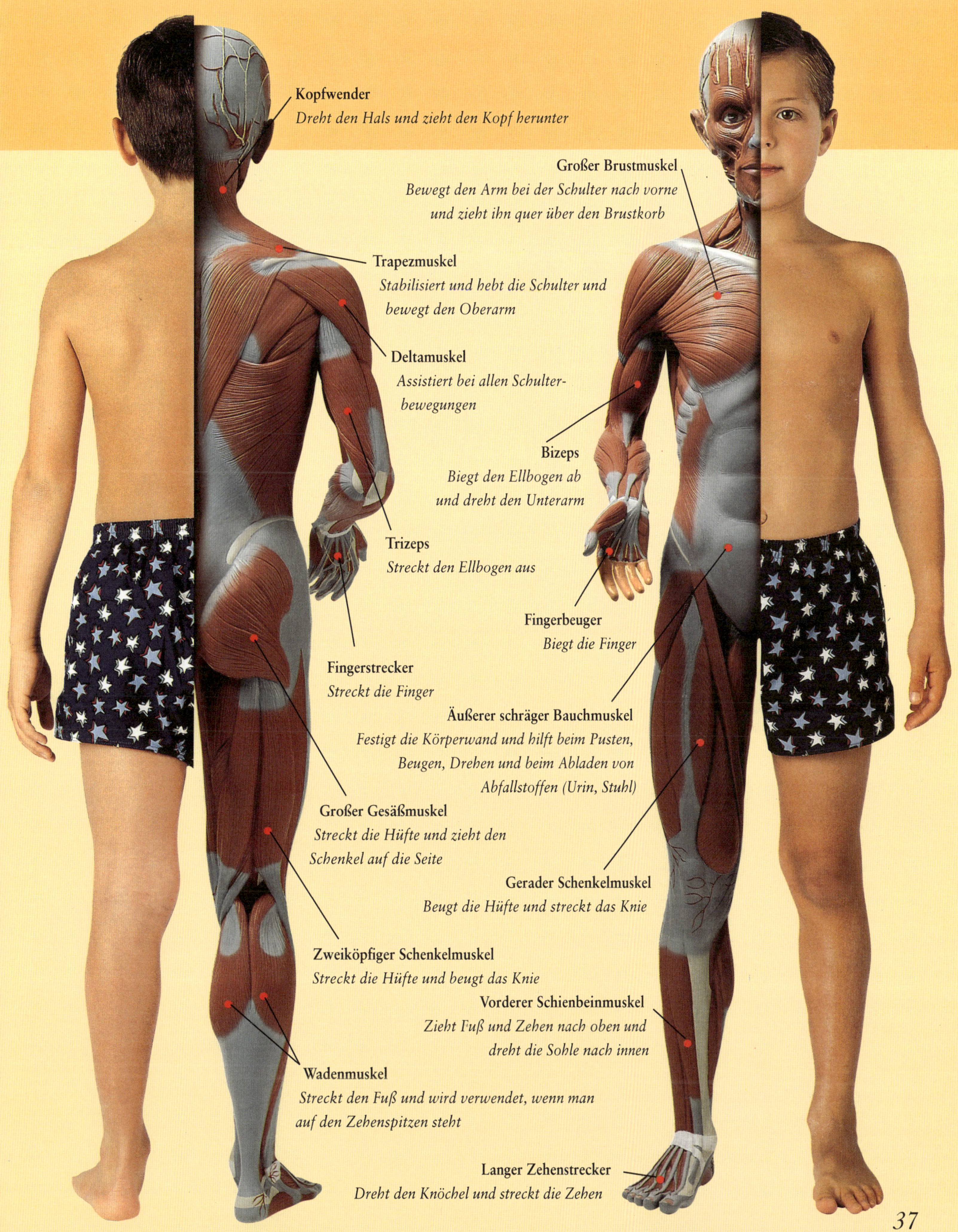
Kopfwender
Dreht den Hals und zieht den Kopf herunter
Großer Brustmuskel
Bewegt den Arm bei der Schulter nach vorne und zieht ihn quer über den Brustkorb
Trapezmuskel
Stabilisiert und hebt die Schulter und bewegt den Oberarm
Deltamuskel
Assistiert bei allen Schulter-bewegungen
Bizeps
Biegt den Ellbogen ab und dreht den Unterarm
Trizeps
Streckt den Ellbogen aus
Fingerbeuger
Biegt die Finger
Fingerstrecker
Streckt die Finger
Äußerer schräger Bauchmuskel
Festigt die Körperwand und hilft beim Pusten, Beugen, Drehen und beim Abladen von Abfallstoffen (Urin, Stuhl)
Großer Gesäßmuskel
Streckt die Hüfte und zieht den Schenkel auf die Seite
Gerader Schenkelmuskel
Beugt die Hüfte und streckt das Knie
Zweiköpfiger Schenkelmuskel
Streckt die Hüfte und beugt das Knie
Vorderer Schienbeinmuskel
Zieht Fuß und Zehen nach oben und dreht die Sohle nach innen
Wadenmuskel
Streckt den Fuß und wird verwendet, wenn man auf den Zehenspitzen steht
Langer Zehenstrecker
Dreht den Knöchel und streckt die Zehen

Noch mehr Muskeln

AUF DEN MEISTEN ABBILDUNGEN sieht man nur die äußeren, an der Oberfläche befindlichen Muskelschichten. Unter diesen gibt es aber noch weitere Schichten, die zum Teil direkt an den Knochen des Skeletts liegen, besonders in den Gliedmaßen. Dieses komplizierte Netz aus miteinander verwobenen Muskeln hat auch schon die frühen Anatomen fasziniert. Während der Renaissance, also etwa ab dem 14. Jahrhundert, begannen diese Pioniere damit, menschliche Körper aufzuschneiden. Sie wollten wissen, wie es im Inneren aussieht, und sich nicht mehr auf das antike griechische und römische Wissen verlassen. Der berühmteste dieser Anatomen wurde in Brüssel geboren und unterrichtete später in Padua in Italien. Sein Name war Andreas Vesalius (1514–1564). Viele Jahre lang wurde die Muskulatur des Körpers in allen Details untersucht, hunderte Muskeln wurden beschrieben und benannt. Trotzdem behaupteten 1996 zwei amerikanische Experten, zwei neue Muskeln entdeckt zu haben, die sich spiegelgleich zueinander in beiden Gesichtshälften vom Unterkiefer bis zum hinteren Teil der Augenhöhle erstrecken und beim Kauen helfen.

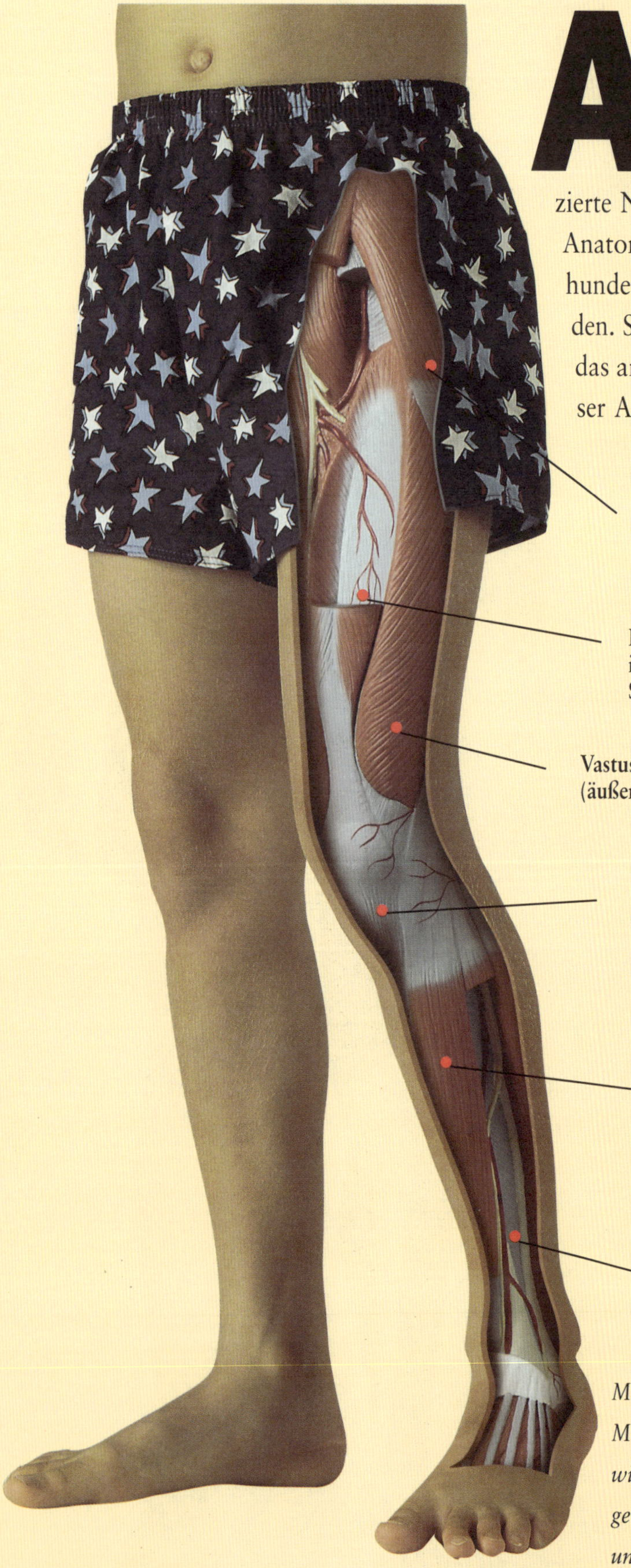

Mithilfe der verschiedenen Muskelschichten können wir das Bein abbiegen, gerade halten, ausstrecken und drehen.

Die mittleren Muskeln

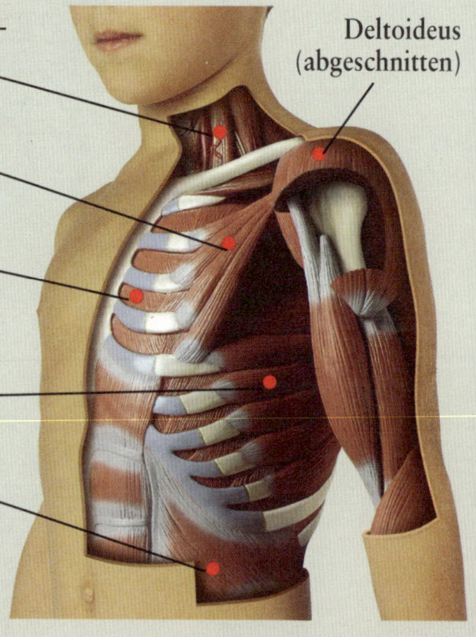

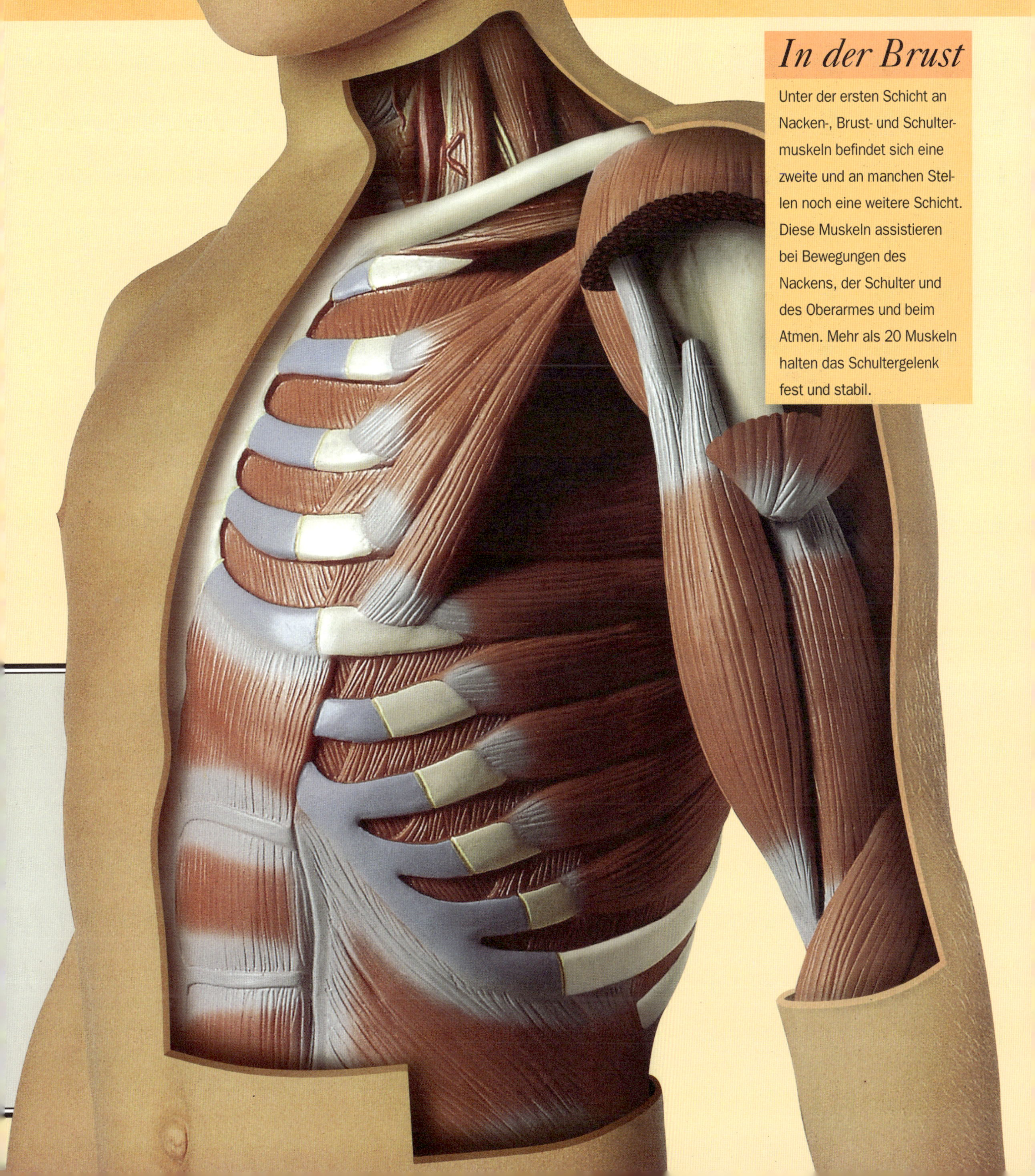

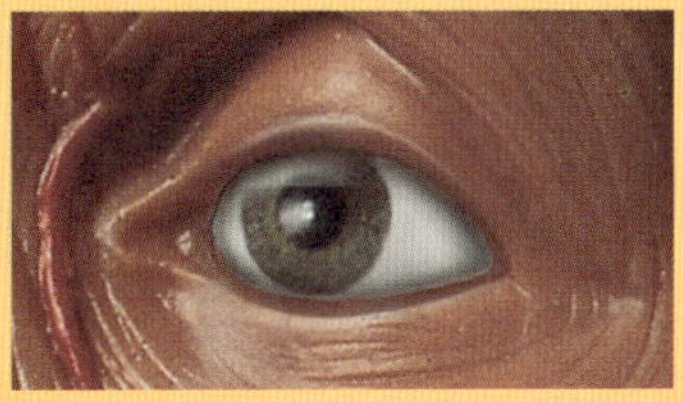

In der Brust

Unter der ersten Schicht an Nacken-, Brust- und Schultermuskeln befindet sich eine zweite und an manchen Stellen noch eine weitere Schicht. Diese Muskeln assistieren bei Bewegungen des Nackens, der Schulter und des Oberarmes und beim Atmen. Mehr als 20 Muskeln halten das Schultergelenk fest und stabil.

In den Muskeln

Angespannte Muskeln werden unter der Haut sichtbar.

WENN DU EIN BEEFSTEAK ISST, so nimmst du nahezu feste Muskeln zu dir – von einer Kuh. Menschliche Muskeln und die der meisten anderen Säugetiere sind denen einer Kuh sehr ähnlich. Wenn ein Tier stirbt, so werden aus den Muskeln weiche Klumpen roten Fleisches. In einem lebenden Körper haben die Muskeln aber einzigartige Eigenschaften. Sie können angespannt und hart werden und sie können sich zusammenziehen.

Ein typischer Muskel ist lang, hat in der Mitte eine Beule und läuft an den Enden zusammen. Jedes Ende ist mithilfe einer festen, zähen Verlängerung, einer so genannten Sehne, mit einem Knochen verbunden. Der mittlere Teil oder der Bauch des Muskels besteht aus dutzenden Bündeln dünner Fasern, den Muskelfasern. Die dicksten davon sind so dünn wie ein Haar, die dünnsten kann man gar nicht mehr sehen. Muskelfasern haben unterschiedliche Längen, je nachdem, in welchem Muskel sie sich befinden. Bei einem sehr langen Beinmuskel können sie 10 cm lang sein, im Oberschenkel sogar 30 cm.

Hauruck!

Wenn viele Menschen gemeinsam an einem Seil ziehen, so erzeugen sie zusammen viel Energie und Kraft. Deine Muskelbewegungen basieren auf derselben Grundlage, auf der Zugbewegung von Billionen von Molekülen zwischen den Myofilamenten aus Actin und Myosin („myo" bedeutet: Muskeln betreffend).

Riesenzellen geben Riesenkraft

Jede Muskelfaser ist eigentlich eine eigene Zelle und daher, im Vergleich zu den meisten anderen Zellen, ein Riese. Sie enthält Bündel hunderter, noch kleinerer schnurähnlicher Teile, die Myofibrillen. Diese wiederum bestehen aus Bündeln noch dünnerer, gedrehter, seilähnlicher Myofilamente. Es gibt zwei Arten von Myofilamenten. Die dicken bestehen aus einem Eiweißkörper namens Myosin, die dünnen sind aus einem anderen Eiweiß gemacht, nämlich Actin.

Reibungslose Arbeit

Unter dem Mikroskop hat dieser Eingeweidemuskel ein glattes, nicht gestreiftes Aussehen. Das kommt daher, dass die Myofilamente aus Actin und Myosin zufällig angeordnet sind und nicht in geordneten Bündeln. Die dunklen Flecken sind die gefärbten oder fleckigen Nuclei (Kontrollzentren) der Muskelzellen.

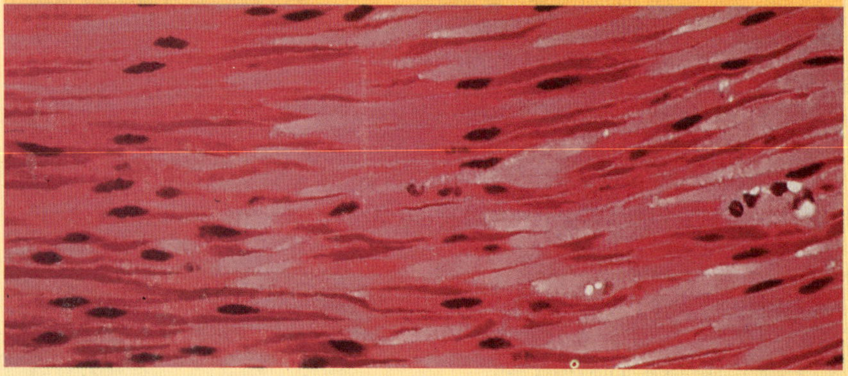

Die wichtigsten Muskelmoleküle

Actin und Myosin sind die Grundlage der Muskelbewegungen. Bei einem Myosin-Myofilament gibt es viele Stiele, die auf der Seite herausstehen. Jeder Stiel hat einen kugelförmigen Kopf. Dieser Kopf greift nach einer benachbarten Actinschnur, der Stiel verbiegt sich und bewegt das Actin. Der Kopf lässt das Actin wieder aus, der Stiel richtet sich wieder auf. Dann zieht der Kopf wieder am Actin, der ganze Vorgang wiederholt sich, und das Actin wird wieder ein Stückchen weitergezogen. Es ist ähnlich wie beim Tauziehen.

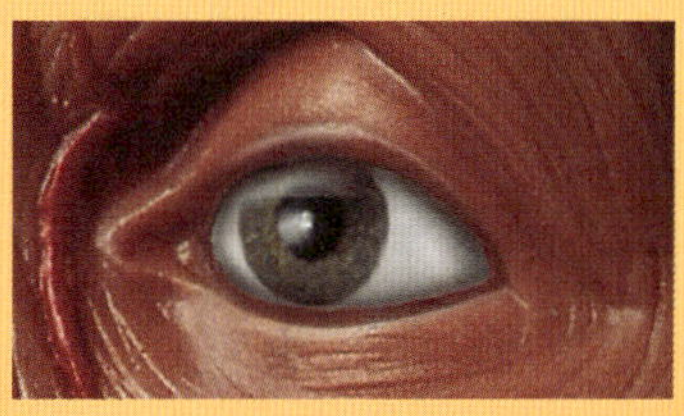

Dasselbe geschieht mit hunderten anderen Stielen auf den Myosinfilamenten, und bei hunderten anderen Myosinfilamenten in der Myofibrille, mit hunderten anderen Myofibrillen in der Muskelfaser, und mit hunderten anderen Muskelfasern im Muskel. Auf diese Weise werden durch Millionen kleinster Bewegungen die Muskeln aktiviert.

Muskeln im Detail

Unter dem Mikroskop sieht der Skelettmuskel gestreift aus. Das kommt daher, dass die Actin- und Myosinfilamente in geordneten Bündeln arrangiert sind. Streiche einmal mit den Fingern zwischen die Finger der anderen Hand, auf ungefähr der halben Länge. Die Stelle, wo die Finger überlappen, ist wie einer der dunklen Streifen im Skelettmuskel, wo zwei Garnituren Bündel überlappen. Dieses Photo wurde nachgefärbt, die Myosinfilamente sind orange, die Actinfilamente sind blau.

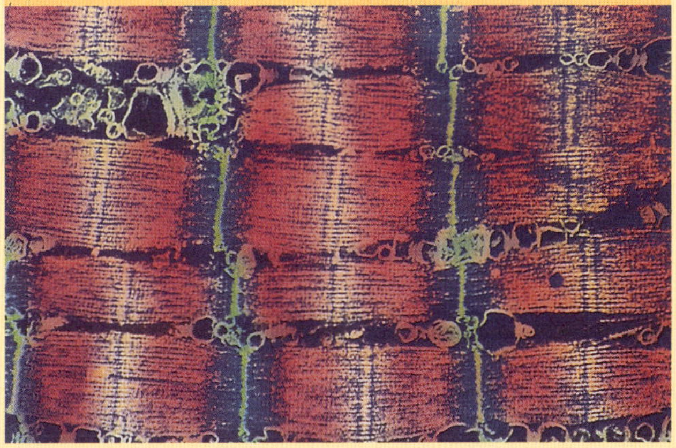

Andere Arten von Muskeln

Zusätzlich zu den Skelettmuskeln gibt es noch zwei andere wichtige Arten von Muskeln. Einer ist der Herzmuskel, der die Wände des Herzens bildet. Der andere ist der Eingeweidemuskel. Er bildet Schichten in den Wänden der inneren Organe, wie etwa dem Magen, dem Darm oder der Blase, und auch die Wände der wichtigsten Blutgefäße.

Der Eingeweidemuskel wird auch „unwillkürlich" genannt, da seine Bewegungen unbewusst sind. Das heißt, du kannst sie nicht kontrollieren. Er arbeitet automatisch. Grundsätzlich funktionieren sowohl der Herzmuskel als auch die Eingeweidemuskeln nach demselben Prinzip wie die Skelettmuskeln, mithilfe von Actin- und Myosinbündeln. Der Herzmuskel ist darauf spezialisiert, sich regelmäßig Millionen Mal zusammenzuziehen ohne zu ermüden, denn sonst würde das Herz aufhören zu schlagen. Der Eingeweidemuskel kann über lange Zeit hinweg Zugkraft oder Spannung aufrechterhalten. Er hat verschiedene Formen und passt sich so dem Aufbau der inneren Organe an.

Herzmuskel

Die Herzwände bestehen aus dem Herzmuskel, auch Myokard genannt. Seine Zellen haben ein verästeltes, buschähnliches Muster. Wie jeder Muskel muss auch er mit ausreichend Blut versorgt werden. Dieses Blut kommt über die Herzkranzgefäße, die sich an der Außenseite des Herzens entlangschlängeln. Das Myokard ist in den unteren Pumpkammern, den Ventrikeln, weit dicker als oben.

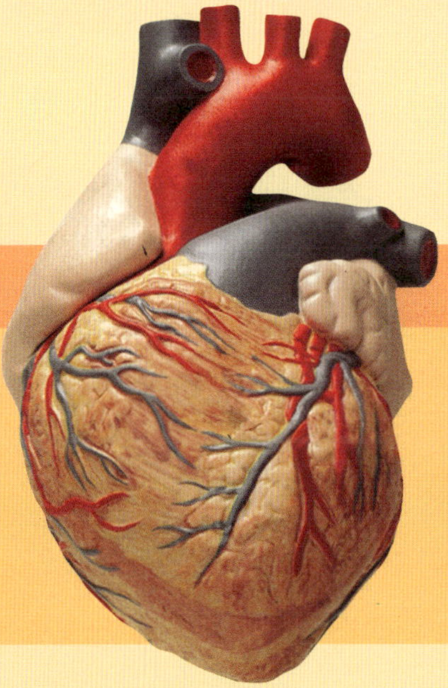

Wusstest du, ...

- ... DASS DIE SKELETTMUSKELN BEI FRAUEN ETWA 30–40 % UND BEI MÄNNERN 40–50 % DES KÖRPERGEWICHTES AUSMACHEN?
- ... DASS DER GRÖSSTE MUSKEL DER GLUTAEUS MAXIMUS IM GESÄSS IST? ER HILFT BEIM SPRINGEN.
- ... DASS DER KLEINSTE MUSKEL DER STAPEDIUS AM WINZIGEN STEIGBÜGELKNOCHEN TIEF IM INNEREN DES OHRES IST?
- ... DASS DER LÄNGSTE MUSKEL DER SARTORIUS IST? ER VERLÄUFT VON DER SEITLICHEN TAILLE DIAGONAL ÜBER DIE VORDERSEITE DES OBERSCHENKELS NACH UNTEN BIS ZUM KNIE.
- ... DASS DIE BEIDEN MASSETER-MUSKELN ZU DEN STÄRKSTEN MUSKELN ZÄHLEN? SIE SITZEN LINKS UND RECHTS IN DEINEM GESICHT UND SCHLIESSEN BEIM KAUEN DIE KIEFER.

Sich bewegen

Die Muskel bewegen und lenken den Körper!

DIE MUSKELN BEWEGEN DEN KÖRPER. Sie arbeiten durch einen Zugmechanismus und können nur kürzer werden. Würden sie sich ausdehnen, wäre das wirkungslos. Wenn aber die Muskeln nur ziehen, wie kann dann dein Körper Dinge stoßen und all die anderen Bewegungen verrichten? Das kommt daher, dass immer zwei oder mehrere Muskeln zusammenarbeiten. In deinem Oberarm gibt es zum Beispiel vorne den Biceps brachii. Er läuft auf der Oberseite zu Sehnen zusammen, die mit dem Schulterblatt verbunden sind. Die Sehnen an der Unterseite schließen an den Unterarmknochen an. Wenn sich dieser Muskel zusammenzieht, so zieht er am Unterarmknochen und bewegt ihn. Dadurch wird dein Ellbogen gebeugt. So arbeiten die Muskeln – indem sie an Knochen ziehen.

Entgegengesetzte Partner

Wie streckst du deinen Arm aus? Der Bizeps kann dabei nicht helfen. Er kann den Unterarmknochen nicht wieder zurückstoßen. Wenn du aufrecht stehst, so spielt die Schwerkraft mit, indem sie deinen Unterarm und deine Hand nach unten zieht. Aber die meiste Arbeit wird vom Triceps brachii verrichtet. Er befindet sich an der Rückseite des Oberarmes. Wenn er sich zusammenzieht, zieht er den Unterarm nach unten. Dabei entspannt sich der Bizeps und wird wieder lang und dünn. Der Bizeps und der Trizeps sind entgegengesetzte Partner. Im ganzen Körper sind die Muskeln auf diese Weise angeordnet. Schau dir einmal die Oberschenkelmuskeln auf Seite 37 an. Der zweiköpfige Schenkelmuskel (Biceps femoris) und der gerade Schenkelmuskel (Rectus femoris) sind wie Bizeps und Trizeps im Arm, nur bewegen sie das Knie.

Der Bizeps auf der Hinterseite beugt das Knie und der Rectus femoris auf der Vorderseite streckt es wieder. Oft gibt es noch viel kompliziertere Muskelgruppen bei diesen entgegengesetzten Partnern. Manche von ihnen bewirken diagonale Bewegungen, andere Bewegungen in engen Winkeln. Aber zusammen können sie die Knochen hin und her ziehen und sie drehen und wenden.

Muskeln benennen

Viele Knochen haben zwei Namen. Das Brustbein wird auch Sternum genannt. Aber nur wenige der über 600 Skelettmuskeln haben auch alltägliche Bezeichnungen. Ihre Fachbezeichnungen geben uns aber Aufschluss über ihre Position, Größe und Form. Der Tibialis anterior befindet sich auf der Vorderseite der Tibia, dem Schienbein. Der Glutaeus maximus ist der größte Muskel im Körper, er befindet sich im Gesäß und im Oberschenkel und wird beim Gehen, Laufen und Springen eingesetzt. Der Biceps brachii befindet sich im Oberarm („brachial") und der Bizeps femoris im Oberschenkel, nahe dem Femur oder Oberschenkelknochen.

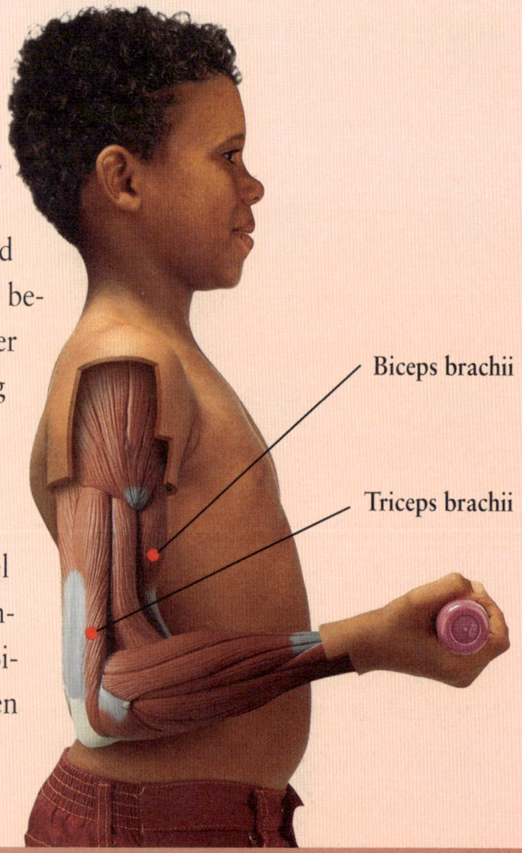

Teamarbeit

Hebe ein Gewicht und zeig deine Muskeln! Um den Ellbogen zu beugen, musst du deinen Bizeps und andere Muskeln im Oberarm zusammenziehen. Der Bizeps wird kürzer und wölbt sich in der Mitte. Der Trizeps der anderen Seite des Oberarmes ist entspannt und locker und wird durch das Ziehen des Bizeps ausgedehnt. Wenn sich also ein Muskel eines Paars zusammenzieht, wird der andere ausgedehnt.

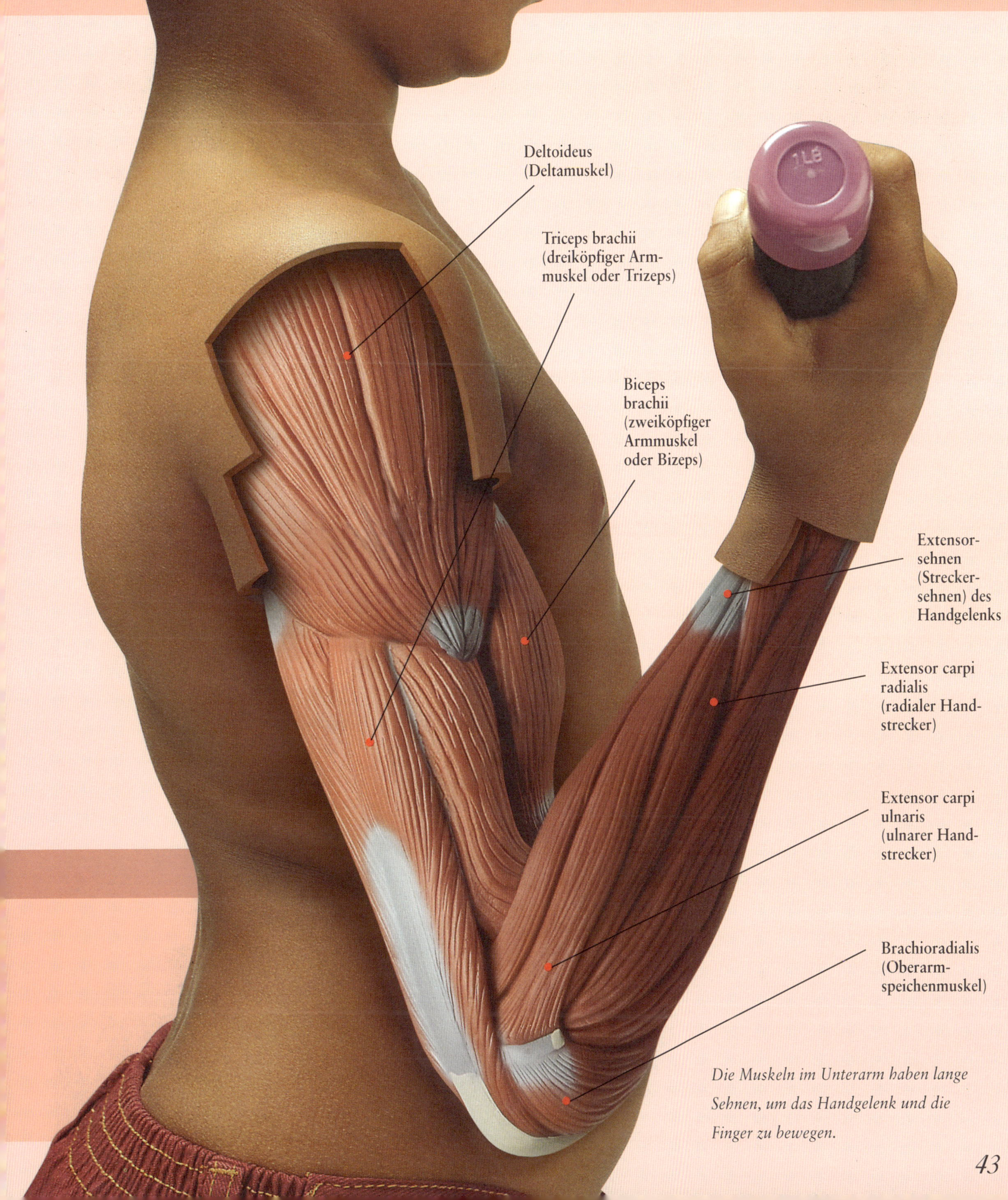

Die Muskeln im Unterarm haben lange Sehnen, um das Handgelenk und die Finger zu bewegen.

Kleine Muskeln

DIE MUSKELN ERZEUGEN jede Bewegung des Körpers, bis hin zu den kleinsten Bewegungen unserer Finger. Bei kleinen Bewegungen werden auch nur kleine Muskeln benutzt, die zum Teil nur wenige hundert Muskelfasern (siehe Seite 40) haben. Stell dich einmal vor den Spiegel und schneide ein paar Grimassen. Wenn du deine Augenbraue oder den Mund nur ein bisschen bewegst, ändert sich dein Gesichtsausdruck. Wir benutzen diese feinen Gesichtsbewegungen, um unsere Gefühle auszudrücken.

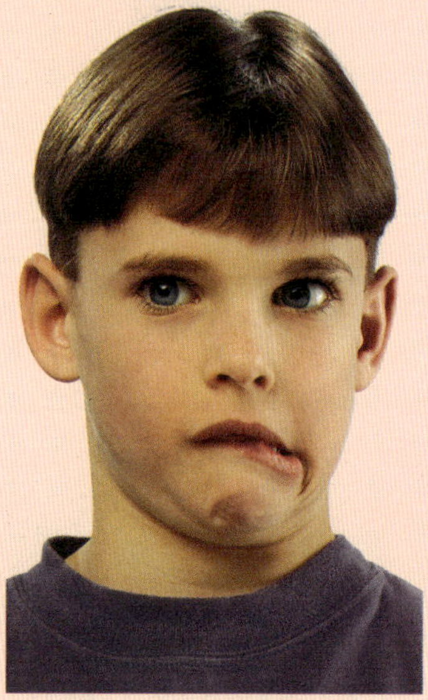

Wo setzen Muskeln noch an

Es gibt ungefähr 50 Hauptmuskeln im Gesicht. Außergewöhnlich dabei ist, dass manche von ihnen nicht mit Knochen verbunden sind. Ihre Enden setzen an anderen Muskeln oder an Knoten aus fasrigem Material, der Aponeurosis, an. Ein bisschen davon befindet sich in jedem Mundwinkel, genannt Modiolus. Hier ist die Verankerung für die Enden von acht Muskeln, die rund um die Lippen, zum Auge, zur Wange und zum unteren Teil der Wange und zum Kinn verlaufen.

Schau noch einmal in den Spiegel. Lächle, dann zieh deinen Mund in einer Grimasse auseinander und runzle die Stirn. Du siehst, wie deine Mundwinkel zuerst nach oben, dann zur Seite und schließlich nach unten gezogen werden. Halte einmal deine Mundwinkel zwischen Daumen und Zeigefinger, und du kannst genau an der Seite das sehnige Stück Modiolus ertasten.

Die bewegliche Zunge

Die Zunge besteht fast ausschließlich aus Muskeln. Sie kann in fast jede Richtung bewegt werden. Dadurch kannst du Laute formen und sprechen, Essen beim Kauen hin und her schieben und dir dann deine Lippen lecken. In der Zunge finden wir sechs innere Lingualmuskeln. Es gibt zwei obere Longitudinalmuskeln, die die Seiten der Zunge nach oben wölben und ein U bilden; zwei untere Longitudinalmuskeln, die die Gegenbewegung ausführen, also ein umgedrehtes U formen; einen Transversalmuskel, der der Zunge eine lange, dünne Form geben kann; und einen Vertikalmuskel, der sie flach und breit macht. In der Zunge finden sich noch vier Paare äußere Muskeln. Der Hyoglossus bewegt sie nach unten; der Palatoglossus hebt sie nach oben; der Styloglossus zieht sie zurück und der Genioglossus streckt sie heraus. Sei vorsichtig, wenn du das machst!

Die Grimassen auf diesen Seiten sind sehr übertrieben. Schon winzige Muskelbewegungen können Launen und Emotionen zeigen.

Fingerbewegungen

Deine Hände und Finger können unglaublich genaue Bewegungen vollziehen. Schon allein um deinen Namen zu schreiben, brauchst du sehr viel Beherrschung. Jeder Finger hat einen langen Muskel, der ihn beugt. Dieser Muskel, der Flexor digitorum (Fingerbeuger), befindet sich eigentlich im Unterarm. Eine lange Sehne, die durch dein Handgelenk läuft, verbindet ihn mit den Fingerknochen. Balle deine Finger zu einer Faust, beuge dein Handgelenk leicht, und du kannst die Muskeln unter der Haut deines Unterarms sehen. Jeder dieser Muskeln hat einen entgegengesetzten Partner, den Extensor digitorum (Fingerstrecker), an der Außenseite des Unterarms. Er ist durch eine lange Sehne auf der Rückseite des Handgelenks mit der anderen Seite der Fingerknochen verbunden. Gemeinsam können diese Muskeln die Finger mit einer Genauigkeit von ein bis zwei Millimetern strecken und beugen.

Es gibt auch noch kleine Muskelgruppen an den Fingerknochen, zwischen den Knöcheln. Dadurch erhält die Hand mehr Geschicklichkeit und Fertigkeit. Als Baby musstest du erst nach und nach lernen, all diese Muskeln zu kontrollieren, sodass du heute all die Dinge tun kannst, die für dich selbstverständlich sind.

Nach Dingen greifen

Beim Menschen gibt es drei verschiedene Griffe. Einer ist der Hakengriff. Du verwendest ihn, wenn du von einem Reck herunterhängst oder eine Tür öffnest. Der zweite ist der Kraftgriff, wenn du einen Schraubenzieher oder einen Tennisschläger hältst. Der dritte ist der Präzisionsgriff. Dabei halten wir normalerweise etwas zwischen Daumen und Zeigefinger, etwa wenn wir einen Faden durch ein Nadelöhr ziehen. Für diese Griffe ist der Daumen sehr wichtig. Er ist der beweglichste Finger. Er setzt an einem Sattelgelenk an, verschiedene Muskeln ziehen an seinen drei Knochen, sodass man ihn im Kreis bewegen kann. Außer uns haben nur noch Affen einen so beweglichen Daumen, kein anderes Tier kann mit der Geschicklichkeit der menschlichen Hand mithalten.

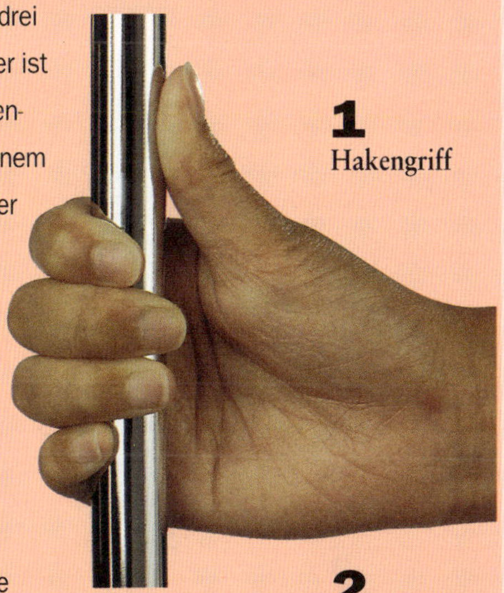

1 Hakengriff

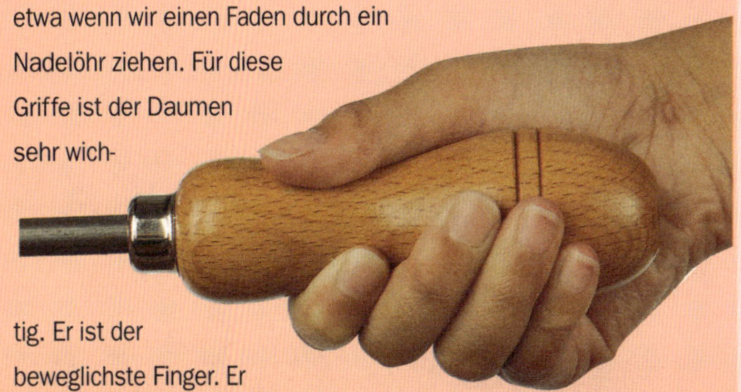

2 Kraftgriff

3 Präzisionsgriff

Kapitel 3

Energiezufuhr

UNSERE MODERNE WELT benötigt vor allem zwei Dinge: Energie und Rohstoffe. Energie aus Kohle, Gas oder Öl, Atom- oder Wasserkraft wird meist in Elektrizität umgewandelt und gelangt dann über Leitungen in Häuser, Schulen, Fabriken, Geschäfte und an all die anderen Orte, wo sie gebraucht wird. Wir verwenden verschiedenste Rohstoffe, etwa Metalle wie Eisen, Stahl oder Aluminium, aber auch Steine, Ziegel, Holz und Plastik, um Dinge herzustellen.

Auch der Körper benötigt Energie und Rohstoffe. Wir beziehen sie aus einer einzigen Quelle, der Nah-

rung. Unser Essen enthält die Energie, die wir zum Leben brauchen. Wie Benzin für ein Auto, so liefert das Essen unsere Energie in Form von chemischen Stoffen wie Zucker, Stärke oder anderen Kohlenhydraten. Die Nahrung enthält auch viele verschiedene Rohstoffe wie Eiweiß oder Mineralien, die der Körper braucht, um zu wachsen und um gesund zu bleiben.

Die Nahrung

EIN ELEFANT FRISST FAST NUR GRAS. In seinem Magen verdaut er das Gras, was bedeutet, dass es in kleine Teile zerteilt wird, in Moleküle. Diese Moleküle kommen in den Darm, werden in den Blutkreislauf aufgenommen und so im ganzen Körper des Elefanten verteilt. In seinen Zellen und Geweben werden die Moleküle in verschiedenen Kombinationen neu angeordnet und erhalten auf diese Weise Teile wie etwa Muskeln, Blut, Nerven, Haut und sogar Stoßzähne und Rüssel. Kurz gesagt: Gras wird zu Elefant.

Dasselbe geschieht auch bei dir. Egal was du isst, alles wird zu einem Teil deines Körpers.

Gute Mischung

Verschiedene Völker haben unterschiedliche traditionelle Nahrungsmittel. In einigen Ländern ist Reis der wichtigste Bestandteil, in anderen Manioks, Kartoffeln oder Brot. In manchen Regionen isst man gerne Fisch, in anderen lieber Geflügel und Fleisch. Es gibt Menschen, die überhaupt kein Fleisch essen. Wichtig ist, dass man viele verschiedene Nahrungsmittel zu sich nimmt.

Du bist, was du isst

Die Nahrung enthält die Rohstoffe oder Nährstoffe, die du zum Wachsen brauchst. Sobald du ausgewachsen bist, erhalten diese Rohstoffe deinen Körper, reparieren Verletzungen und ersetzen Teile, die sich durch die tägliche Beanspruchung abgenutzt haben. Dein Verdauungstrakt verdaut, indem er die Nahrung in Moleküle zerlegt, die in deinen Blutkreislauf gelangen. Im Körper werden diese Moleküle dann in unterschiedlichen Kombinationen wieder zusammengebaut und bilden so deine Körpergewebe, genau wie beim Elefanten (nur ohne Rüssel und Stoßzähne). Kurz gesagt: das Essen wird zu dir. Jede Maschine braucht zum Arbeiten Treibstoff. Der Körper ist ähnlich. Sein Treibstoff kommt aus derselben Quelle wie seine Rohstoffe, aus der Nahrung. Die Energie ist in den Molekülen der chemischen Stoffe enthalten. Sie hält den Körper am Leben. Der Körper benötigt auch Energie, um sich zu bewegen und die tausenden Vorgänge in seinem Inneren voranzutreiben.

Energie im Essen

ZUR ENERGIE

In der Wissenschaft wird die Energie normalerweise in Joule gemessen. Ein Joule ist eine sehr kleine Einheit, sodass wir die Energie im Essen in tausenden Joule messen. 1000 Joule sind ein Kilojoule (1 kJ). In der Vergangenheit maß man die Energie im Essen in Kalorien (cal). 1 kJ (Kilojoule) entspricht 0,24 Kalorien. Heutzutage verwenden wir jedoch vor allem die Einheit kJ. Schau dir einmal die Informationen auf den Verpackungen der Nahrungsmittel an und finde heraus, wie viel Energie sie enthalten.

WIE VIEL ENERGIE VERBRAUCHST DU?

Im Sitzen oder Liegen: 3–5 kJ pro Minute
Im Gehen: 10–15 kJ pro Minute
Im Laufen: 30–40 kJ pro Minute

ENERGIEVERBRAUCH PRO TAG

Durchschnittliches 10jähriges Kind: 7000 kJ
Körperlich untätige Person (sitzende Arbeit): 8500 kJ
Körperlich leicht tätige Person (Lehrer): 11 000 kJ
Körperlich sehr aktive Person (Athlet): 15 000 kJ

Ausgewogene Ernährung

Manche Nahrungsmittel enthalten viel Energie. Andere sind reich an Rohstoffen. Manche haben beides, und der Körper schöpft daraus. Um gesund zu bleiben, benötigt der Körper eine große Auswahl an verschiedenen Nahrungsmitteln. Zu viel eines bestimmten Nahrungsmittels ist schlecht für dich.

Wichtige Nahrungsmittel

Der menschliche Körper braucht bestimmte Nahrungsmittel. Im Gegensatz zum Elefanten können wir nicht von Gras allein leben. Um gesund zu bleiben, brauchen wir eine reichhaltige Ernährung, die uns alle notwendigen Substanzen zuführt.

KOHLENHYDRATE: Sind Energielieferanten. Kommen in zucker- und stärkehaltigen Nahrungsmitteln wie Kartoffeln, Weizen, Reis und anderen Getreidesorten, Nudeln, Brot und manchen Obst- und Gemüsesorten vor.

EIWEISS: Für Wachstum, Erhaltung und Reparatur des Körpers. Findet sich in Fleisch, Geflügel, Fisch, Milchprodukten, Hülsenfrüchten und auch im Getreide.

FETTE: Als Energielieferanten und für Aufbau, Erhaltung und Reparatur mancher Körpergewebe, wie zum Beispiel Nerven, wichtig. Kommt in Milchprodukten, Fleisch, Geflügel und Fisch und ölhaltigen Pflanzen vor.

VITAMINE UND MINERALIEN: In kleinen Mengen für Wachstum, Erhaltung und Selbstheilung und das Funktionieren der chemischen Prozesse notwendig. Findet sich in vielen Nahrungsmitteln, besonders in frischem Obst und Gemüse.

BALLASTSTOFFE: Enthalten in den meisten Vollkornsorten, Obst und Gemüse. Sie werden nicht verdaut, sondern unterstützen den Verdauungsprozess.

WASSER: lebenswichtig (siehe Seite 72)

ENERGIEGEHALT IN EINIGEN GÄNGIGEN NAHRUNGSMITTELN

eine Portion Kohlsprossen: 90 kJ
eine Portion Karotten: 100 kJ
ein kleiner Apfel: 170 kJ
eine Portion frische Erbsen: 200 kJ
eine Scheibe Brot: 200–250 kJ
eine Banane: 270 kJ
ein gegrillter, fettarmer Hamburger: 350 kJ
eine gegrillte Hühnerkeule: 600 kJ
ein Schokoriegel: 1000 kJ
eine Portion Pommes frites: 1300 kJ
eine Portion Salami: 500 kJ
eine Salatgurken-Garnierung: 20 kJ
ein gekochtes Ei: 300 kJ
ein Teelöffel Honig: 60 kJ
ein daumengroßes Stück Käse: 400 kJ
ein Krapfen: 1500 kJ

Unser tägliches Brot

WENN DU GROSSEN HUNGER HAST, isst du wahrscheinlich sehr schnell. Aber die Zeit, die du für das Essen aufwendest, hat wenig Auswirkung auf die Zeit, die dein Verdauungssystem zum Verarbeiten der Nahrung braucht. Wenn du schlingst, kaust du nicht gründlich, weil du denkst, dass es dadurch schneller geht. Das stimmt aber nicht. Dein Magen muss zusätzlich Zeit aufwenden, um das Essen zu zerteilen und die Arbeit zu erledigen, die deine Zähne nicht gründlich gemacht haben. Der Magen ist einer der wichtigsten Teile im Verdauungssystem. Es besteht aus einer langen Röhre, dem Verdauungstrakt, mit einigen breiteren und engeren Teilen. Jeder Teil erfüllt seine eigene Aufgabe. Auf seiner Reise durch den Verdauungstrakt kommt das Essen vom Mund, an Zähnen und Zunge vorbei in den Hals, die Speiseröhre, den Magen, den Dünndarm, den Dickdarm und den After, durch den Abfallstoffe und Überreste wieder nach außen gelangen.

Eine bewegende Geschichte

Die Nahrung wird durch pressende Bewegungen der Muskeln in den Wänden des Verdauungstraktes entlanggedrückt, so ähnlich, wie wenn du Brei mit den Händen durch einen Schlauch presst. Diese kräftige regelmäßige Bewegung wird Peristaltik genannt. Wenn du etwas Schlechtes schluckst, wie etwa giftige Beeren, so kann sich die Peristaltik in der Speiseröhre und dem Magen umkehren und das Essen mit großer Kraft wieder nach oben pressen. Das bedeutet, dass uns schlecht wird und wir uns übergeben müssen. Das ist unangenehm, aber es hilft. Es ist einer der vielen Schutzmechanismen im Körper, die uns vor Schaden und Krankheiten bewahren. Und außerdem gilt: Besser draußen als drinnen.

Die Leber und die Bauchspeicheldrüse sind für die Verdauung auch wichtig. Sie sind zwar nicht Teile des Verdauungstraktes, wirken aber bei der Verdauung mit, wie du noch sehen wirst.

Eine gut funktionierende Verdauung

Wie lange braucht man, um eine Mahlzeit zu verdauen? Das hängt davon ab, wie viel du isst, welche Nahrungsmittel du zu dir nimmst und wie gut du kaust. Im Allgemeinen benötigt man für fetthaltiges Essen mehr Zeit als für fettarmes. Im Schnitt dauert es 24–36 Stunden. Jede große Mahlzeit, die du zu dir nimmst, verbringt etwa einen Tag in deinem Verdauungssystem. Übrig bleiben die Reste, also brauner Stuhl. Er besteht aus Essensteilen, die schwer verdaulich sind, wie etwa Ballaststoffe, und aus abgestoßenen Teilen der Magen- und Darmschleimhaut.

Der Verdauungstrakt

- Mund: die erste Station für das Essen. Hier wird es gekaut und aufgeweicht.
- Zunge: bewegt das Essen im Mund hin und her, damit es gründlich gekaut wird, und stößt es dann in den hinteren Teil des Mundes, wo es geschluckt wird. Sie erkennt auch verdorbenes Essen, sodass wir es wieder ausspucken können.
- Zähne: teilen das Essen in kleinere, weichere Stücke auf, damit es geschluckt werden kann.
- Speicheldrüsen: produzieren Speichel, der mit dem Essen vermischt wird und es feucht und weich macht; beginnt mit seinen Enzymen die Verdauung.
- Lippen: schließen den Mund ab, sodass Essen oder Getränke nicht heraustropfen.
- Rachen (Pharynx): nimmt das geschluckte Essen entgegen und stößt es zur Speiseröhre hinunter.
- Speiseröhre: bewegt das Essen durch Peristaltik zum Magen hinunter.
- Magen: mischt und rührt das Essen zu Brei und mengt Chemikalien (Säuren, Enzyme) bei, um es aufzulösen.
- Dünndarm: fügt noch weitere Chemikalien zur Verdauung hinzu und nimmt die verdauten Nährstoffe in den Körper auf.
- Dickdarm: entnimmt überschüssiges Wasser und Mineralien vom übriggebliebenen Essen und wandelt den Abfall in Stuhl um.
- Mastdarm (Rektum): lagert den Stuhl bis zur Ausscheidung.
- After: öffnet sich und lässt den Stuhl entweichen.

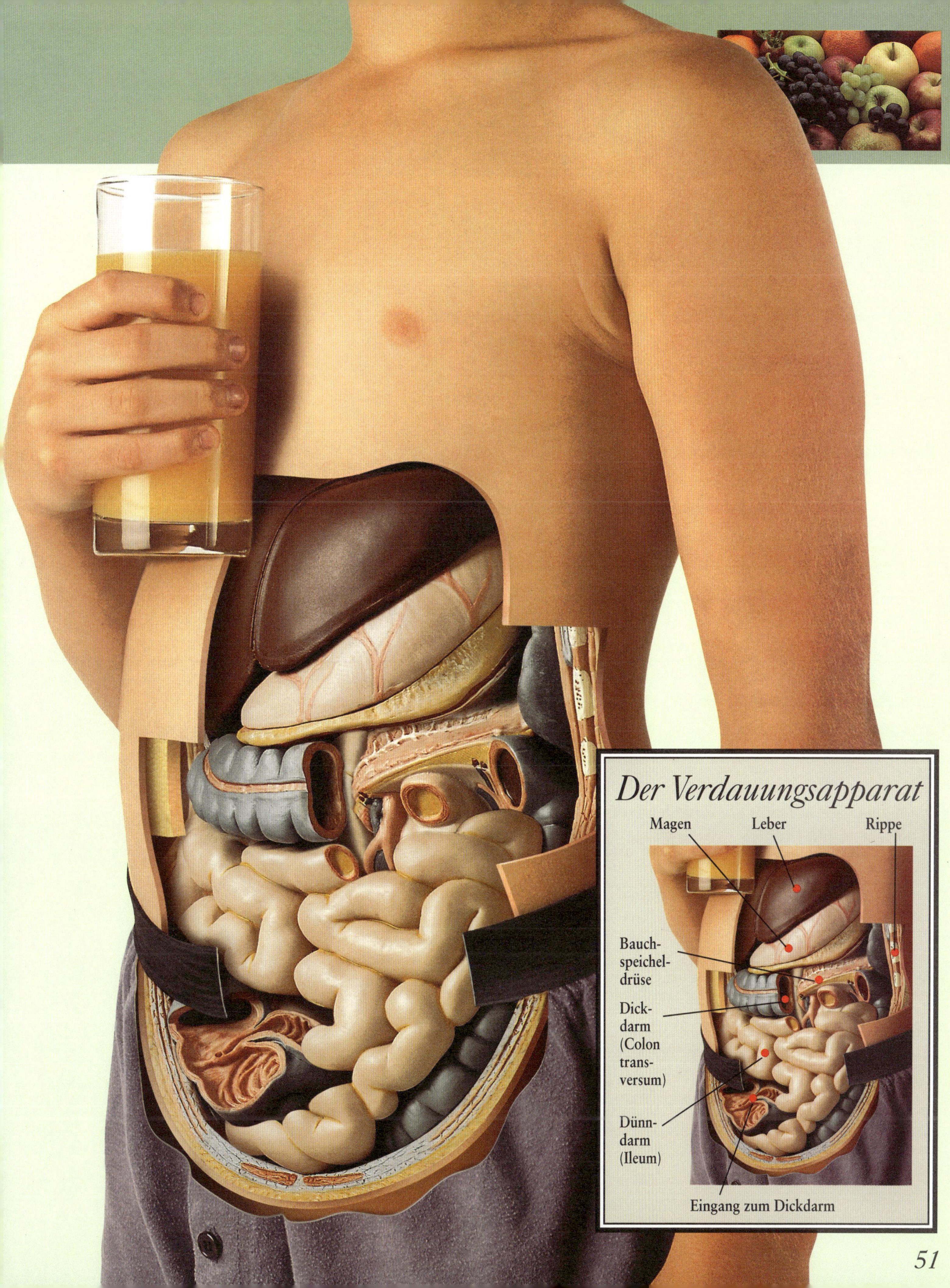
Der Verdauungsapparat
Magen
Leber
Rippe
Bauchspeicheldrüse
Dickdarm (Colon transversum)
Dünndarm (Ileum)
Eingang zum Dickdarm

Beißen und Kauen

DEINE ZÄHNE ZERTEILEN DAS ESSEN und zermalmen es zu einem weichen Brei, der leichter geschluckt werden kann. Wie viele Zähne hast du? Das hängt zum Teil von deinem Alter ab und auch davon, ob du Zähne und Zahnfleisch gut pflegst. Wenn du deine Zähne nicht putzt, werden sie schlecht und verfaulen. Manche müssen sogar vom Zahnarzt gezogen werden.

Die Zähne sind nicht alle gleich. Sie haben verschiedene Größen und Formen und verrichten unterschiedliche Aufgaben. Die Vorderzähne, oder Schneidezähne, sind dünn, haben eine breite Kante und sind scharf, wie kleine Meißel oder Spaten. Sie schneiden und zerteilen. Die Zähne gleich dahinter sind die spitzen Eckzähne. Sie zerreißen das Essen. Danach kommen die vorderen und hinteren Backenzähne, die eher breit und flach sind. Die zermalmen die Nahrung.

Zwei Garnituren Zähne für jeden

Normalerweise bekommen die Menschen zwei Garnituren Zähne, eine nach der anderen. Die ersten Zähne heißen Milchzähne. Schon vor der Geburt sind sie als winzige, weiße Flecken im Zahnfleisch zu erkennen. In einem Alter von ein paar Monaten wachsen die Zähne dann heraus und werden für jedermann sichtbar. Mit drei Jahren haben Kinder normalerweise schon die ersten 20 Zähne.

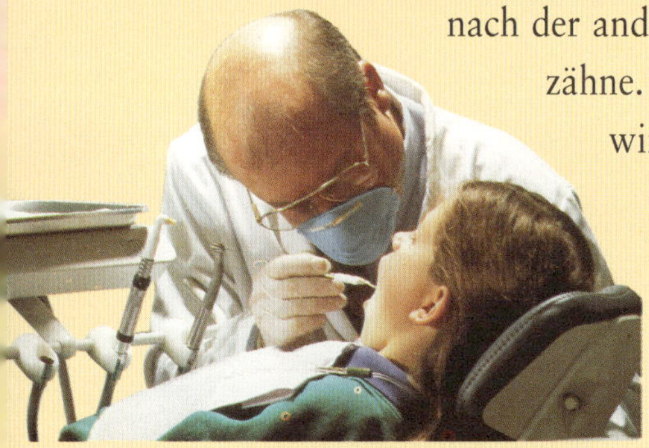

Regelmäßige Besuche beim Zahnarzt sind für gesunde Zähne sehr wichtig.

Ab einem Alter von sechs Jahren fallen die ersten Zähne aus. Sie werden durch das so genannte Dauergebiss ersetzt. Zuerst, im Alter von sieben bis acht Jahren, wachsen normalerweise die vorderen Schneidezähne und die ersten Backenzähne. Zuletzt kommen dann die hintersten

Das Zahninnere

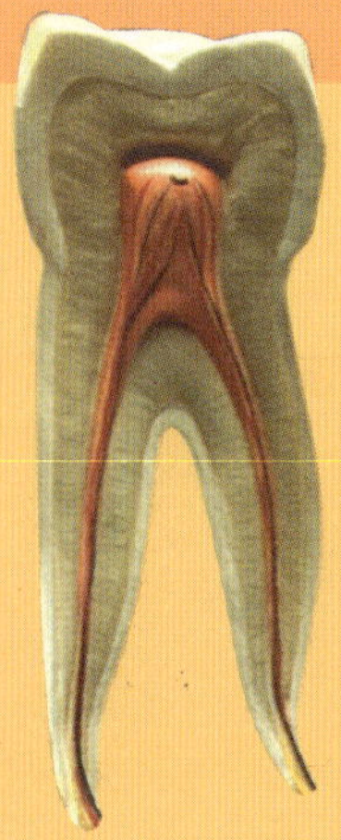

Jeder Zahn hat zwei Hauptbestandteile. Die Wurzel verankert ihn fest im Zahnfleisch. Dadurch kann er enormem Druck standhalten, wenn du harte Nahrungsmittel kaust. Die Krone ist der sichtbare Teil des Zahnes. Sie ist mit weißlichem Zahnschmelz überzogen, eine der härtesten Substanzen im ganzen Körper. Unter dem Zahnschmelz befindet sich eine Schicht Zahnbein, das nicht ganz so hart ist und als Stoßdämpfer dient. In der Mitte des Zahnes verlaufen Blutgefäße und Nerven.

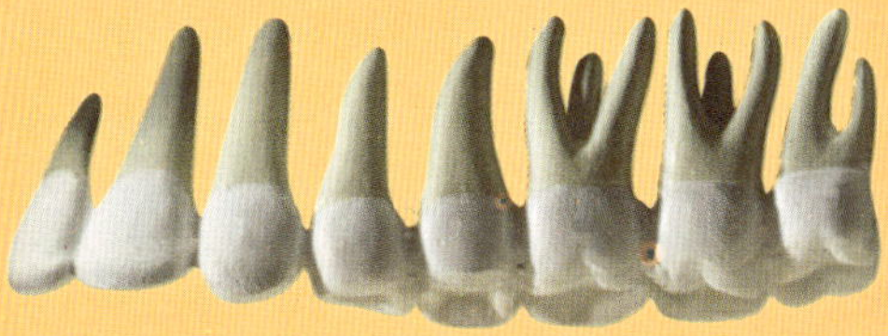

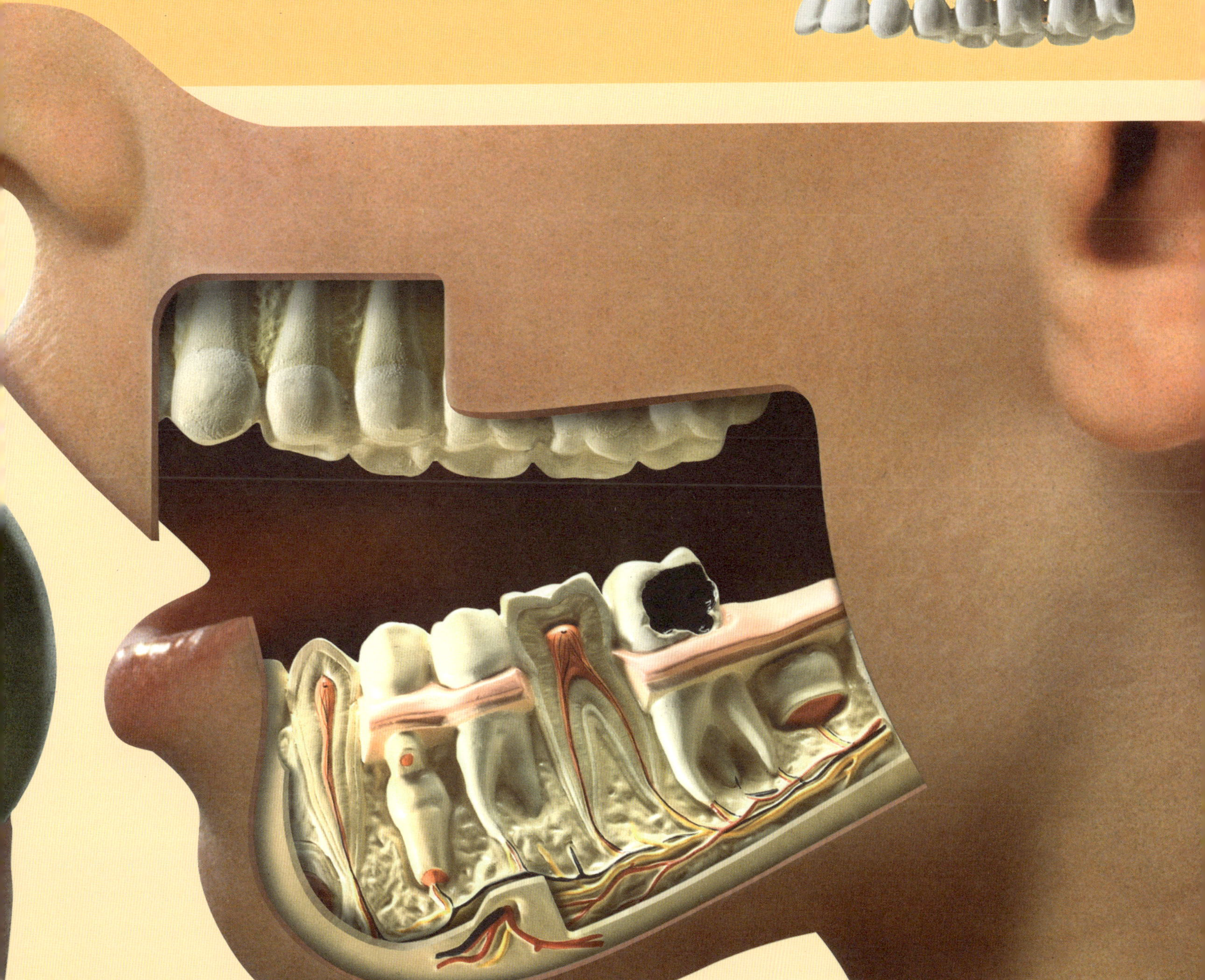

Backenzähne, die so genannten Weisheitszähne. Manche Menschen bekommen sie mit 18–20, andere erst mit 40 oder 50, und wieder andere gar nicht. In jeder Kieferhälfte gibt es normalerweise zwei Schneidezähne, einen Eckzahn, zwei vordere und drei hintere Backenzähne, zusammen also 32 Zähne.

Nicht nur die Zähne beißen und kauen. Der ganze Mund leitet den Verdauungsprozeß ein, indem er das Essen zerteilt. Die Zunge bewegt die Nahrung im Mund hin und her, sodass alles gründlich zerkaut wird. Beim Kauen wird das Essen auch mit wässrigem Speichel vermischt, dadurch ist es leichter zu schlucken und schon vorverdaut.

Im Kiefer

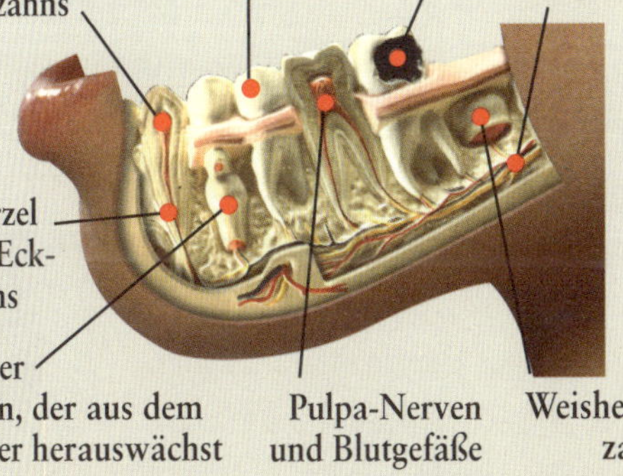

Ein tüchtiger Magen

Ein Magenschleimhautgrübchen unter dem Mikroskop

WENN DU KEINEN MAGEN hättest, könntest du nicht einfach zwei oder drei Hauptmahlzeiten pro Tag zu dir nehmen. Du müsstest viel öfter und viel kleinere Mahlzeiten essen. Der Magen ist wie eine dehnbare Vorratstasche für Nahrung. Wenn er sich ausdehnt, hat er Platz für eine ganze Mahlzeit. Die Muskelschichten in seinen Wänden ziehen sich dann zusammen und drücken ihn zuerst in die eine, dann in die andere Richtung. Gleichzeitig setzen winzige Drüsen in der Magenschleimhaut Verdauungsstoffe frei, darunter scharfe Säuren zum Zersetzen der Nahrung und starke Enzyme zum Aufspalten der Nährstoffe. Dieser physische und chemische Angriff verarbeitet das Essen innerhalb weniger Stunden zu einer breiigen, halbverdauten Suppe.

Bariumbrei

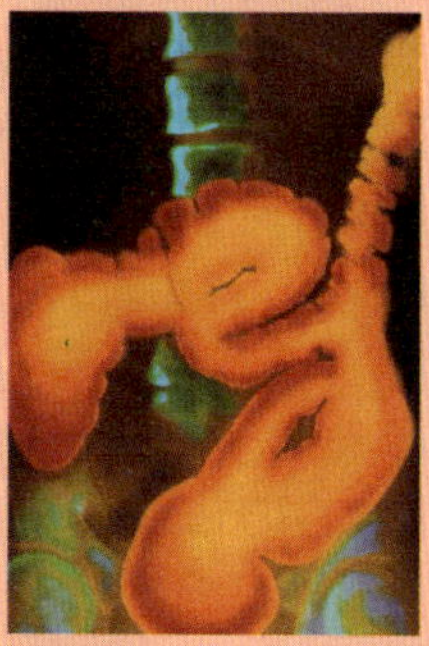

Auf einem normalen Röntgenbild kann man die Teile des Verdauungssystems nicht erkennen. Eine Substanz namens Barium wird aber klar als weißer Fleck sichtbar. Wenn nun jemand einen bariumhältigen Brei schluckt, so kommt dieser in den Verdauungstrakt, füllt ihn aus und zeigt so all seine Teile. Dieser „Bariumbrei“ lässt Geschwüre, Wucherungen und Verschlüsse im System erkennen. Bei unserem Röntgenbild wurden die weißen, mit Barium gefüllten Teile des Darmes orange eingefärbt.

Zieht es dir da die Gedärme zusammen?

Nach zwei bis vier Stunden verlässt diese halbverdaute Suppe den Magen. Kleine Mengen tröpfeln vom Magen in den nächsten Teil des Verdauungstraktes, den Dünndarm. Hier werden der Suppe weitere Enzyme beigemengt. Sie kommen aus der Darmschleimhaut und durch eine Röhre auch von der benachbarten Bauchspeicheldrüse. Die ursprünglichen Substanzen im Essen werden in immer kleinere Teile zerteilt. Eiweiße werden in kleine Moleküle aufgespalten, in Aminosäuren. Stärke wird in kleine Moleküle, in Zucker, zerteilt.

Schließlich ist das Essen komplett verdaut. Die verbleibenden Moleküle sind klein genug, um durch die Schleimhaut des Dünndarms zu entweichen. Sie kommen in das Blut und gelangen so in den Blutkreislauf des Körpers. Viele wer-

Der Dünndarm wird vergrößert

Die Oberfläche im Inneren des Dünndarms wird von tausenden fingerförmigen Gebilden, den Zotten, überzogen. Im Vergleich zu einer flachen Innenwand vergrößern sie die Oberfläche um ein Vielfaches und können so ein Maximum an Nahrung aufnehmen. Im Inneren einer jeden Zotte befinden sich winzige Blutgefäße, die Kapillaren, und auch kleine Röhren, nämlich Lymphgefäße, die eine andere Körperflüssigkeit enthalten, die Lymphe. Nährstoffe gelangen in die Zotten und werden von dort zur Leber und in den ganzen Körper transportiert.

Diese Abbildung zeigt das Innere des Dünndarms ungefähr in Lebensgröße.

Wenn du näher kommst, siehst du rüschige Zotten.

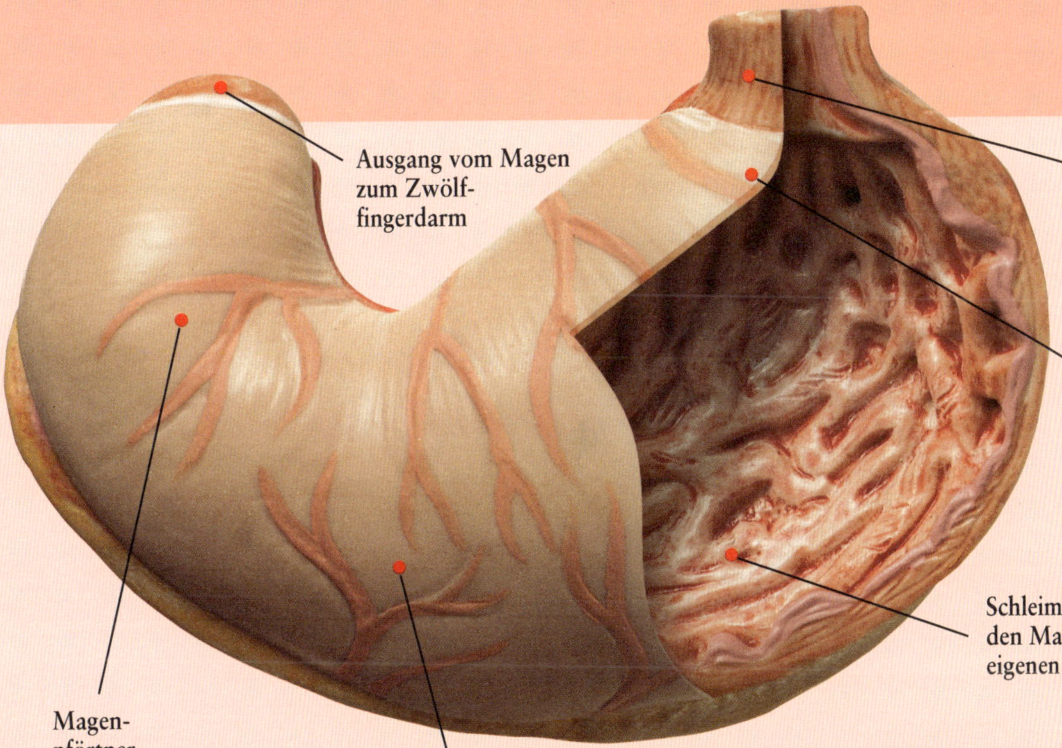

Das Innere des Magens ist voller Falten.

den zur Leber transportiert, einer wichtigen Verarbeitungsstelle und Lagerzentrale. Die Leber wandelt bestimmte Nährstoffe um und speichert Zucker, Vitamine und andere Substanzen.

Manche Teile der Nahrung können nicht verdaut werden. Diese Überbleibsel oder Abfallstoffe tröpfeln vom Dünndarm in den Dickdarm. Hier werden ihnen Wasser, nützliche Mineralien und Körpersalze entnommen. Nach und nach wird aus diesen Überbleibseln ein weicher Stoff, nämlich Stuhl. Dieser wird im vorletzten Teil des Verdauungstraktes, im Mastdarm, gelagert. Zu einer passenden Zeit wird der Stuhl über den After, das mit Muskeln versehene Schlussstück des Verdauungstraktes, ausgeschieden.

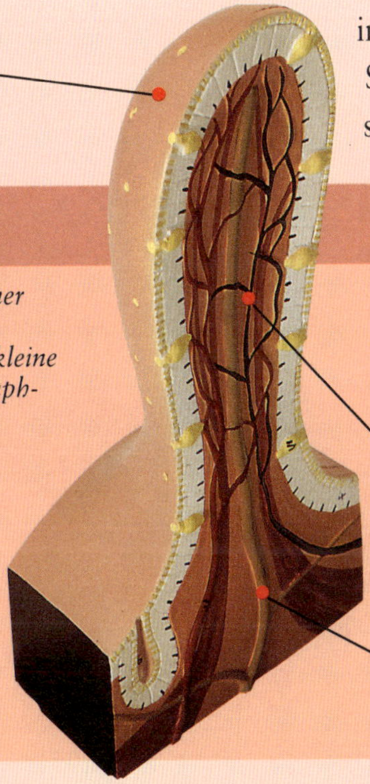

Im Inneren einer jeden Zotte befinden sich kleine Blut- und Lymphgefäße.

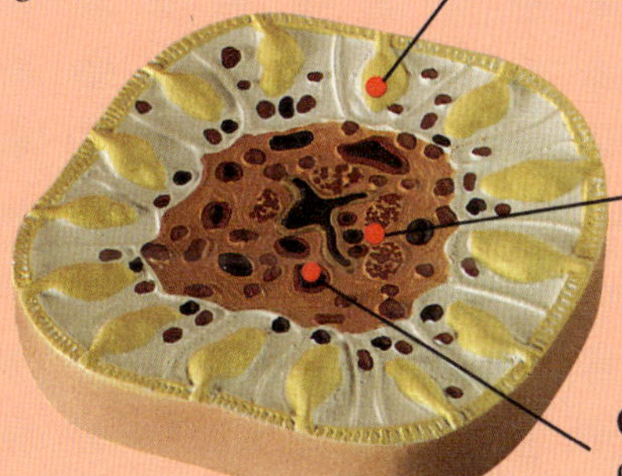

Wenn man die Zotte in Scheiben schneidet, sieht man die vielen Verdauungszellen.

Wusstest du, ...

... DASS DIE LÄNGEN DER VERSCHIEDENEN TEILE IM VERDAUUNGSTRAKT JE NACH DER GRÖSSE UND DEM ALTER EINES MENSCHEN VARIIEREN? DURCHSCHNITTLICH

- IST DIE SPEISERÖHRE UNGEFÄHR 25 CM LANG
- HAT DER MAGEN EIN FASSUNGSVERMÖGEN VON BIS ZU ZWEI LITERN
- IST DER DÜNNDARM 5–6 METER LANG UND HAT EINEN DURCHMESSER VON 3–4 CM
- IST DER DICKDARM EINEINHALB METER LANG UND HAT EINEN DURCHMESSER VON 5–8 CM
- VERBRINGT DAS ESSEN ETWA 24 STUNDEN IN UNSEREM VERDAUUNGSSYSTEM
- DIE OBERFLÄCHE DES GESAMTEN DARMES ENTSPRICHT UNGEFÄHR DER GRÖSSE EINES BALLSPIELPLATZES.

Atem des Lebens

SAUERSTOFF IST EIN UNSICHTBARES GAS, das ungefähr ein Fünftel der Luft ausmacht. Er ist sehr wichtig für die chemischen Prozesse, die in lebenden Zellen vor sich gehen. Dabei werden Nährstoffe in Energie verwandelt. Dieser Prozess heißt auch Zellatmung. Normalerweise beginnt er bei Zuckermolekülen, der Glukose, die aus verdauten Kohlenhydraten im Essen gewonnen wird. Sauerstoff verbindet sich mit Glukose und zersetzt, zusammen mit anderen Chemikalien, die Glukose. Dabei entsteht Energie. Diese Energie ist die Grundlage für das Leben.

Das Atmungssystem

Die Teile des Körpers, die den Sauerstoff aus der Luft in den Blutkreislauf bringen, werden Atmungssystem genannt. Die Luft dringt durch Nase oder Mund ein. Die Nase bereitet die Luft für die Lungen auf, das heißt sie wärmt sie, befeuchtet sie und filtert Staubpartikel mithilfe kleiner Haare und Schleim heraus.

Dinge am Leben erhalten

Fast alle Lebewesen brauchen Sauerstoff zum Leben. Dazu gehören Pflanzen von Algen bis zu Bäumen, Tiere von Würmern bis zu Walen, Pilze wie etwa Champignons und Mikroorganismen wie Amöben und Bakterien. Da man Sauerstoff nicht über längere Zeiträume hinweg speichern kann, brauchen Lebewesen ständig frischen Sauerstoff.

Da du ein Lebewesen bist, brauchst du Sauerstoff. Du bekommst ihn, indem du frische Luft in deine Lungen einatmest, wo ein Teil Sauerstoff aufgenommen und die verbrauchte Luft wieder ausgestoßen wird. Diesen Vorgang nennt man Atmung. Der Sauerstoff dringt von der Lunge durch ein kompliziertes Netz an Blutgefäßen in das Blut, das die Lunge durchfließt. Das Blut wird vom Herzen durch den ganzen Körper gepumpt und transportiert den Sauerstoff überall hin. Wenn ein Körperteil für länger als ein paar Minuten keinen Sauerstoff erhält, stirbt er ab.

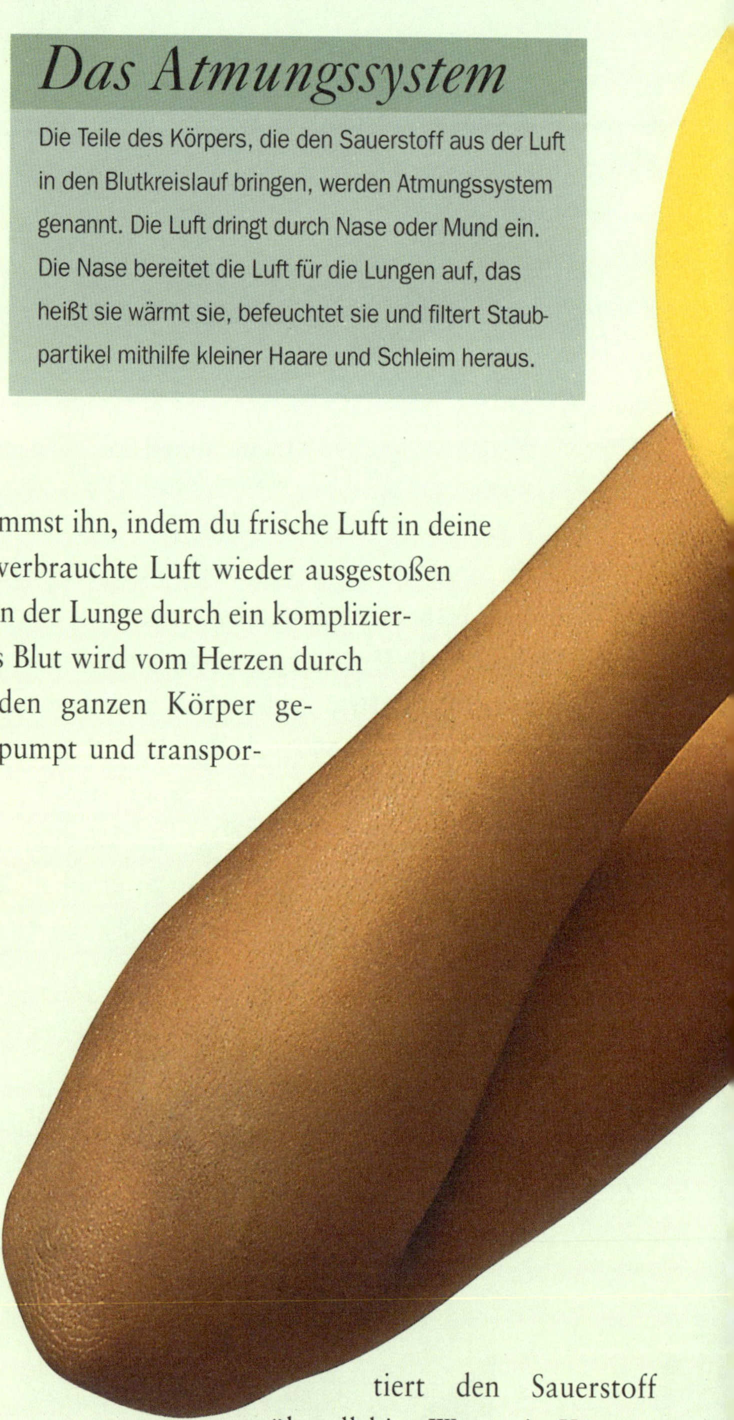

Ein nützlicher Luftstrom

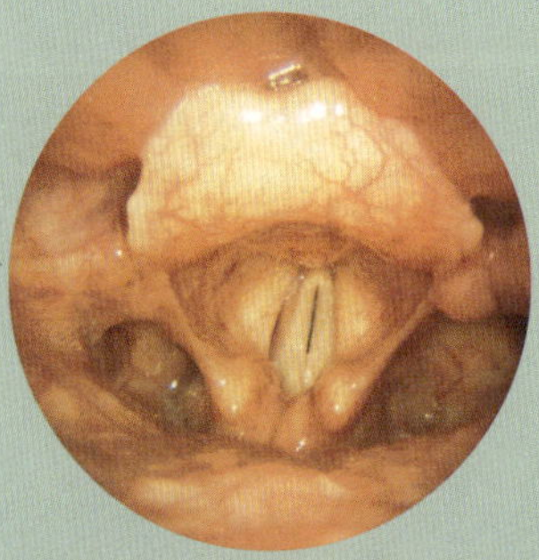

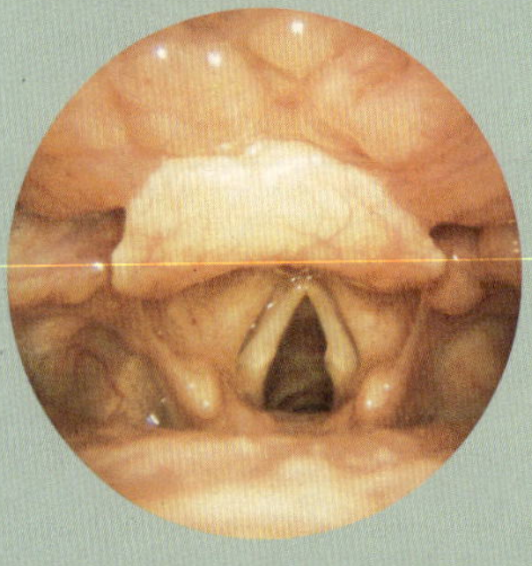

Wenn Luft in die Lungen dringt, können wir sie auch benutzen, um Wörter oder andere Geräusche hervorzubringen. Über der Luftröhre, seitlich im Kehlkopf, befinden sich zwei steife Gebilde, die Stimmbänder. Muskeln im Kehlkopf können sie zusammenziehen (links oben) und Luft durch einen schmalen Schlitz durchlassen. Dadurch beginnen sie zu vibrieren und erzeugen Geräusche. Wenn die Stimmbänder fester angezogen werden, erzeugen sie höhere Töne. Sind sie eher locker, werden die Töne wieder tiefer. Wenn wir normal atmen, sind die Stimmbänder weit geöffnet (links unten), und die Luft fließt geräuschlos durch den breiten Spalt.

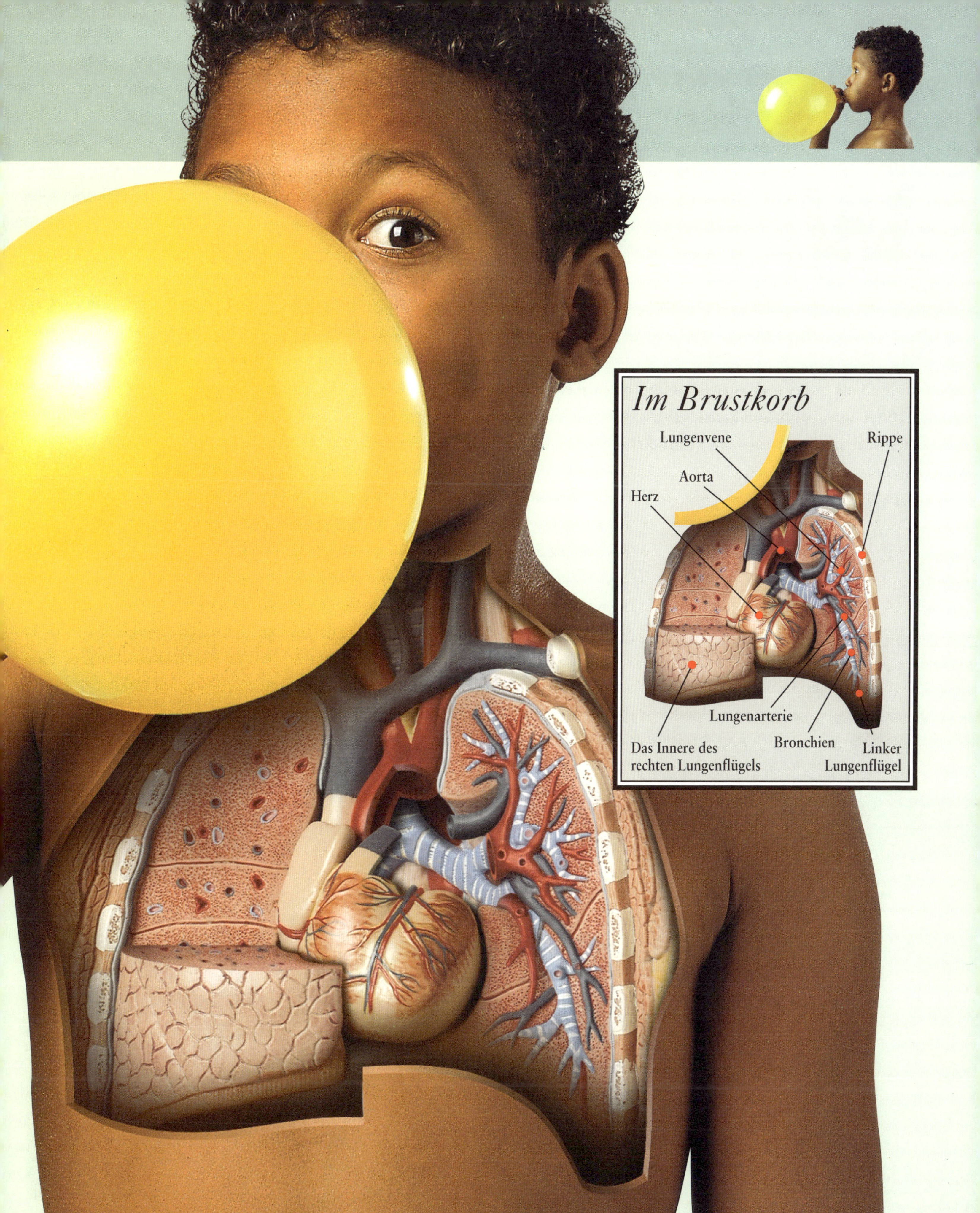

Im Brustkorb

In der Lunge

WIE ALLE KÖRPERTEILE BENÖTIGEN auch die Atemorgane für Bewegungen Muskeln (siehe Seite 38). Es gibt zwei Hauptgruppen von Atemmuskeln: die Zwischenrippenmuskeln und das Zwerchfell. Die Zwischenrippenmuskeln ziehen die Rippen zusammen. Der Brustkorb bewegt sich nach oben.

Das Zwerchfell ist eine gebogene Muskelhaut am unteren Ende der Brust und bildet ein Dach über der Leber, dem Magen, dem Darm und anderen Teilen im Bauch. Wenn es sich zusammenzieht, so verändert sich seine Form von einem nach oben gebogenen, gewölbeähnlichen (wie ein umgedrehter Suppenteller) zu einem flacheren Gebilde. Dadurch werden die gebogenen unteren Lungenenden, die sich direkt über dem Zwerchfell befinden, nach unten gezogen und vergrößert.

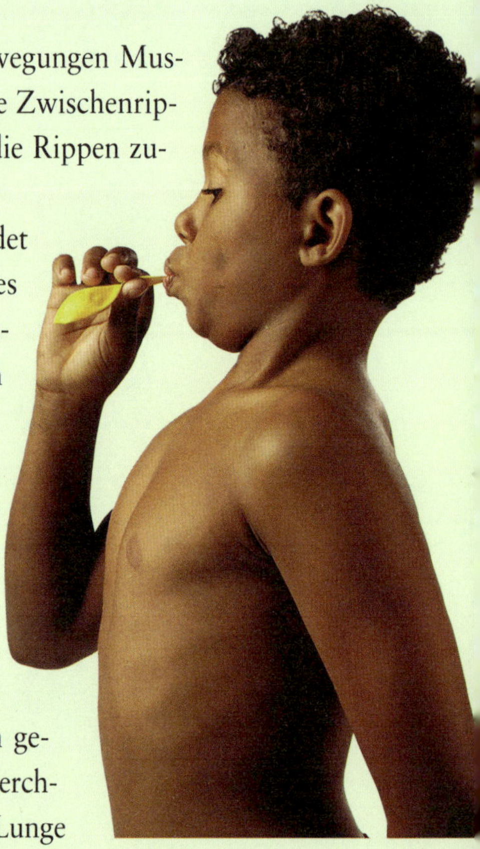

Schadstoffe

1

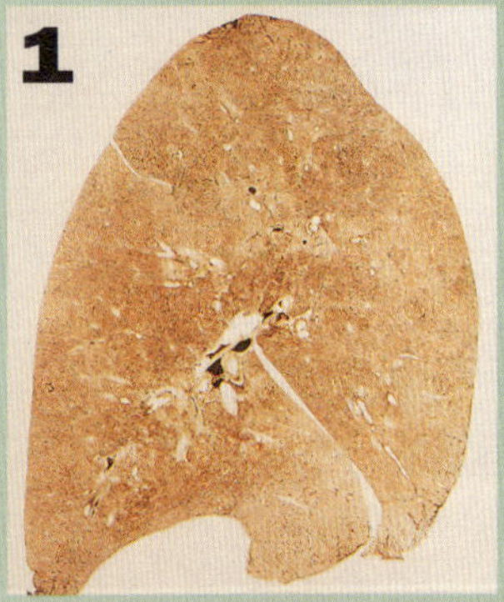

Die empfindlichen Alveolen im Inneren der Lungen können durch viele Dinge beschädigt werden. Eines davon ist Zigarettenrauch, der sie mit dickem Teer verstopft. Auch die verschmutzte Großstadtluft, in der Schadstoffe von Autoabgasen und Fabriken enthalten sind, ist ungesund. Manche industrielle Staubpartikel können auch die Lunge schädigen, so zum

2

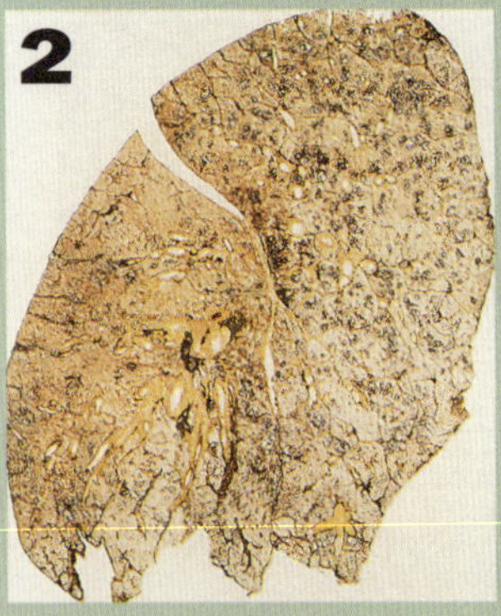

Beispiel Asbest oder Kohlenstaub. Manche dieser Partikel verändern die Zellen der Lunge. Diese fangen an, sich unkontrolliert zu teilen. Das ist eine Art von Lungenkrebs. Oben siehst du einen gesunde Lunge, unten die verschmutzte Lunge eines Großstadtbewohners.

So atmest du

Wenn sich die Lunge weitet, zieht sie Luft durch die Luftröhre in den Körper hinein. So atmest du ein. Dann entspannen sich die Muskeln wieder, die Rippen gehen in die Originalposition zurück, das Zwerchfell nimmt seine gebogene Form ein, die Lunge wird wieder kleiner und stößt einen Teil der Luft wieder über die Luftröhre hinaus. So atmest du aus.

Diese Atembewegungen werden direkt vom Gehirn gesteuert. Sein „Autopilot" (siehe Seite 102) befiehlt den Muskeln, sich zusammenzuziehen. Diese Befehle werden über die Nerven an die Zwischenrippenmuskeln und das Zwerchfell weitergeleitet, und diese ziehen sich zusammen. Das passiert alle paar Sekunden, dein ganzes Leben lang. Wenn du dich körperlich anstrengst und zusätzlichen Sauerstoff brauchst, helfen andere Muskeln bei der Atmung mit, zum Beispiel Muskeln in den Schultern, dem Rücken und dem Bauch.

Die Luft strömt von der Luftröhre durch die Hauptröhre in die beiden Lungenflügel. Diese Röhre teilt sich in kleinere auf, die sich in

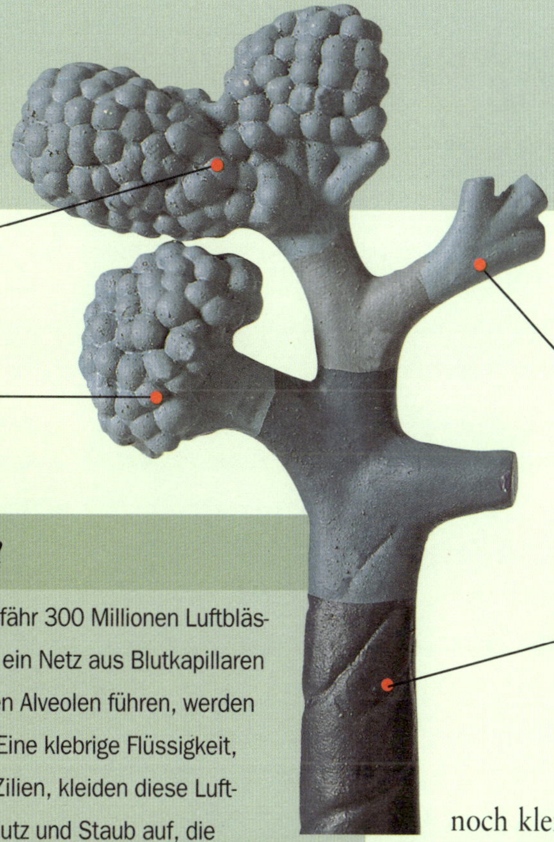

Mikrobläschen

In jedem Lungenflügel gibt es ungefähr 300 Millionen Luftbläschen (Alveolen). Jedes davon ist in ein Netz aus Blutkapillaren gewickelt. Die Luftröhren, die zu den Alveolen führen, werden von Knorpelringen offen gehalten. Eine klebrige Flüssigkeit, Schleim und winzige Härchen, die Zilien, kleiden diese Luftwege aus. Der Schleim fängt Schmutz und Staub auf, die Zilien bewegen sich hin und her, und kehren so den schmutzigen Schleim aus den Lungen hinaus.

noch kleinere verästeln. Tief im Lungeninneren sind die Luftröhren schon so dünn wie Haare, man nennt sie Bronchiolen. An ihren Enden befinden sich mikroskopisch kleine „Luftbläschen“, die Alveolen, die wie hohle Trauben an einem Stiel hängen. Jedes dieser Bläschen ist von einem Netz aus winzigen Blutgefäßen umgeben, den Kapillaren. Sauerstoff gelangt durch die Alveolen in die Kapillaren, von wo ihn das Blut in den ganzen Körper transportiert.

Ein- und Ausfuhr

Bei der Zellatmung entsteht auch ein Abfallprodukt, nämlich Kohlendioxid. Würde sich dieser Stoff in den Zellen ansammeln, würde er sie vergiften. Deshalb wird er zusammengesammelt und vom Blut wieder abtransportiert. Wenn das Blut wieder durch die Lungen zurückfließt, dringt Kohlendioxid durch die Alveolen in die Luft auf der anderen Seite. Das bedeutet, dass sich die Gase zwischen Blut und Luft hin- und herbewegen. So geht der Sauerstoff in der Lunge von der Luft ins Blut über, und das Kohlendioxid vom Blut in die Luft. Dann atmest du aus, stößt so die verbrauchte, sauerstoffarme Luft aus und nimmst mit dem nächsten Atemzug frische Luft auf.

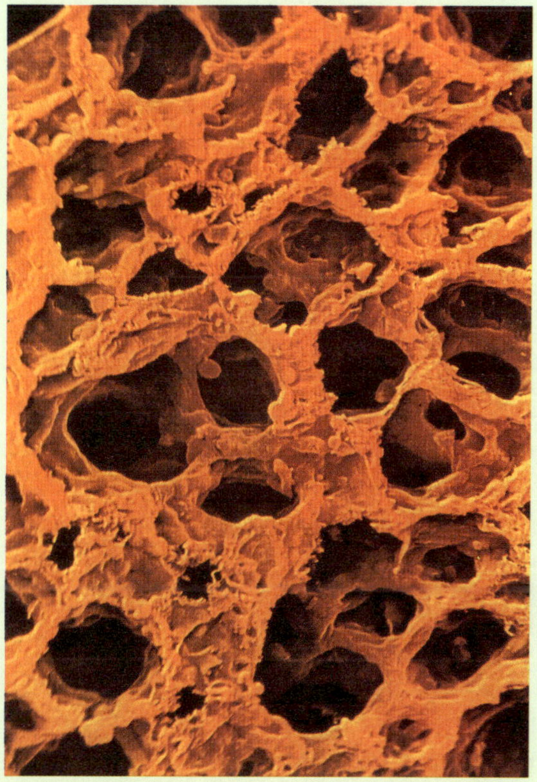

Diese Mikroskopabbildung zeigt ein Schnittbild der Alveolen in den Lungen.

Wusstest du, …

- … DASS EIN MENSCH IN RUHE NORMALERWEISE ETWA 10–14-MAL PRO MINUTE EIN- UND AUSATMET?
- … DASS BEI JEDEM ATMEN ETWA EIN HALBER LITER LUFT DURCH DIE LUNGEN GEHT?
- … DASS SICH DIE ATMUNG NACH GROSSEN ANSTRENGUNGEN AUF 50–60 ATEMZÜGE PRO MINUTE BESCHLEUNIGEN KANN UND DIE MENGE AN LUFT, DIE JEDESMAL EIN- UND AUSGEATMET WIRD, AUF 4 LITER UND MEHR STEIGT?
- … DASS EINGEATMETE LUFT ETWA 21 PROZENT SAUERSTOFF ENTHÄLT, AUSGEATMETE LUFT NUR 17 PROZENT?
- … DASS BEIM SCHLAFEN IM LAUFE EINER NACHT NORMALERWEISE DIE GESAMTE LUFT IM SCHLAFZIMMER EINMAL DURCH DIE LUNGE GEHT?

Rundherum

DAS VERDAUUNGSSYSTEM FÜHRT DEM KÖRPER energiereiche Nährstoffe zu, vor allem Glukose. Über das Atmungssystem bekommt er Sauerstoff. Diese beiden Substanzen werden in den Zellen in einem Prozess verbunden, der Zellatmung heißt. Er erzeugt die Energie zum Leben. Aber wie kommen Sauerstoff, Zucker und andere Nährstoffe zu den einzelnen Zellen?

Über die beiden Kreislaufsysteme. Das Hauptsystem ist das Herz-Kreislauf-System. Dabei fließt ein flüssiges Transportmittel, nämlich Blut, durch Röhren, die Blutgefäße genannt werden; als Pumpe dient das Herz. Dieses System wird auf den folgenden Seiten noch detailliert beschrieben.

Zwei Kreisläufe

Das Blutsystem erreicht alle Teile des Körpers. Das Lymphsystem wirkt vor allem in Hals, Rumpf, Schultern und Hüften. Beide Systeme verteilen Nährstoffe über den Körper und sammeln Abfälle. Die Lymphe mündet über den Brustmilchgang und andere Lymphgänge wieder in den Blutkreislauf ein. Besonders viel Lymphe findet sich im Thymus im Hals und in der Milz hinter dem Magen.

Das Lymphsystem

Das zweite, weniger bekannte Kreislaufsystem ist das Lymphsystem. Auch dieses System hat eine Flüssigkeit, die helle, milchige oder gelbliche Lymphe. Wie das Blut fließt auch sie durch Röhren, die Lympfgefäße. Sie bewegt sich aber viel langsamer, da sie keine Pumpe hat. Die Lymphe wird durch indirekten Druck vom Pulsieren der Blutgefäße und von den Körperbewegungen vorangetrieben.

Das lymphatische System hat keinen klaren Anfangspunkt. Die Lymphe entsteht aus den Körperflüssigkeiten, die sich um und zwischen den Zellen ansammeln. Langsam fließt sie in stärkere Lymphgefäße. Diese münden in die größten Lymphröhren in der Brust und im Bauch. Sie verbinden sich dann wieder mit großen Blutgefäßen und leiten so die Lymphe in den Hauptblutkreislauf. Das Lymphsystem endet, wenn die Lymphe in das Blut gelangt.

Die Lymphe transportiert kleine Mengen an Sauerstoff durch den Körper. Sie transportiert auch Nährstoffe, vor allem Fette, die sie in den Lymphgefäßen in der Schleimhaut des Dünndarms aufnimmt. Dabei spielt die Lymphe jedoch keine so wichtige Rolle wie das Blut.

In einem anderen Bereich ist sie jedoch unabdingbar; die Lymphe enthält nämlich die weißen Körperchen, mit denen der Körper gegen Krankheiten ankämpft. Diese Zellen sammeln sich in den verbreiterten Teilen der Lymphgefäße, den sogenannten Lymphknoten oder „Drüsen". Wenn der Körper gegen eine Krankheit ankämpft, dehnen sich die Lymphknoten aus, weil sie zusätzliche weiße Zellen mit ihren keimtötenden Chemikalien sowie tote und sterbende Keime und erhöhte Mengen an Körperflüssigkeiten enthalten. Diese vergrößerten Lymphknoten nennen wir auch „geschwollene Drüsen".

In einem Lymphknoten

Es gibt Gruppen von Lymphknoten im Hals, in den Achselhöhlen, der Brust, im Bauch und in der Leiste. Ventile in den Lymphgefäßen sorgen dafür, dass die Lymphe richtig durch jeden Knoten fließt. Im Inneren befinden sich Gruppen von Zellen, die Krankheiten bekämpfen und Abfallstoffe beseitigen. Wie die anderen Organe wird auch der Lymphknoten eigens mit Blut versorgt.

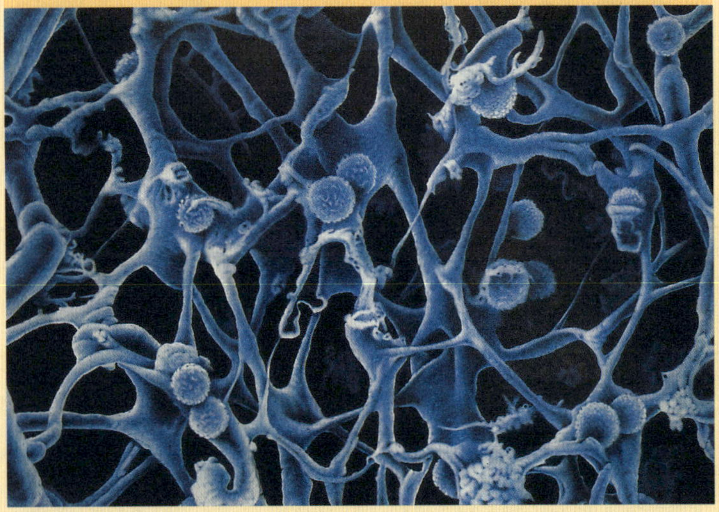

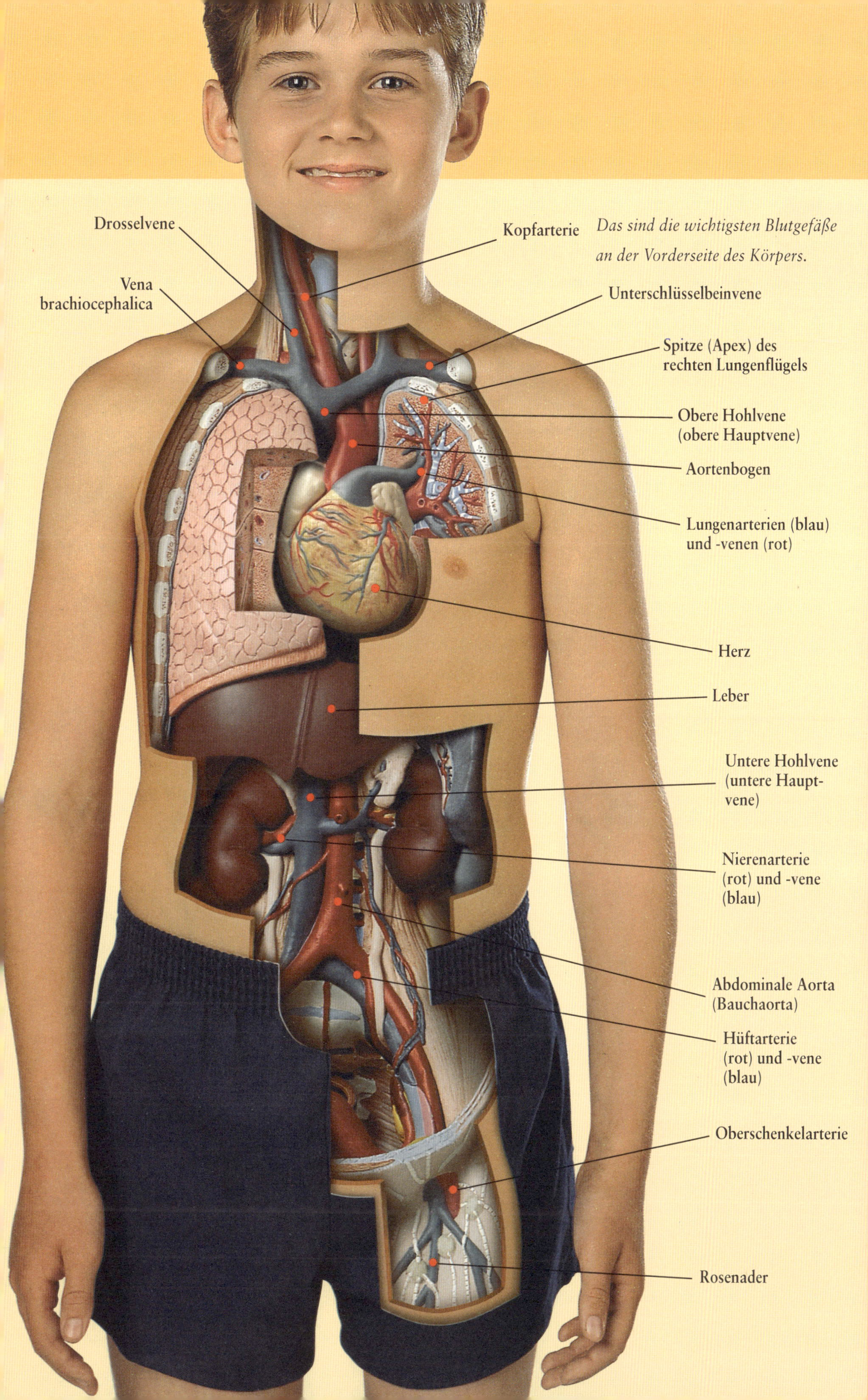

Das sind die wichtigsten Blutgefäße an der Vorderseite des Körpers.

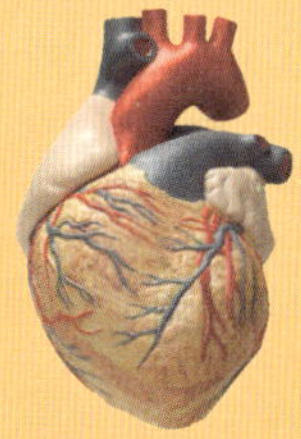

Wusstest du, ...

- ... DASS DER MENSCH UNGEFÄHR 400–450 LYMPHKNOTEN HAT?
- ... DASS DIE GRÖSSTEN KNOTEN SO GROSS SIND WIE WALNÜSSE?
- ... DASS DIE KNOTEN WÄHREND EINER KRANKHEIT GRÖSSER ALS TENNISBÄLLE WERDEN KÖNNEN?
- ... DASS DIE KLEINSTEN LYMPHKNOTEN WINZIGER SIND ALS REISKÖRNER?
- ... DASS EIN DURCHSCHNITTLICHER MENSCH ETWA EIN BIS ZWEI LITER LYMPHE IM KÖRPER HAT?
- ... DASS DIE LYMPHE WÄHREND GROSSER KÖRPERLICHER ANSTRENGUNG BIS ZU 15 MAL SCHNELLER FLIESST ALS IM RUHEZUSTAND?
- ... DASS DIE MANDELN AUS LYMPHGEWEBE BESTEHEN?

Schlag des Lebens

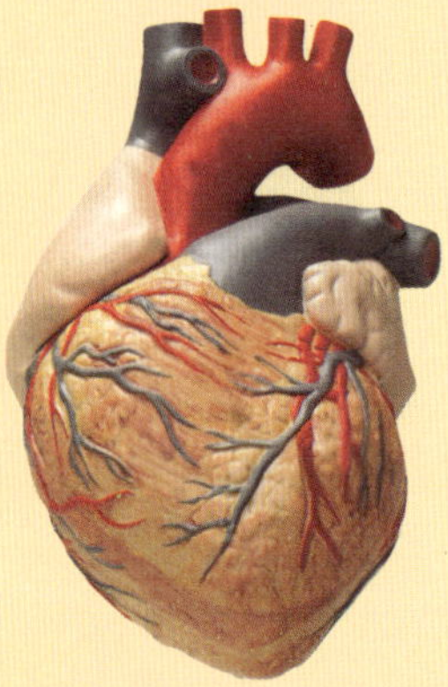

BU-BUM, BU-BUM ... So hört sich der Herzschlag an. Er ist das Geräusch der Klappen, die bei jedem Schlag auf- und zugehen. Die Klappen lassen sich nur auf eine Seite hin öffnen und sorgen dafür, dass das Blut in der richtigen Richtung durch das Herz und das Gefäßsystem fließt. Gäbe es sie nicht, könnte das Blut im Herzen und den Gefäßen hin- und herschwappen und würde nicht zirkulieren.

Die Herzventile bestehen aus einem weichen, biegsamen Gewebe. Der Rest des Herzens ist ein mit Blut gefüllter Muskel, der die Form einer Tasche hat. Ungefähr jede Sekunde zieht sich dieser Muskel zusammen und presst das Blut hinaus in große Gefäße, die Arterien. Dann entspannt er sich, und die Tasche füllt sich wieder mit Blut, das aus wichtigen Gefäßen, den Venen, kommt. Eigentlich besteht das Herz aus zwei Muskeltaschen, die miteinander verbunden sind, zwei nebeneinander liegenden Pumpen. Die Klappen teilen jede Seite des Herzens in zwei Kammern auf. Die obere, kleinere Kammer nennt man Vorhof. Hier tritt das Blut aus den Hauptvenen in das Herz ein. Die größere, untere Kammer heißt Ventrikel. Sie ist die eigentliche Pumpe mit dicken Wänden und presst das Blut, das durch eine Klappe herunterfließt, durch eine weitere Klappe in die Hauptarterien hinaus.

Im Herzen

Das Herz wird durch die Herzwand, die Scheidewand, in zwei Teile geteilt. Jeder dieser Teile wird durch eine große, biegsame Klappe in zwei Kammern unterteilt. Das Herz ist zwischen den beiden weichen Lungenflügeln eingebettet, in einem Hohlraum, der vom linken Lungenflügel gebildet wird. Die kräftigen Herzschläge werden von einem glatten, glitschigen Beutel rund ums Herz geschmiert, dem Perikard. Der Herzmuskel wird eigens über die Koronararterien an seiner Oberfläche mit Blut versorgt.

Der Herzschlag

Ein Herzschlag hat vier Phasen. Sie gehen fließend ineinander und in den nächsten Herzschlag über. Die Schlaggeschwindigkeit wird durch Nervensignale vom Hirn und durch Chemikalien im Blut, die Hormone, kontrolliert.

1. Das Herz entspannt sich. Blut dringt über die Hauptvenen in die Vorhöfe ein. Diese Phase nennt man Diastole.

2. Die dünnen, aber muskulösen Wände der Vorhöfe ziehen sich zusammen und pressen so das Blut durch die Hauptklappen in die Kammern.

3. Die Kammern ziehen sich stark zusammen, das Blut wird fest zusammengedrückt. Diese Phase heißt Systole.

4. Das Blut wird durch weitere Klappen in die Hauptarterien gepresst und fließt dann weiter in den Körper und die Lungen.

So schlägt dein Herz

Die Pumpe an der rechten Seite des Herzens nimmt das Blut entgegen, das schon durch den Körper gepumpt wurde. Dieses Blut ist dunkelrot und hat schon einen Großteil des Sauerstoffs aufgebraucht

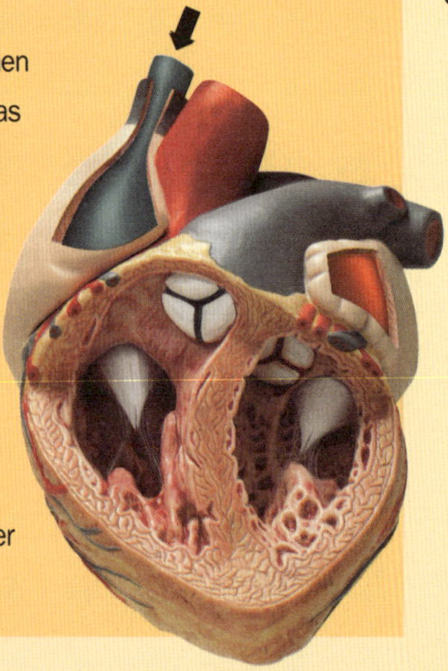

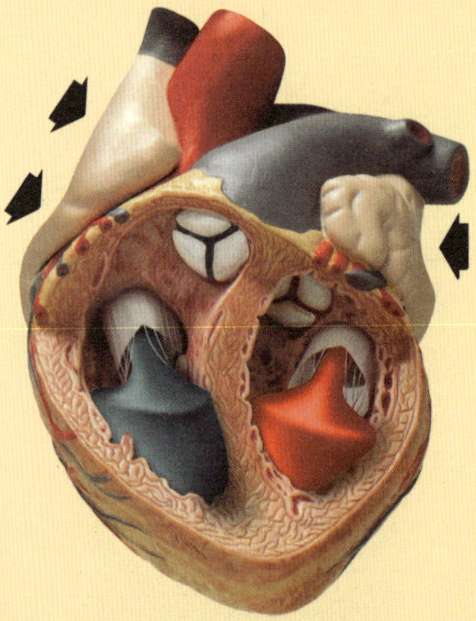

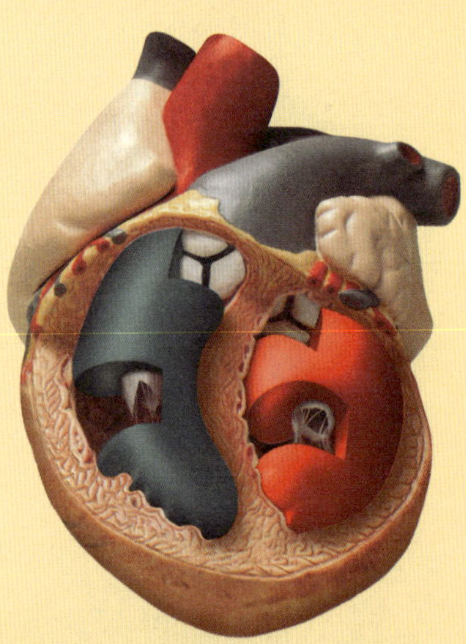

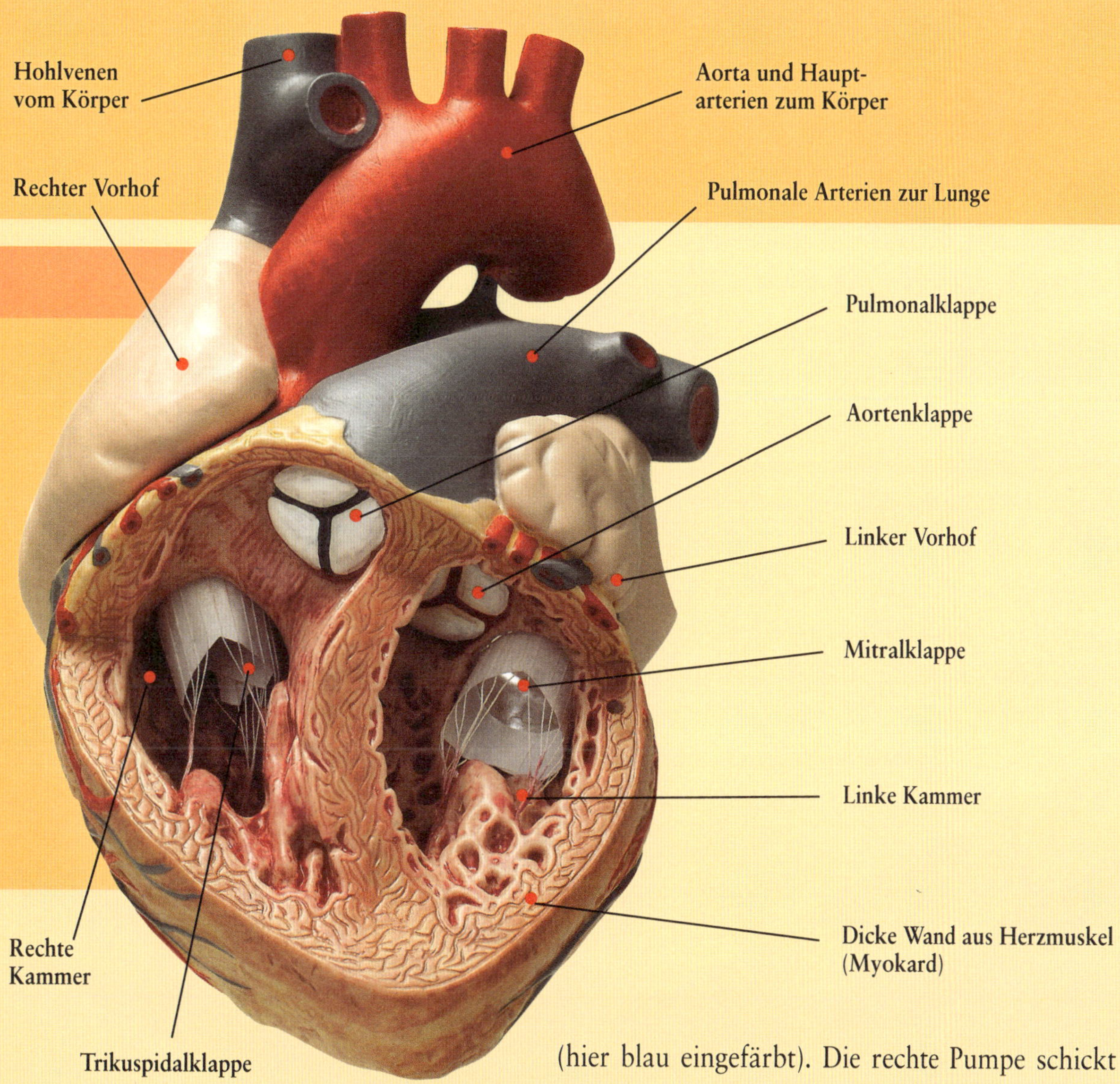

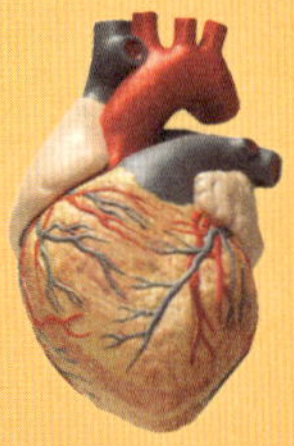

(hier blau eingefärbt). Die rechte Pumpe schickt es auf eine kurze Runde durch die Lunge. Dort wird das Blut wieder mit Sauerstoff angereichert. Es gelangt in die linke Herzhälfte, von wo es durch den Körper gepumpt wird. Wenn das Herz aufhört zu schlagen, erhalten die Gewebe kein frisches Blut und damit auch keinen Sauerstoff und keine Nährstoffe mehr und sterben ab. In einem Spital kann die Herz-Lungen-Maschine vorübergehend Herz und Lunge ersetzen. Das bedeutet, dass Ärzte Menschen wiederbeleben können oder Operationen am Herzen durchführen können, wie etwa kaputte Klappen ersetzen.

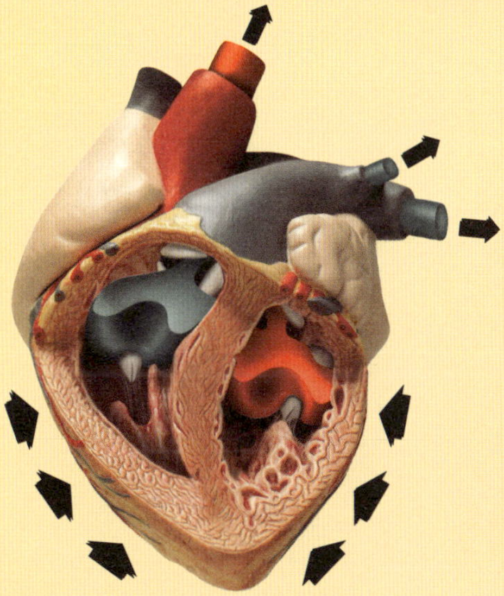

Ersatzteil-Herz

Manchmal werden die Herzklappen steif oder durchlässig. Sie können dann durch Klappen aus Tiergewebe oder künstliche Klappen ersetzt werden. Wenn sich die Herzkranzgefäße, die den Herzmuskel mit Blut versorgen, verstopfen, werden den Beinen „Ersatzgefäße" entnommen, und das verstopfte Gefäß wird, wie abgebildet, umgangen.

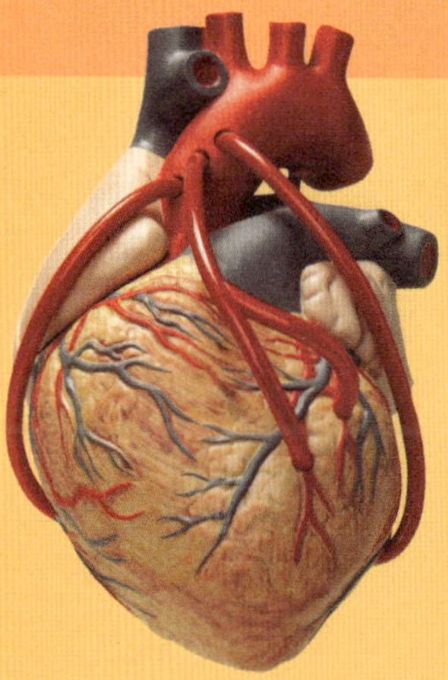

Wusstest du, ...

- ... DASS DAS HERZ EINES MENSCHEN IN RUHE IM SCHNITT 60–80MAL PRO MINUTE SCHLÄGT?
- ... DASS MIT JEDEM HERZSCHLAG ZIRKA 70 ML BLUT AUS JEDER KAMMER GEPUMPT WERDEN?
- ... DASS EIN HERZ IN RUHE ETWA 5–6 LITER BLUT PRO MINUTE IN DEN KÖRPER PUMPT?
- ... DASS DIE MUSKELN BEI KÖRPERLICHEN ANSTRENGUNGEN MEHR ENERGIE UND SAUERSTOFF BRAUCHEN, SODASS DAS HERZ BIS ZU 200MAL PRO MINUTE SCHLAGEN KANN?
- ... DASS DAS HERZ DIE PRO SCHLAG TRANSPORTIERTE BLUTMENGE AUF BIS ZU 200 ML ERHÖHEN KANN?
- ... DASS DAS HERZ ALSO 40 LITER BLUT PRO MINUTE PUMPEN KANN? DAMIT KÖNNTE MAN IN ZWEI MINUTEN EINE BADEWANNE FÜLLEN.

Straßen und Wege

DIE EINZIGEN LEBENDEN TEILE deines Körpers, die keine Blutgefäße haben, sind die Linse und die Hornhaut deiner Augen. Der Rest des Körpers ist von einem komplizierten und feinen System von Blutgefäßen durchzogen, die Blut in jeden Winkel des Körpers und wieder zum Herz zurück transportieren. Würde man all diese Blutgefäße zu einem Band zusammenbinden, es würde die halbe Strecke zum Mond messen. Die Blutgefäße sind wie ein Straßennetz. Es gibt zwei Arten von „Hauptstraßen“: Arterien und Venen. Die Arterien transportieren das Blut vom Herzen weg. Sie haben dicke, starke, muskulöse Wände, die dem Druck des Blutstroms, der vom Herz hereinschießt, standhalten können. Die Wände der Arterien dehnen sich bei Druck leicht aus. Wenn du deinen Finger auf dein Handgelenk legst, kannst du diese pulsierende Bewegung der Speichenarterie spüren. Diese Bewegung heißt „Puls“. Eine Bewegung entspricht einem Herzschlag.

Arterien und Venen

Lange Arterien im Arm transportieren Blut in die Hand und versorgen auch noch kleinere Verästelungen am Weg. Venen tun das Gegenteil. Sie sammeln das Blut wieder zusammen und transportieren es zum Herzen. Diese Gefäße sind sehr stabil und knicken auch kaum ab, wenn sich der Arm bewegt.

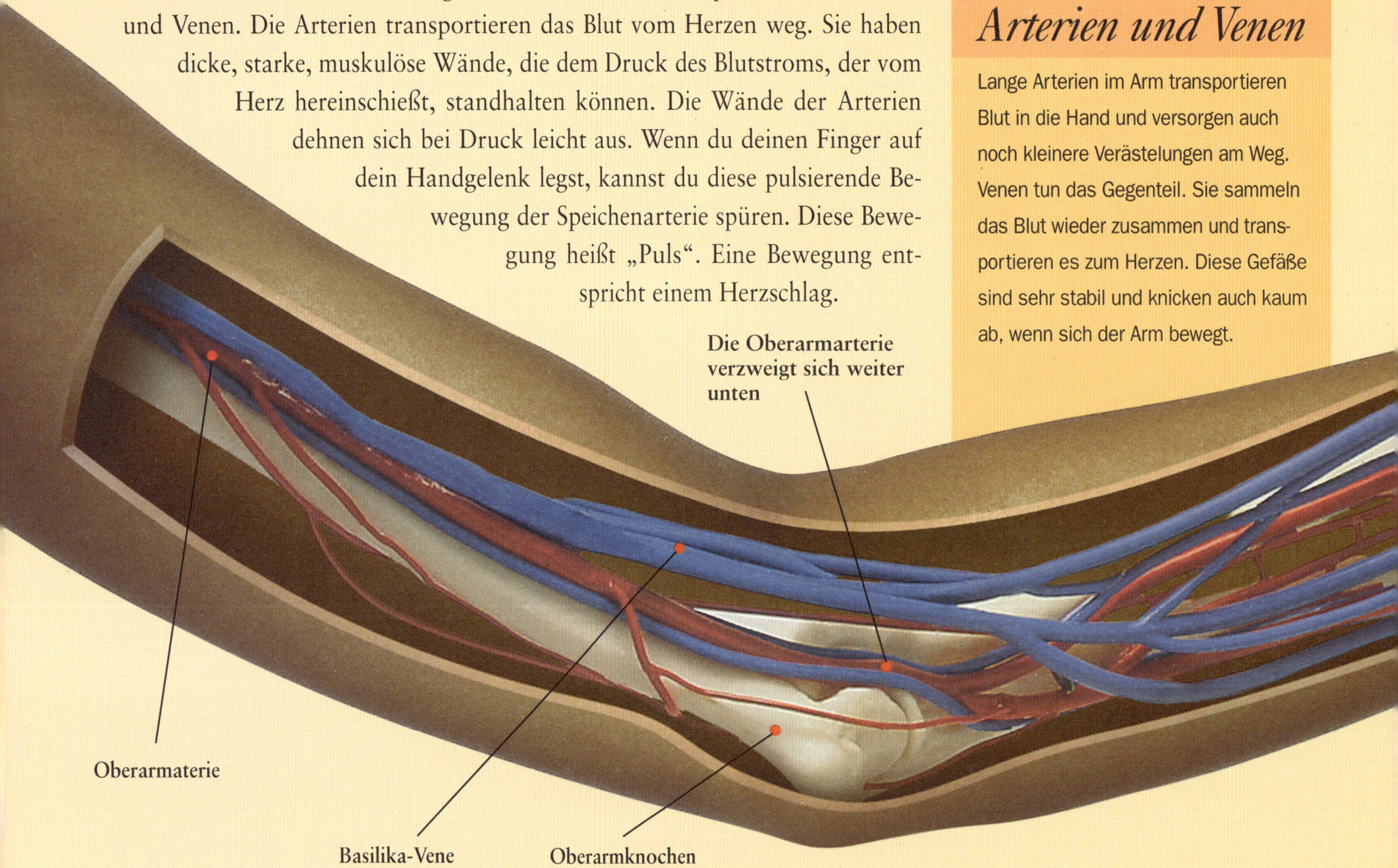

Arteriolen und Venulae

Kleine Arteriolen und Venulae bilden ein immenses Versorgungsnetz zu fast jedem Körperteil. In manchen Teilen laufen sie parallel, wie hier in einer der winzigen tropfenförmigen Einheiten der Leber, einem Leberläppchen. Meist verlaufen sie aber in willkürlicheren, verästelten Mustern, wie etwa im Darm oder in den Muskeln.

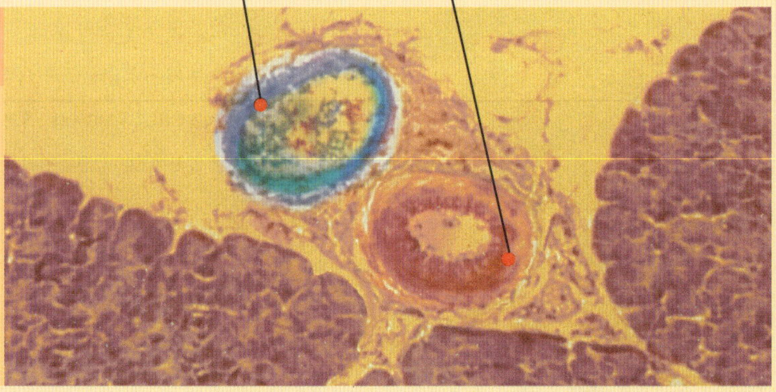

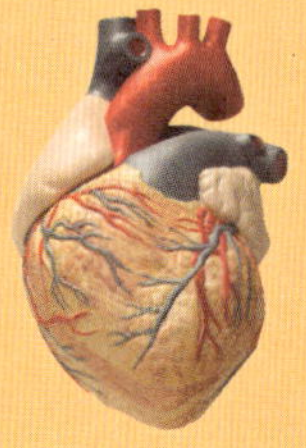

Der beste Ort, um den Puls zu fühlen, ist bei der Speichenarterie im Handgelenk, direkt über dem Radius-Unterarmknochen.

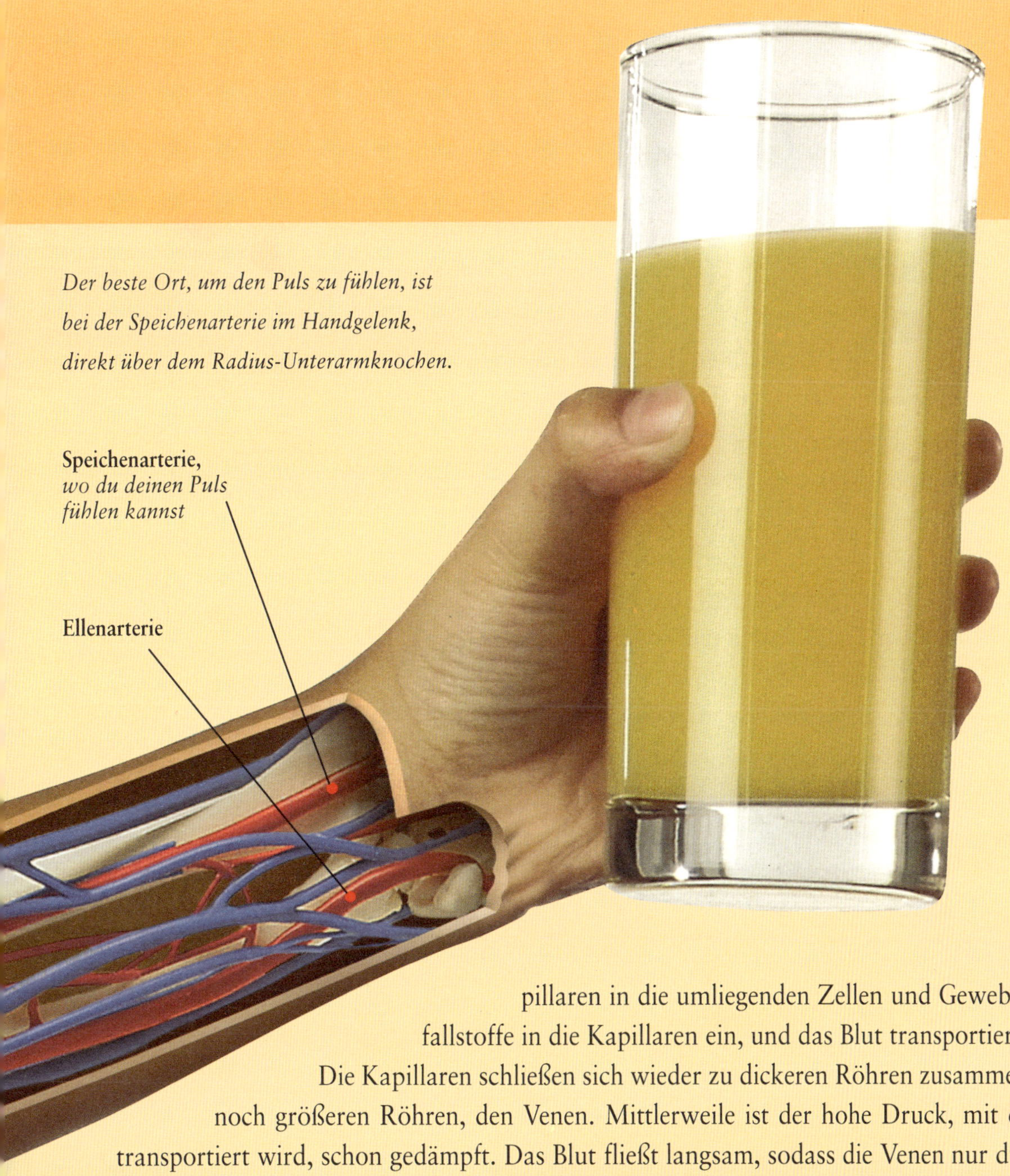

Verzweigungen

So wie sich Hauptstraßen in Nebenstraßen verzweigen, verzweigen sich Arterien in kleinere Röhren, die Arteriolen. Das setzt sich so lange fort, bis die Röhren dünner als Haare und nur mehr unter dem Mikroskop sichtbar sind. Nun heißen sie Kapillaren. Sauerstoff, Nährstoffe und andere Substanzen können aus dem Blut in den Kapillaren in die umliegenden Zellen und Gewebe dringen. Zugleich dringen Abfallstoffe in die Kapillaren ein, und das Blut transportiert sie weg.

Die Kapillaren schließen sich wieder zu dickeren Röhren zusammen, den Venulae, diese werden zu noch größeren Röhren, den Venen. Mittlerweile ist der hohe Druck, mit dem das Blut vom Herzen wegtransportiert wird, schon gedämpft. Das Blut fließt langsam, sodass die Venen nur dünne, schlaffe Wände haben. Im Schnitt benötigt ein Blutstropfen etwa eine Minute, um vom Herzen durch eine Arterie und eine Arteriole hin zu einer Kapillare zu gelangen, dort Sauerstoff, Nährstoffe und andere Substanzen, wie etwa Hormone (siehe Seite 108), abzulagern, dann über eine Venula in eine Vene und zurück ins Herz zu gelangen. Hier gibt es natürlich große Unterschiede. Ein Abstecher zum Magen dauert nur ein paar Sekunden, da der Weg nur kurz ist, wogegen eine Reise zu den Zehen und wieder zurück viel mehr Zeit benötigt.

Kapillaren

Eine typische Kapillare ist so dünn, dass man sie nur unter dem Mikroskop sehen kann. Sie ist etwa 1–2 mm lang. Das Blut verbringt nur eine Zehntelsekunde in einer Kapillare. Millionen von ihnen bilden eine weite Fläche, wo das Blut die Zellen mit allem Notwendigen versorgen kann.

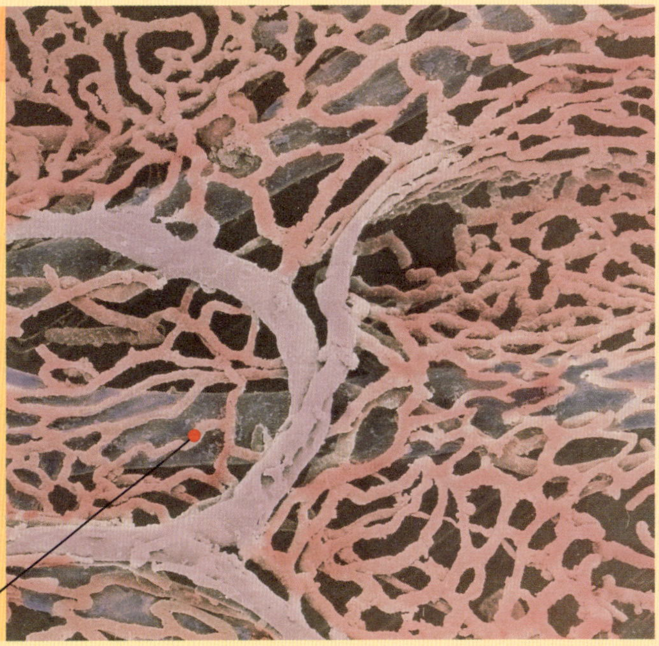

Eine verzweigte Kapillare

Warm, rot, klebrig

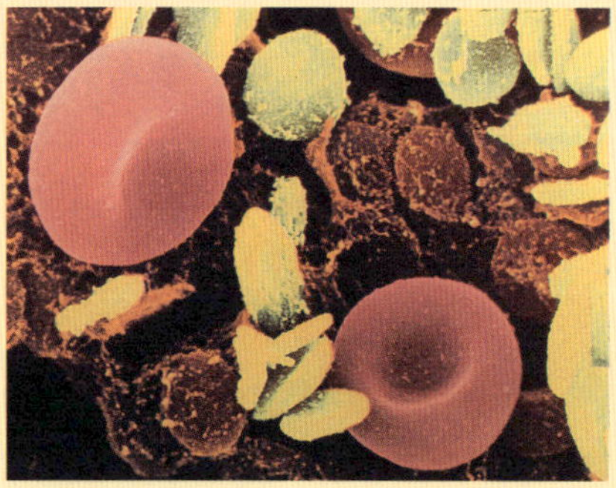

Blut enthält eine Mischung aus roten, weißen und anderen Körperchen.

BLUT IST EINE DER KOMPLIZIERTESTEN FLÜSSIGKEITEN, die wir kennen. Es verrichtet dutzende Aufgaben und enthält hunderte Stoffe. Frisches Blut, das durch den Körper fließt, ist ein Zeichen von Gesundheit. Blut, das aus einer Schnittwunde quillt oder nicht durch ein verstopftes Gefäß kommt, ist ein Alarmsignal. Blut ist so wichtig, dass es auf den meisten Seiten in diesem Buch vorkommt; hier wirst du mehr darüber erfahren.

Das Blut transportiert Sauerstoff, den es in der Lunge aufnimmt. Es verteilt diesen Sauerstoff über den ganzen Körper, da alle Zellen regelmäßig mit Sauerstoff versorgt werden müssen, um zu überleben (siehe Seite 56). Der Sauerstoff klebt beim Transport an einem Stoff namens Hämoglobin, einem Protein. In einem krapfenförmigen roten Blutkörperchen gibt es etwa 250 Millionen Hämoglobin-Moleküle, fünf Millionen solcher Blutkörperchen befinden sich in einem winzigen Tröpfchen Blut.

Bluttransfusionen

Wie Muskeln oder Knochen ist auch Blut ein Körpergewebe. Es kann von einer Person auf eine andere übertragen werden, durch eine Bluttransfusion. Es gibt aber unterschiedliche Blutgruppen. Wenn man die falschen Blutgruppen zusammenmischt, können sich Blutgerinnsel bilden. Deshalb müssen die Ärzte zuerst die Blutgruppe feststellen, bevor sie einem Spender einen Teil seines Blutes abnehmen und dieses Blut einer anderen Person übertragen. Das gespendete Blut kann als Ganzes kühl aufbewahrt und verwendet oder es kann in verschiedene Bestandteile aufgeteilt werden. Diese Bestandteile müssen auch kühl gelagert werden und sind unterschiedlich lange haltbar.

Die Müllabfuhr des Körpers

Das Blut transportiert auch Zucker, Mineralien und Nährstoffe und sammelt die Abfallstoffe ein, die bei den lebenswichtigen Prozessen in den Zellen anfallen. Das wichtigste Abfallprodukt ist Kohlendioxid, es entsteht, wenn aus Zucker Energie gewonnen wird. Das Kohlendioxid kommt von den Zellen und Geweben ins Blut, dann in die Luft im Lungeninneren, von wo es ausgeatmet wird (siehe Seite 59).

Weiße Blutkörperchen

Ein typisches weißes Blutkörperchen ist nicht weiß, sondern fast durchsichtig und farblos. Es kann seine Form verändern, Falten oder Vorsprünge an der Oberfläche bilden und sich durch treibende und kriechende Bewegungen fortbewegen. Der umfassene Name für die weißen Blutkörperchen ist Leukozyten. Manche befinden sich nicht im Blut. Sie quetschen sich zwischen die Zellen in den Kapillarwänden durch in die umliegenden Gewebe, um Eindringlinge zu jagen und Abfälle zu beseitigen.

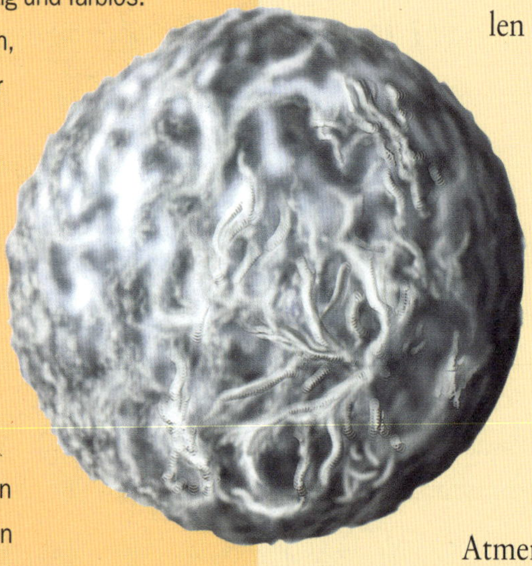

Der Kampf gegen Krankheiten

Eine wichtige Aufgabe des Blutes ist der Kampf gegen Krankheiten. Neben den roten Blutkörperchen gibt es eine weitere wichtige Zellenart: die weißen Blutkörperchen. Hier gibt es verschiedene Arten, wie zum Beispiel Lymphozyten und Makrophagen. Ihre Hauptaufgabe ist es, Eindringlinge und Fremdkörper, die beim Atmen, Essen oder durch Verletzung der Haut in den Körper gelangen, zu bekämpfen. Diese weißen Blutkörperchen sind Teil des körpereigenen Immunsystems.

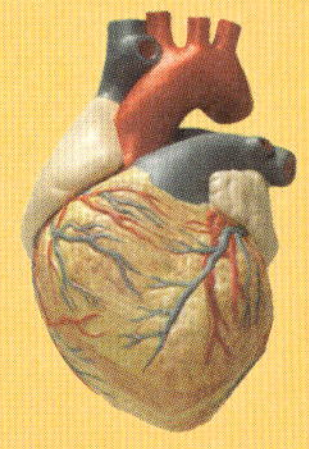

Rote Blutkörperchen

Wegen seiner krapfenähnlichen Form hat das Erythrozyt eine große Oberfläche. Auf diese Weise kann es ein Maximum an Sauerstoff aufnehmen. Es ist eine kleine, taschenartige Zelle mit einem Durchmesser von nur 7 Mikrometern (0,007 mm). Es kann in die engsten Kapillaren eindringen. Und es baut ab, da es fast nur aus Hämoglobin besteht. Die Bestandteile der Zelle, wie der Kern und die Mitochondrien, werden im Laufe der Zellentwicklung zerlegt.

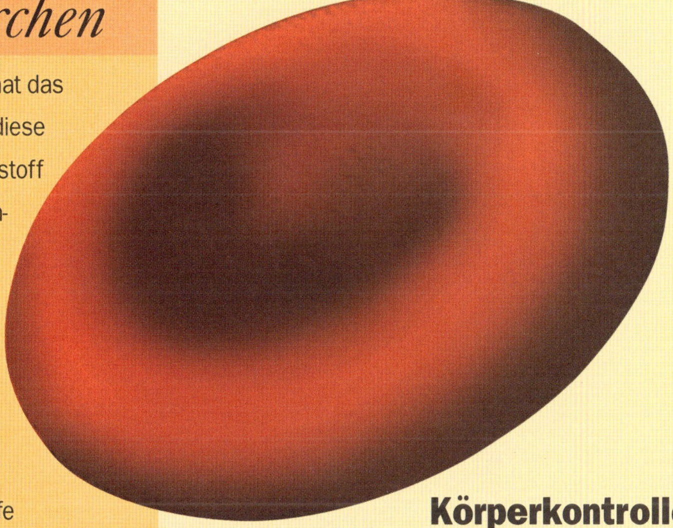

Körperkontrolle

Das Blut enthält körpereigene Chemikalien, die Hormone. Sie kontrollieren und steuern viele Vorgänge im Körper, wie etwa Wachstum, Energieverbrauch oder geschlechtliche Entwicklung, und überprüfen auch die Mengen an Wasser und Mineralien im Körper (siehe Seite 108).

Und das Blut ist warm. Es ist wie die Flüssigkeit einer Zentralheizung. Es nimmt Wärme in den aktiven Körperteilen, wie zum Beispiel Herz oder Muskeln, auf und verteilt sie auf die kühleren Teile, etwa die Haut. Dadurch bleibt die Körpertemperatur mehr oder weniger konstant (siehe Seite 78). Wenn Blut aus dem Körper dringt, wird es klebrig und bildet einen Klotz, der Öffnungen, Schnitte oder Wunden abdichtet. Das nennt man Blutgerinnung (siehe Seite 82). Die Blutverteilung im Körper wird durch Muskelschichten in den Arterienwänden gesteuert. Wenn sie sich zusammenziehen, werden die Arterien enger, und weniger Blut gelangt in die Gewebe. Während körperlicher Anstrengung zum Beispiel erhalten die Muskeln etwa 10-mal so viel Blut (12 Liter pro Minute) wie in Ruhe.

Kapillare mit Blut

Ein Erwachsener hat im Schnitt etwa 5 Liter, also 5000 ml Blut in seinem Körper. Davon befinden sich zu jedem x-beliebigen Zeitpunkt etwa 1250 ml in den Arterien, 3500 ml in den Venen und 250 ml in den Kapillaren. Eine typische Kapillare ist so schmal, dass sogar die mikroskopisch kleinen Blutkörperchen nur einzeln durchpassen. Die Kapillare hier in unserer Abbildung ist ein wenig größer. Die Blutkörperchen verbringen etwa eine halbe Sekunde in einer Kapillare, bevor sie in die nächste Gefäßart weiterfließen, die kleinen Venen.

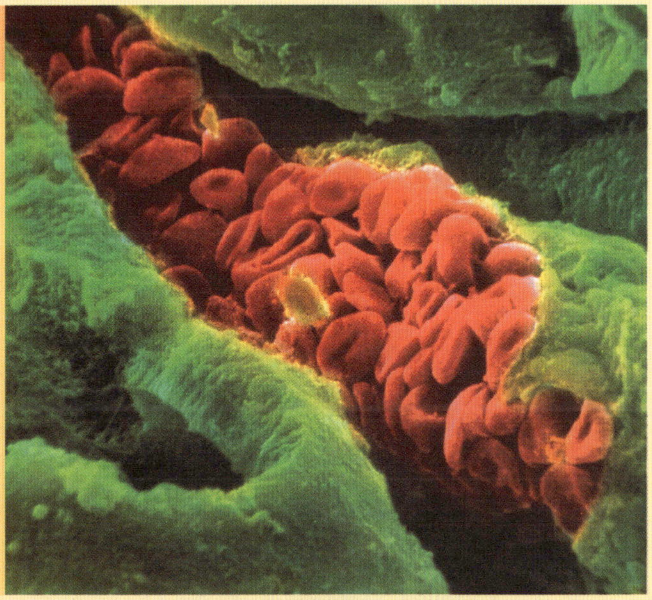

Wusstest du, ...

... DASS BLUT VIER HAUPTBESTANDTEILE HAT:

- FAST DIE HÄLFTE BESTEHT AUS ROTEN BLUTKÖRPERCHEN, DEN ERYTHROZYTEN. SIE TRANSPORTIEREN SAUERSTOFF UND KOHLENDIOXID.
- EIN VIEL KLEINERER TEIL BESTEHT AUS WEISSEN BLUTKÖRPERCHEN. SIE BEKÄMPFEN EINDRINGLINGE UND KRANKHEITEN UND ENTFERNEN SCHMUTZ UND FREMDKÖRPER.
- EIN WINZIGER TEIL BESTEHT AUS PLÄTTCHEN. DAS SIND ZELLTEILE. SIE HELFEN BEI DER GERINNUNG.
- ETWAS ÜBER DIE HÄLFTE DES BLUTES BESTEHT AUS PLASMA, EINER BLASSEN, GELBEN, KLEBRIGEN FLÜSSIGKEIT. SIE ENTHÄLT HUNDERTE GELÖSTER STOFFE, ZUM BEISPIEL ZUCKER, HORMONE ODER ABFÄLLE, WIE ETWA KOHLENDIOXID.

Kapitel 4

Konstant bleiben

WENN DU AN EINEM SEHR heißen und feuchten Ort bist, wie etwa in einem tropischen Land, ist es sehr angenehm, sich in einem klimatisierten, kühlen Raum aufzuhalten. Wenn du an einem eisigen Tag draußen bist und nicht warm genug angezogen bist, ist es genauso angenehm, in ein wohlig warmes Zimmer zu kommen. Der Körper fühlt sich nicht wohl, wenn es zu heiß oder zu kalt, zu feucht oder zu trocken ist. Er arbeitet am besten in bestimmten, gleichbleibenden Verhältnissen.

Dasselbe gilt auch für die Zellen im Inneren des Körpers. Sie funktionieren am besten unter bestimmten Bedingungen, etwa, wenn die Temperatur konstant ist, und wenn sie regelmäßig Nährstoffe, Mineralien, Salze und Wasser bekommen. Der Körper hat natürlich keine Klimaanlage, aber es gibt Systeme und Vorgänge, die die Bedingungen in seinem Inneren kontrollieren und konstant halten. Dazu gehört das Ausscheidungssystem, das Abfälle beseitigt und den Wasser-, Salz- und Mineralhaushalt regelt, oder das Hormonsystem. Den Vorgang, alles konstant zu halten, nennt man Homöostase oder Selbstregulation.

Immer gleich

DER KÖRPER IST WIE EINE SEHR KOMPLIZIERTE MASCHINE, die aus Millionen von Teilchen besteht. Eine Maschine, die so empfindlich und kompliziert ist, muss gewartet und unter konstanten Bedingungen gehalten werden. Wenn sie zu kalt oder zu heiß wird, wird sie kaputt. Das gilt aber nicht nur auf mechanischer, sondern auch auf chemischer Basis. Die tausenden chemischen Vorgänge im Körper funktionieren nur unter einigermaßen konstanten Bedingungen.

Konstante Bedingungen

Die Bezeichnung für diese „Konstanz der inneren Bedingungen" ist Homöostase. Der Körper muss viele Systeme und Vorgänge regulieren, um die Bedingungen stabil zu halten. Homöostatische Prozesse laufen ständig ab. Wenn du schnell zu laufen beginnst, verbrauchen deine Muskeln Blutzucker und Sauerstoff und produzieren viel Kohlendioxid. Von außen sieht man, dass du schneller und tiefer atmest, um mehr Sauerstoff aufzunehmen und das Kohlendioxid loszuwerden. Im Inneren wandelt die Leber die Stärkevorräte in Zucker um und gibt diese an das Blut ab, um die normalen Blutzuckerwerte wiederherzustellen. Immer, auch wenn du schläfst, laufen hunderte solcher winziger Anpassungsprozesse ab.

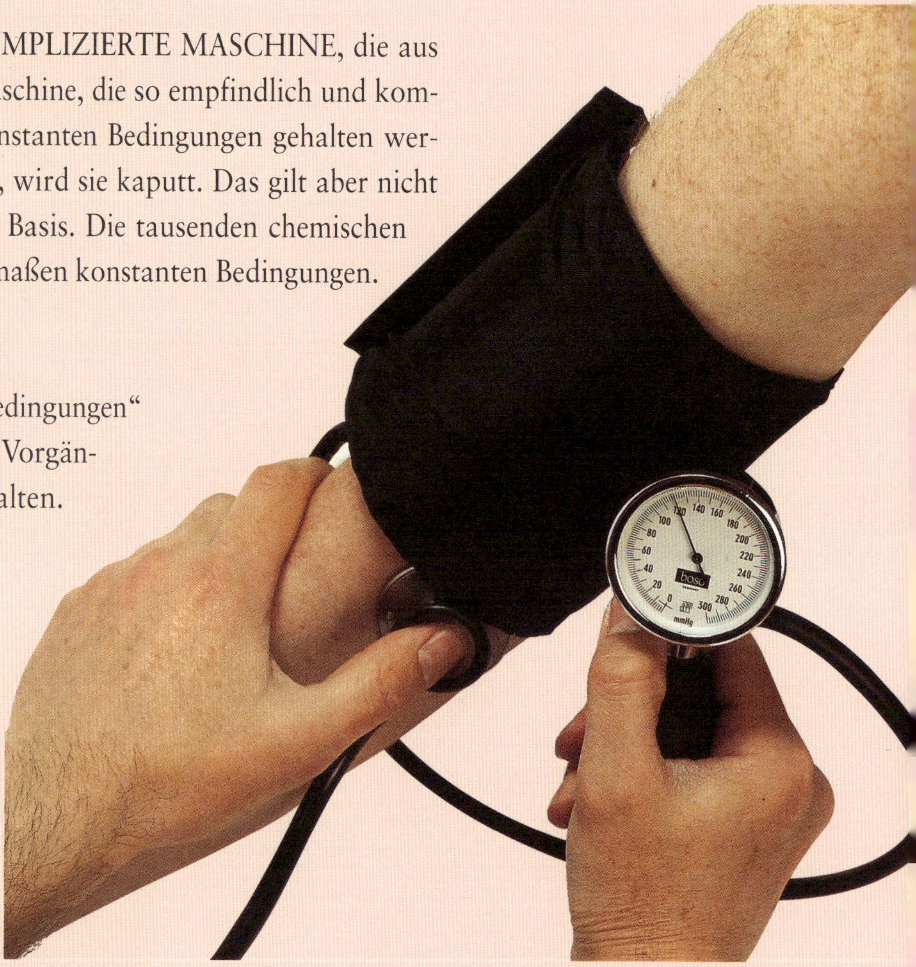

Der Blutdruck kann mit einer Manschette am Oberarm gemessen werden.

Die Variablen im Körper

Jene Werte, die sich verändern können, heißen Variablen. Es gibt hunderte davon. Eine ist die Körpertemperatur. Sie versucht zu steigen, wenn wir herumhetzen oder aufgeregt sind, oder wenn es sehr heiß ist. Dementsprechend geht sie auch hinunter, wenn wir ruhig dasitzen oder wenn es kalt ist. Homöostatische Vorgänge, wie Schwitzen, rote Wangen oder Schüttelfrost, halten unsere Temperatur konstant (siehe Seite 78). Die innere oder Kerntemperatur weicht kaum um mehr als ein Grad von den normalen 37 °C ab.

Eine weitere Variable ist der Blutdruck, die treibende Kraft im Blut, wenn es nach einem Herzschlag durch die Arterien fließt.

Immer schön cool bleiben

Im Laufe eines Tages ruht sich der Körper einmal aus, dann bewegt er sich unterschiedlich schnell, isst, isst wieder nicht, trinkt, dann trinkt er wieder nicht. Manchmal regen sich Menschen so auf, dass sie schreien und herumspringen; wenn sie schlafen, bewegen sie sich fast überhaupt nicht. Trotz all dieser Unterschiede sind die inneren Bedingungen so ausgelegt, dass sie immer gleich bleiben.

Körperkontrolle

Anstrengung und Aufregung erhöhen die Kerntemperatur des Körpes. Homöostatische Vorgänge, wie etwa Schwitzen, rote Wangen oder schwere Atmung, stoßen die überflüssige Wärme ab und reduzieren die Temperatur wieder auf den Normalstand. Sie werden vom Nerven- und vom Hormonsystem kontrolliert. Auch Körperbewegungen können homöostatisch sein. Wenn jemandem heiß ist, so breitet er seine Arme und Beine aus, um schneller abzukühlen. Bei Kälte kauert er sich zusammen und reduziert so die Körperoberfläche und den Wärmeverlust.

Steigt er zu hoch, werden Herz und Blutgefäße zu stark beansprucht.

Im Körper finden sich auch viele wichtige Chemikalien und Mineralien, von Sauerstoff, Kohlendioxid, Blutzucker (Glukose) über Kalzium, Eisen, Natrium bis hin zu Kalium und Chlor. Auch sie sind Variablen. Jede von ihnen wird durch einen homöostatischen Prozess innerhalb gewisser Grenzen gehalten. Wenn zu viel Zucker im Blut eines Menschen ist, so kann das zu Diabetes oder Zuckerkrankheit führen. Wird Diabetes nicht behandelt, kann er die Gesundheit schwer beeinträchtigen und sogar zum Tod führen.

Der Homöostase nachhelfen

Die Nieren reinigen das Blut. Sie entfernen Abfallstoffe und überschüssige Salze und Mineralien. Wenn sie nicht mehr funktionieren, sammeln sich Abfallstoffe im Blut an. Das kann sehr gefährlich werden. Während einer Dialyse wird das Blut in ein Dialysegerät, eine „künstliche Niere“, und wieder zurück in den Körper geleitet. Das reinigt das Blut und entfernt einen Großteil der Abfallstoffe.

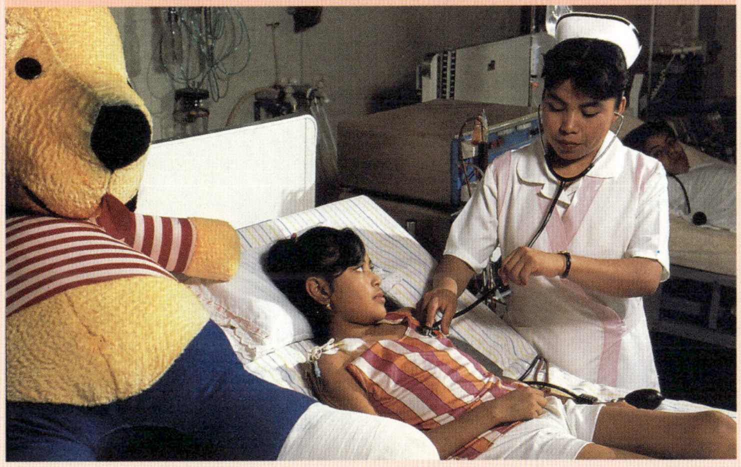

Wusstest du, …

- … DASS SICH DER BLUTDRUCK MIT JEDEM HERZSCHLAG VERÄNDERT?
- … DASS , WENN DAS HERZ BLUT IN DIE ARTERIEN PRESST, DER BLUTDRUCK AUF EIN MAXIMUM ANSTEIGT, DEN SYSTOLISCHEN WERT?
- … DASS, WENN SICH DAS HERZ WIEDER MIT BLUT AUFFÜLLT, DER BLUTDRUCK WIEDER AUF EINEN NIEDRIGEREN, DEN DIASTOLISCHEN WERT FÄLLT?
- … DASS DER BLUTDRUCK NORMALERWEISE IN EINHEITEN NAMENS mm Hg (mm VON QUECKSILBER) GEMESSEN WIRD?
- … DASS SICH DER BLUTDRUCK MIT ZUNEHMENDEM ALTER VERÄNDERT? IM ALTER VON 20 JAHREN SOLLTE DER SYSTOLISCHE DRUCK UNGEFÄHR 120, DER DIASTOLISCHE ETWA 80 BETRAGEN, IM ALTER VON 60 JAHREN 140 ZU 90.

Abfallbeseitigung

ALLE PAAR STUNDEN verspürst du das Verlangen, auf die Toilette zu gehen. Die blasse, gelbe Flüssigkeit, die aus deinem Körper herauskommt, ist Urin. Er besteht vorwiegend aus Wasser, das gelöste Stoffe enthält, wie etwa Harnstoff und Kreatinin, die der Körper nicht mehr benötigt.

Urin ist ganz anders als Stuhl, der auch vom Körper ausgeschieden wird. Urin ist Abfall, der von den Nieren herausgefiltert wurde. Stuhl besteht aus den Überbleibseln der Verdauung im Darm. Wenn man etwas los wird, das man nicht mehr braucht, heißt das Ausscheidung.

Die Ausscheidung

Die wichtigsten Teile des Ausscheidungssystems befinden sich im Bauch. Es gibt zwei Nieren, auf jeder Seite eine, direkt unter der Leber und dem Magen, und eine Blase, weiter unten vorne in der Mitte. Der Harnleiter transportiert den Urin von den Nieren zur Blase. Die Harnröhre leitet den Urin von der Blase nach außen.

Urin und Stuhl sind zwei Ausscheidungsprodukte des Körpers. Das Ausatmen von Kohlendioxid ist auch Ausscheidung, genauso wie Schwitzen, denn Schweiß enthält bestimmte Chemikalien und Salze, darunter auch manche Stoffe, die Nahrungsmitteln ein eigenes Aroma geben, wie etwa Knoblauch.

Ein Balanceakt der Nieren

Die Nieren filtern nicht einfach das Blut, um Urin zu produzieren. Sie bestimmen auch Menge und Verteilung verschiedener Körperchemikalien und von Wasser selbst. Wenn man trinkt, gelangt die Flüssigkeit durch das Verdauungssystem in das Blut. Zu viel Wasser verdünnt und schwächt das Blut, und die Konzentrationen an Blutstoffen sinken. Da muss die Homöostase eingreifen!

Wird das Blut zu dünn, so schlägt ein kleiner Sensor im Hypothalamus (einem Teil des Hirns) Alarm. Der Hypothalamus leitet die Information an eine winzige Drüse unter dem Hirn, die Hypophyse, weiter (siehe Seite 109). Diese reagiert, indem sie geringere Mengen eines Hormons namens ADH (antidiuretisches Hormon) ausschüttet. ADH gelangt über das Blut zu allen Körperteilen, auch zu den Nieren. Die Nieren bemerken den niedrigeren ADH-Gehalt im Blut und entziehen dem Blut mehr Wasser als üblich. Auf diese Weise wird das Blut weniger wässrig, die Werte werden normal; gleichzeitig steigt der ADH-Gehalt an.

Wasserzufuhr

Durch chemische Reaktionen im Körper (metabolisches Wasser): 300 ml
Durch Essen: 600 ml
Durch Getränke: 1500 ml
Insgesamt: 2400 ml

Wasserausfuhr

Schweiß (durchschnittliches Klima): 200 ml
„Feste" Abfälle oder Stuhl: 200 ml
Dampf aus den Lungen: 400 ml
Verdampfen auf der Haut: 400 ml
Im Urin: 1200 ml
Insgesamt: 2400 ml pro Tag

Es gibt dutzende solcher Kontrollmechanismen im Körper. Viele von ihnen beeinflussen einander. Wenn zum Beispiel das Blut viel Wasser aufnimmt, steigt sein Volumen. Dadurch wird der Blutdruck höher; also werden zusätzlich Hormone ausgeschüttet, um ihn, gemeinsam mit den Nervensignalen vom Hirn, zu kontrollieren.

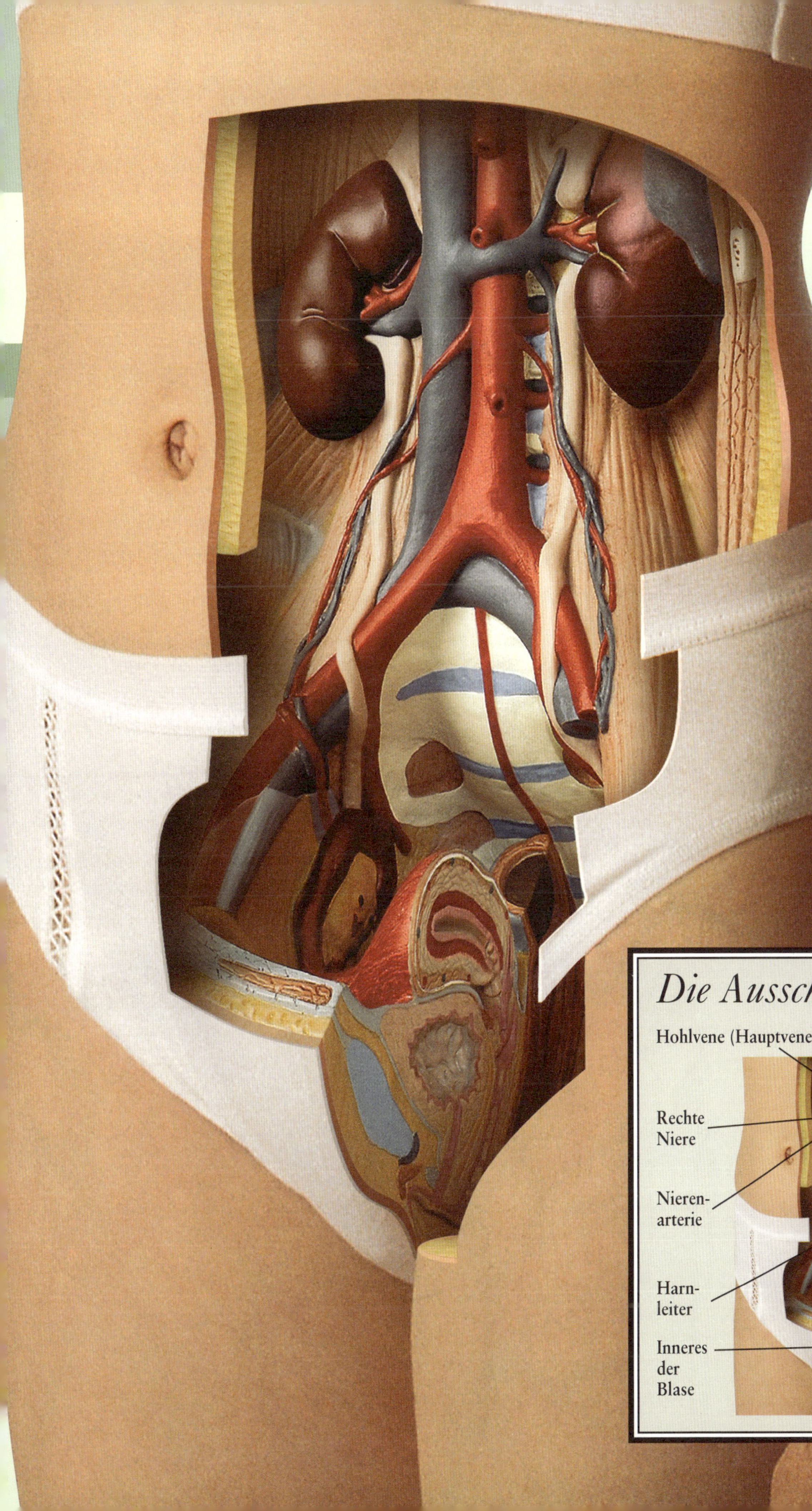

Blasenkontrolle

Du lässt den Urin ab, indem du einen Ring aus Muskeln, den Schließmuskel, entspannst. Er befindet sich dort, wo die Harnröhre an der Blase ansetzt. Normalerweise ist er angespannt, wodurch der Urin in der Blase bleibt. Babys können diesen Muskel nicht beherrschen. Er entspannt sich automatisch, sobald die Blase mit Urin gefüllt ist. Um die Windeln loszuwerden, müssen sie also lernen, die Blasenmuskeln zu kontrollieren.

Die Ausscheidungsorgane

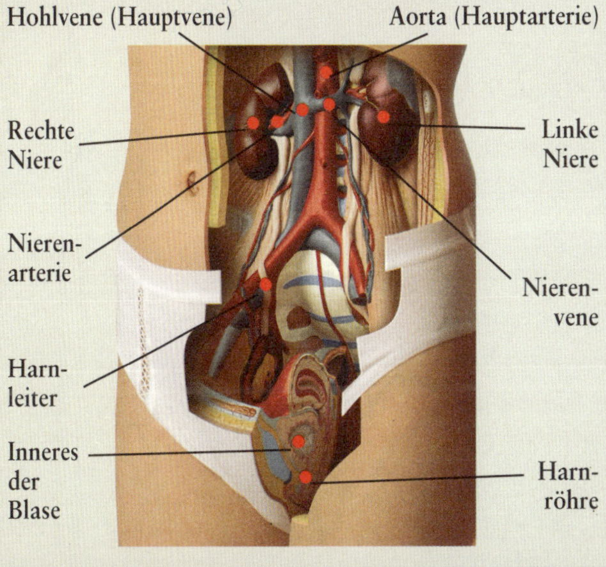

Tolle Biofilter

DIE NIEREN SIND ZWEI der bemerkenswertesten Organe des Körpers. Bei jedem Menschen sind sie ungefähr so groß wie die hohle Hand. Auf jeder Seite der Wirbelsäule befindet sich eine Niere, im hinteren Teil des Bauches. Der obere Teil der Nieren wird von den unteren Rippen geschützt. Die rechte Niere sitzt ein wenig tiefer als die linke, da sie der Leber Platz machen muss.

Die Nieren erhalten etwa 70 Liter Blut pro Stunde. Das bedeutet, dass das gesamte Blut des Körpers sie täglich etwa 400-mal durchläuft. Das Blut dringt über die breite Nierenarterie ein, ein kleines bisschen weniger Blut verlässt sie wieder über die Nierenvene. Das kommt daher, dass die Nieren Abfälle und unerwünschte Stoffe mithilfe ihrer mikroskopisch kleinen Filtereinheiten, den Nephronen, aussieben. Es gibt ungefähr eine Million Nephronen in jeder Niere.

Nierensteine

Wenn die Nieren nicht ordentlich arbeiten, so kann sich im Nierenbecken, wie bei einem Wasserkessel, ein Belag bilden, mit harten Krusten und Kristallen von den Chemikalien im Urin. Das sind Nierensteine. Man kann sie während einer Operation entfernen, durch Medikamente auflösen oder mit Ultraschallwellen zerschmettern.

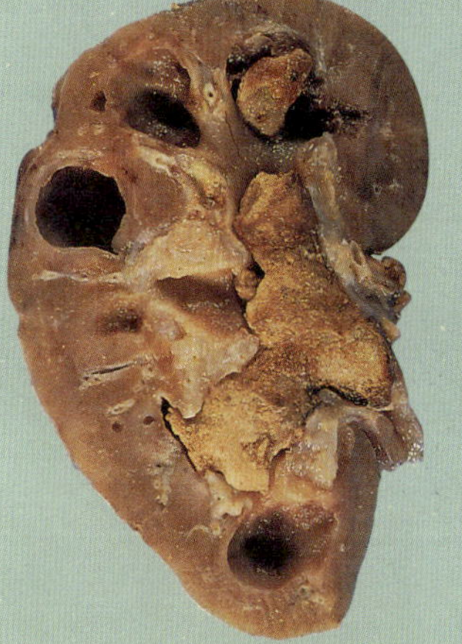

So arbeiten die Nieren

Im Inneren der Niere gibt es zwei Hauptschichten: die Nierenrinde am äußeren Rand und das Nierenmark im Inneren. In der Mitte befindet sich das Nierenbecken, wo sich der Urin ansammelt und dann über den Harnleiter zur Harnblase tropft. Wenn das Blut in die Niere gelangt, fließt es in die Glomeruli, die sich in jedem Nephron befinden. Ein Glomerulus ist ein winziger Knäuel aus mikroskopisch kleinen Gefäßen. In der Nierenrinde befindet sich ungefähr eine Million dieser Glomeruli. Wasser und einige Chemikalien werden aus diesen Gefäßen heraus in die tassenförmige Bowman-Kapsel, die sie umgibt, gedrückt.

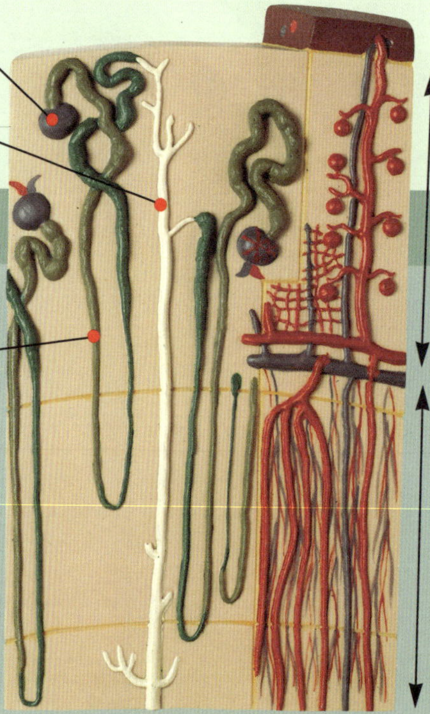

1

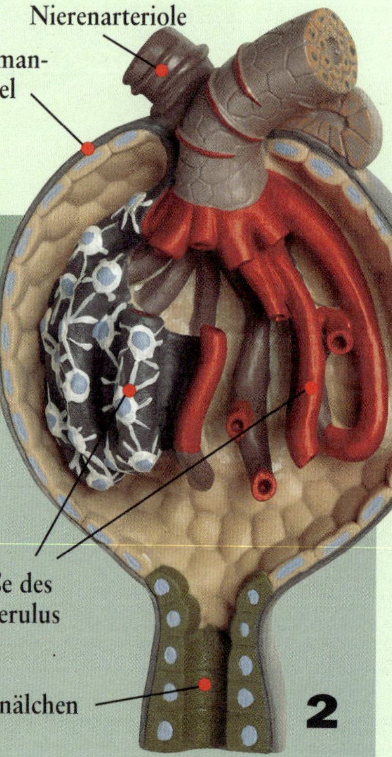

2

Im Inneren der Niere

Die äußere Schicht der Niere (1), die Rinde, besteht hauptsächlich aus den Gefäßknäueln, den Glomeruli, jedes umgeben von einer Bowman-Kapsel (2). Jede Niere hat etwa eine Million davon. Das Mark wird vor allem aus den lang gezogenen u-förmigen Nierenkanälchen und den Sammelröhren für den Urin gebildet. Über jeder Niere befindet sich die Nebenniere, die verschiedene Hormone produziert.

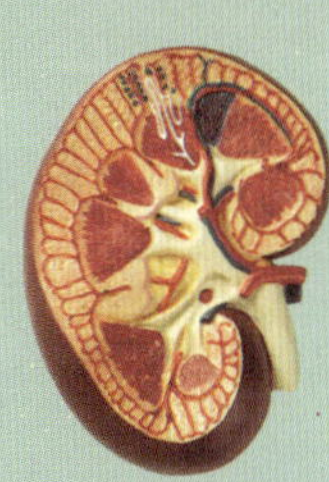

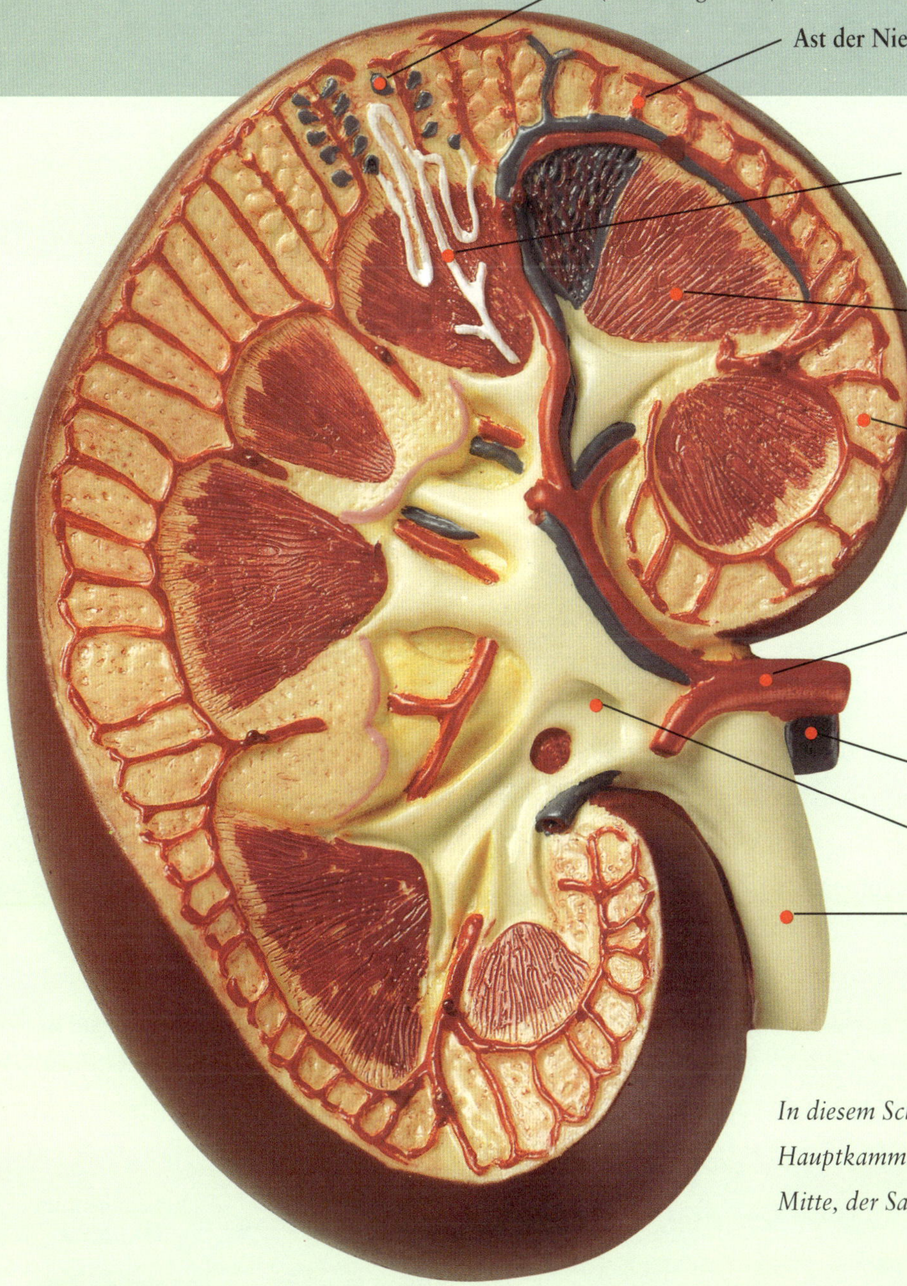

In diesem Schnittbild der Niere ist die Hauptkammer, das Nierenbecken in der Mitte, der Sammelpunkt für den Urin.

So entsteht Urin

Diese Mischung aus Wasser und Chemikalien tröpfelt langsam in den nächsten Teil des Nephrons, eine lange, schmale Röhre, das Nierenkanälchen. Sie kommt in das Mark bis hinauf in die Rinde. Sie ist von weiteren Kapillaren umgeben. Nützliche Stoffe, etwa Glukose und ein großer Teil des Wassers, gelangen über das Kanälchen wieder in das Blut zurück. Übrig bleibt eine stark konzentrierte Lösung aus Wasser mit unerwünschten Stoffen, vor allem Harnstoff – Urin. Er gelangt vom Kanälchen über immer größere Röhren in das Nierenbecken. Über den Harnleiter erreicht er die Harnblase. Die Blase ist eine elastische Tasche mit Muskeln in den Wänden, die sich wie ein Ballon anfüllen kann. Die Nieren sind unglaublich leistungsfähig. Pro Minute gelangen etwa 120 ml Wasser und Chemikalien vom Blut in ihre Kanälchen. Es werden aber so viele nützliche Stoffe und Wasser von den Kanälchen ins Blut zurückgeführt, dass nur 1 ml zu Urin verarbeitet wird. Wenn du schläfst, arbeitet die Niere langsamer.

Wusstest du, ...

- ... DASS JEDE NIERE ETWA 11 CM LANG, 6 CM BREIT UND 3 CM DICK IST?
- ... DASS EINE NIERE IM SCHNITT 140 G WIEGT?
- ... DASS DER HARNLEITER ETWA 25 CM LANG IST UND EIN WENIG DICKER ALS DAS TINTENRÖHRCHEN IM INNEREN EINES KUGELSCHREIBERS?
- ... DASS DIE BLASE PLATZ FÜR ETWA 150–200 ML URIN HAT? ERST DANN VERSPÜREN WIR DAS BEDÜRFNIS ZU URINIEREN.
- ... DASS , WENN SICH 300–400 ML URIN IN DER BLASE BEFINDEN, DAS VERLANGEN SIE ZU ENTLEEREN STÄRKER WIRD?
- ... DASS ES BEI 500–600 ML SCHON WEH TUT UND FAST NICHT MEHR AUSZUHALTEN IST?

Nahrungsverwerter

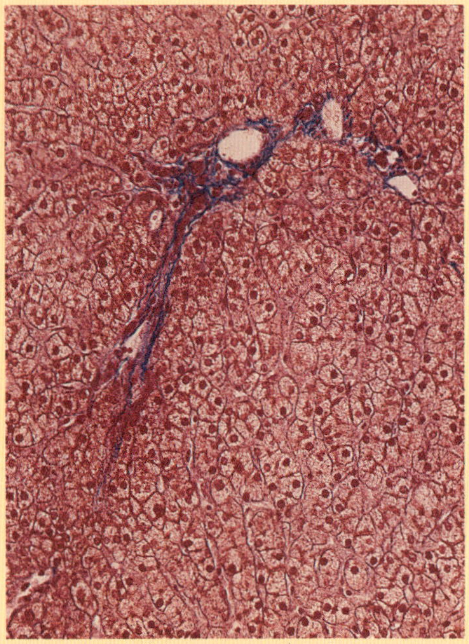

Die Leberzellen sind in Schichten angeordnet, die eine schwammähnliche Struktur bilden. Die Löcher sind Blutgefäße.

DIE LEBER IST EINER DER FLEISSIGSTEN TEILE des Körpers. Sie bewegt sich nicht, wie etwa der Magen, der Darm, das Herz oder die Muskeln. Ihre Tätigkeit ist unsichtbar, sie spielt sich auf chemischer Ebene ab. Die Leber ist das größte innere Organ, sie wiegt 1,2 bis 1,6 kg und füllt den rechten oberen Teil des Bauches aus. Wir kennen zumindest 500 wichtige Tätigkeiten in der Körperchemie, die sie verrichtet. Die Leber hat ein eigenes Blutgefäß, die Leberpfortenader. Sie kommt nicht direkt vom Herzen, sondern transportiert Blut, das bereits im Magen, im Darm und in der Milz war. Dieses Blut ist reich an Nährstoffen, die den Körper mit Energie und Rohstoffen versorgen. Es sickert durch den Hauptteil der Leber, der aus winzigen, sechseckigen Zellgruppen besteht, den Leberläppchen. Jedes davon sieht aus wie eine kleine Honigwabe. Die meisten sind Leberzellen und verrichten dutzende komplizierter chemischer Vorgänge.

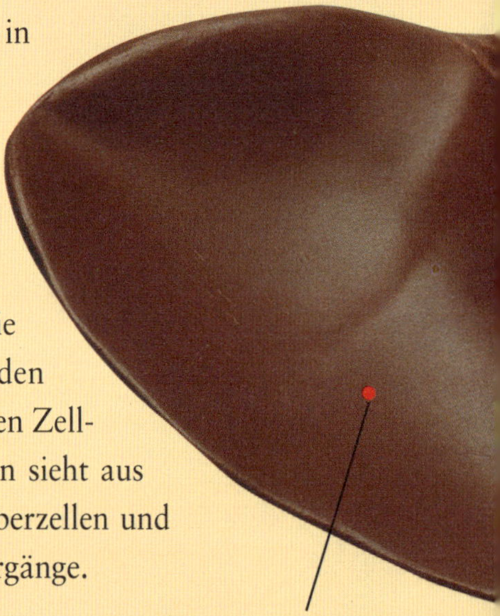

Leber ist gut für dich

Die Leber verarbeitet auf verschiedene Weise viele der im Blut enthaltenen Nährstoffe. Sie verändert manche und teilt sie in kleinere Moleküle. Andere speichert sie, vor allem Glukose, Mineralien wie Eisen und Vitamine wie B_{12}. Sie bekämpft auch schädliche Substanzen und macht sie harmlos; so wird etwa Alkohol in weniger gefährliche Stoffe aufgespalten. Das nennt man Entgiftung.

Gallensteine

Manchmal bilden sich in der Gallenblase harte Klumpen, durchschnittlich so groß wie eine Erbse. Das sind Gallensteine. Sie bestehen vor allem aus Cholesterin und Kalzium. Cholesterin ist eine Fettsubstanz, die in kleinen Mengen für den Körper sehr wichtig ist. Zu viel davon kann aber Probleme verursachen und Blutgefäße verstopfen. Gallensteine sind auf einem Cholezystogramm-Röntgenbild oder Scan sichtbar (hier grün eingefärbt). Sie können durch eine Operation entfernt oder mit sehr hohen Schallwellen (Ultraschall) in kleine Stücke zerschmettert werden.

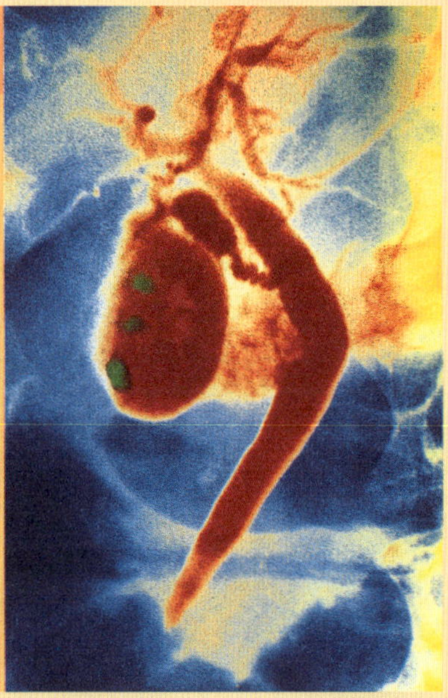

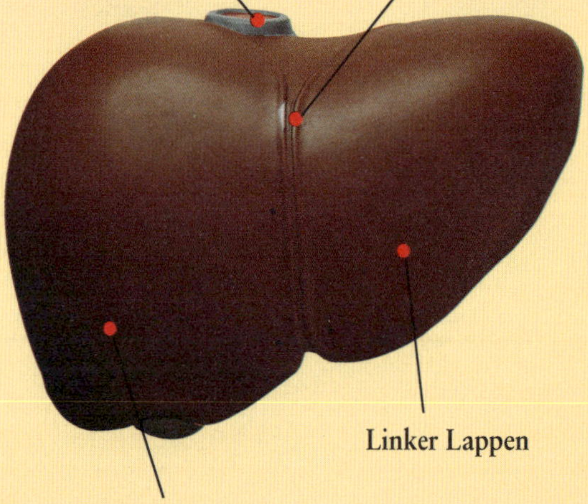

Die Leber von vorne

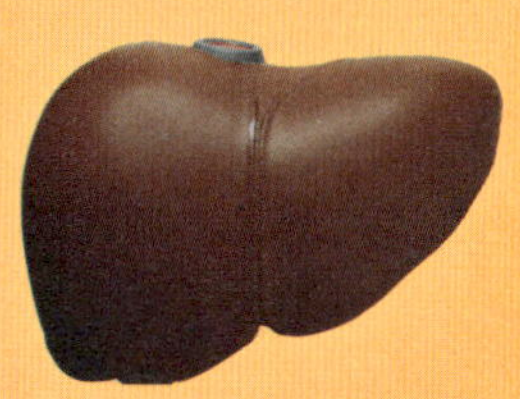

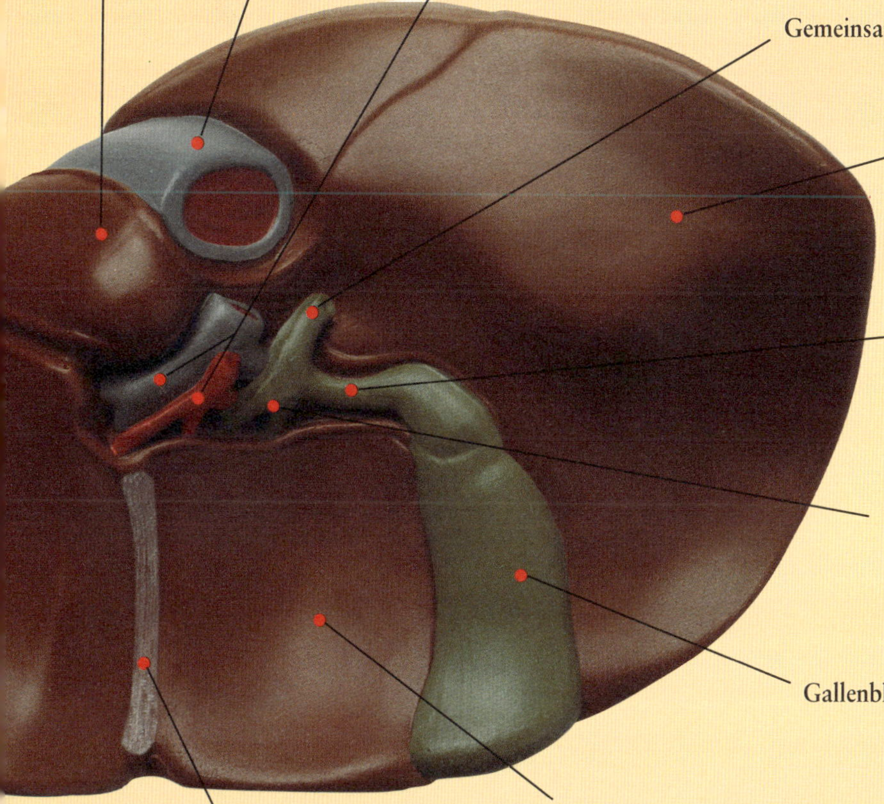

Die Leber von unten

Der Leberlappen

Dieser kleine Zellklumpen hat einen Durchmesser von etwa 1 mm. In der Leber gibt es tausende davon. Jeder enthält hunderte Leberzellen. Sie sind in verästelten, gebogenen Schichten angeordnet, die Lamina heißen. Dazwischen gibt es genug Platz, sodass Blut, Galle und andere Flüssigkeiten durchfließen können. Zwischen den Lappen verlaufen winzige Zweige der Leberarterie, die Leberpfortenader und der gemeinsame Gallengang. Das Blut, das reich an Glukose, Vitaminen, Mineralien, Nährstoffen und anderen, von der Leber verarbeiteten Stoffen ist, wird über größere Zweige der Hauptlebervene abtransportiert.

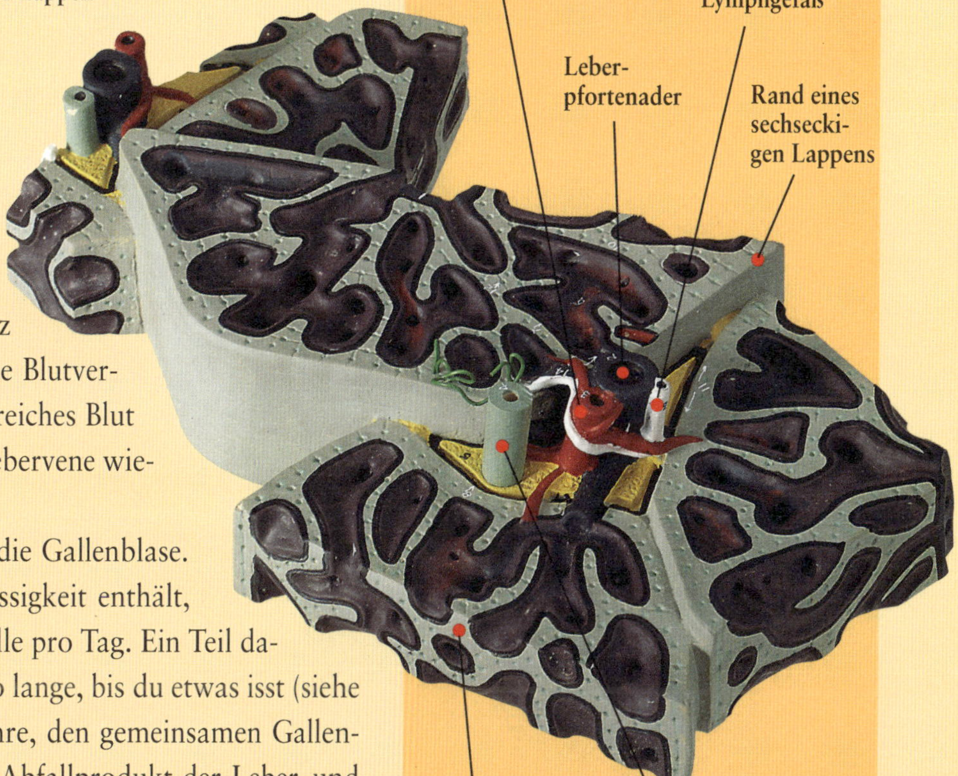

Das Blut in der Leberpfortenader enthält nur wenig Sauerstoff, da es diesen bereits in den Magenwänden, im Darm und in der Milz abgeliefert hat. Deshalb hat die Leber eine eigene Blutversorgung über die Leberarterie, die ihr sauerstoffreiches Blut zuführt. Das Blut aus der Leber kehrt über die Lebervene wieder in das Herz zurück.

Rechts unten an der Leber befindet sich die Gallenblase. Sie ist ein kleiner Beutel, der eine gelbliche Flüssigkeit enthält, die Galle. Die Leber produziert bis zu 1 Liter Galle pro Tag. Ein Teil davon bleibt in der Leber und in der Gallenblase, so lange, bis du etwas isst (siehe Seite 54). Dann fließt die Galle in die Hauptröhre, den gemeinsamen Gallengang, der in den Dünndarm führt. Galle ist ein Abfallprodukt der Leber, und hilft bei der Verdauung mit. Sie enthält Mineralsalze, die fettes Essen zerlegen oder emulgieren, indem sie die Fette in kleine Tröpfchen umwandeln.

Gerade richtig

WENN DIR HEISS IST, kannst du auf verschiedenem Wege Abhilfe schaffen. Du kannst dich ausziehen oder dich an einem kühleren Ort ausruhen, etwa bei einem Ventilator. Du kannst deine Haut mit Wasser benetzen oder etwas Kaltes trinken. Wenn dir zu kalt ist, kannst du an einen geheizten Ort gehen, dich wärmer anziehen und dich bewegen. Diese bewussten Handlungen tragen dazu bei, die Temperatur im Körper konstant bei 37 °C zu halten, trotz unterschiedlicher Bedingungen. Wenn sie um mehr als ein oder zwei Grad von den normalen 37 °C abweicht, wird die Körperchemie gestört. Die chemischen Reaktionen und Vorgänge funktionieren nicht mehr richtig. Wenn die Temperatur steigt, fühlst du dich krank. Es ist also wichtig, die Körpertemperatur konstant zu halten.

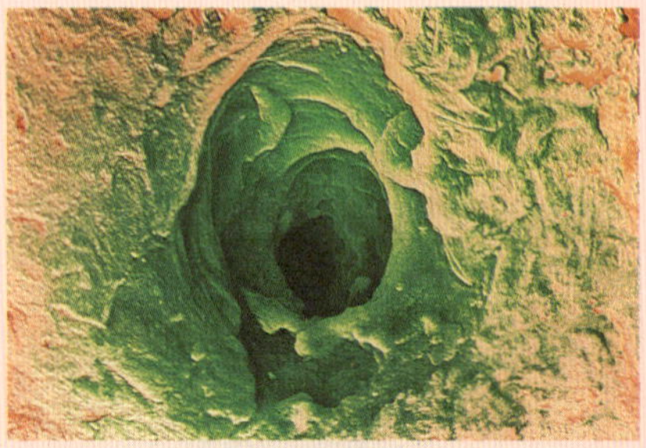

Eine kleine Schweißpore der Haut unter dem Mikroskop

Dein körpereigener Thermostat

Empfindliche Nervenenden in deiner Haut erkunden die Außentemperatur (siehe Seite 96). Deine innere oder „Kerntemperatur" wird über einen kleinen Teil im Gehirn, den Hypothalamus, festgestellt. Er ist dein körpereigener Thermostat. Steigt die Innentemperatur, setzt der Hypothalamus verschiedene Vorgänge in Gang, die die Temperatur senken. Die meisten davon spielen sich in der Haut ab. Dort werden die kleinen Blutgefäße erweitert, sodass mehr Blut nahe der Oberfläche fließt und so die überschüssige

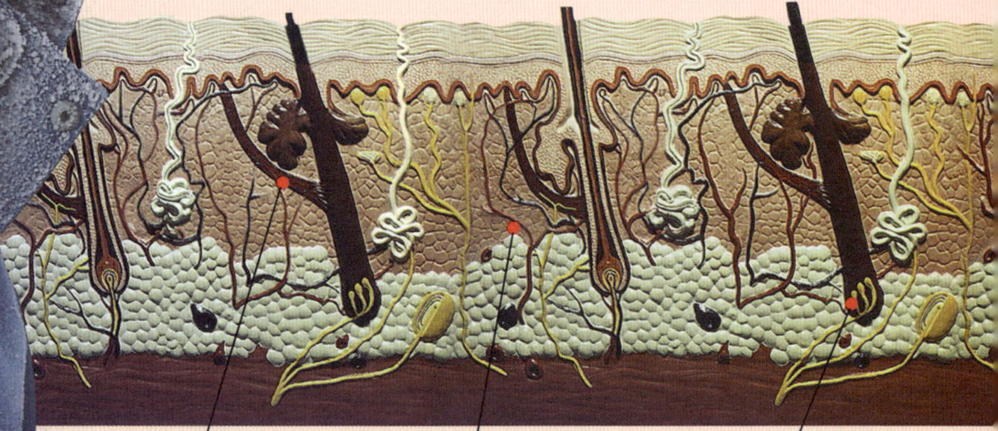

Die Blutgefäße in der Haut dieses Forschers sind sehr eng, daher ist er blass. Jedes Hauthaar wird vom Erector-pili-Muskel nach oben gezogen, eine Gänsehaut entsteht. Eine Kapuze ist sehr nützlich, da wir über den Kopf bis zu einem Drittel der Körperwärme verlieren können.

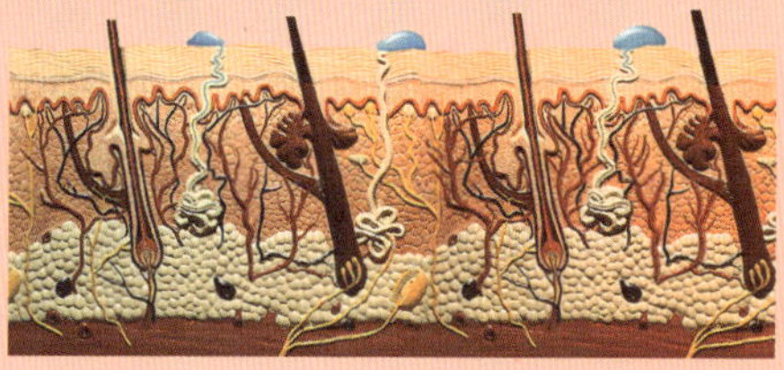

Schweißdrüsen

Jede Schweißdrüse ist ein Knäuel von Röhren und Zellen in der unteren Hautschicht. Ein Rohr mündet in ein Loch, die Schweißpore. Du hast ungefähr 3 Millionen dieser Poren über deinen ganzen Körper verteilt. An manchen Stellen sind sie dichter verteilt, wie etwa unter deinen Achselhöhlen.

Wärme an die Luft abgibt. Dadurch wird die Haut gerötet. Deine etwa drei Millionen Schweißdrüsen in der Haut geben ihren wässrigen Schweiß ab. Er dringt an die Hautoberfläche und vertrocknet oder verdunstet, wobei er dem Körper Wärme entzieht. Der Hypothalamus veranlasst auch andere Teile in deinem Hirn, bewusste Handlungen zu setzen, etwa deine Kleidung zu ändern oder den Ort zu wechseln. Auch das trägt dazu bei, die Körpertemperatur wieder zu normalisieren.

Sich warm halten

Stellt der Hypothalamus fest, dass die Kerntemperatur zu niedrig ist, so werden die temperatursenkenden Maßnahmen umgedreht. Die kleinen Blutgefäße in der Haut verengen sich, reduzieren den Wärmeverlust und lassen dich dabei blass aussehen. Du schwitzt nur minimal. Die kleinen Haare auf deiner Haut stehen aufrecht, um die Luft rund um den Körper zu stauen und sie als zusätzliche Wärmeschicht zu nutzen. Das führt zu einer Gänsehaut. Deine Muskeln fangen vielleicht auch an, sich von selbst zusammenzuziehen und zu zucken. Wir nennen das Zittern.

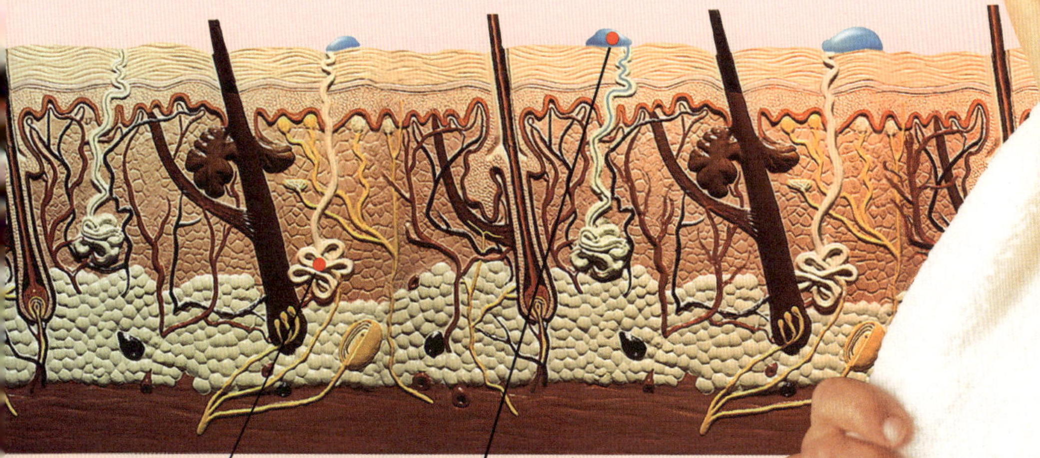

Nach dem Training sieht diese Frau verschwitzt aus, ihr Gesicht ist gerötet. Das Blut sammelt die Hitze in ihrem Körper auf und fließt an die Hautoberfläche, sodass die überschüssige Wärme entweichen kann.

Wusstest du, ...

- ... DASS DIE KÖRPERTEMPERATUR UNTERTAGS ZWISCHEN 36,2 °C UND 37,3 °C SCHWANKT?
- ... DASS DIE KÖRPERTEMPERATUR NORMALERWEISE NACHTS AM NIEDRIGSTEN IST?
- ... DASS MAN ÜBERMÄSSIG HOHE KÖRPERTEMPERATUR FIEBER ODER HYPERTHERMIE NENNT?
- ... DASS FIEBER ÜBER 40 °C ZU STARKEN SCHWEISSAUSBRÜCHEN, SCHÜTTELKRAMPF (FIEBRIGE ANFÄLLE ODER MUSKELKRÄMPFE) UND VERWIRRUNG FÜHREN KANN?
- ... DASS EINE ABNORMAL NIEDRIGE KÖRPERTEMPERATUR HYPOTHERMIE GENANNT WIRD?
- ... DASS EINE KÖRPERTEMPERATUR UNTER 33 °C ZU MÜDIGKEIT UND VERWIRRUNG FÜHREN KANN?

So wehren wir uns

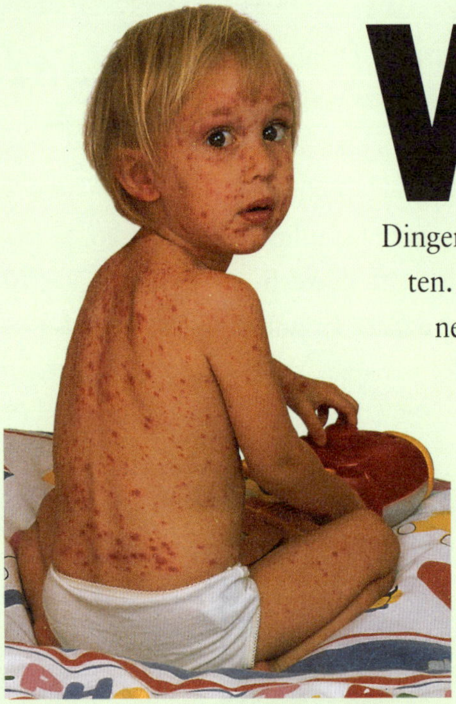

Windpocken sind eine milde Virusinfektion, die zu einem Hautausschlag und erhöhter Körpertemperatur, also Fieber, führt.

WIR SIND UMGEBEN VON EINDRINGLINGEN, von winzigen Bakterien, Viren und anderen Lebewesen, die so klein sind, dass man sie nur mit einem Mikroskop sehen kann. Sie sind in der Luft und lassen sich auf unserer Haut, unseren Kleidern, dem Essen, den Getränken und anderen Dingen nieder. Wenn sie in den Körper gelangen, können sie sich vermehren und ausbreiten. Manche Eindringlinge rufen eine Krankheit, eine Infektion, hervor. Das kann von einer harmlosen Erkältung oder Halsweh bis hin zu lebensbedrohlichen Zuständen wie Lungenentzündung oder Tetanus reichen. Wie schützt sich der Körper vor dieser Invasion von Millionen von Mikroben? Es gibt Verteidigungssysteme an der Oberfläche, die ungebetene Gäste abhalten. Die Haut etwa ist ein elastisches und dickes Hindernis. Normalerweise ist sie für Keime unüberwindbar, besonders, wenn du dich regelmäßig wäschst und dadurch Schmutz und Keime von deiner Haut spülst. Wenn du irgendwo eine offene Stelle hast, wird sie schnell durch eine Blutkruste verschlossen.

Empfindlich, aber gut geschützt

Manche Teile an der Körperoberfläche sind nicht von Haut überzogen und sehr fein und empfindlich. Sie sind aber dennoch gut geschützt. Die Augenlider entfernen jedesmal, wenn du blinzelst, Staub, Keime und anderen Schmutz von deinen Augen (siehe Seite 86). Das Innere der Nase, der Luftröhre und der Lungen ist mit Flüssigkeiten bedeckt, die Keime fangen und wegschaffen, und die Keime in der Nahrung werden von den starken Säuren und Enzymen im Magen abgetötet.

Manchen Keimen gelingt es trotzdem, dieses System zu durchbrechen und in das Blut und die Körperteile zu gelangen. Dann tritt eine hochentwickelte Armee aus weißen Blutkörperchen auf den Plan. Makrophagen und Granulozyten, eine Unterart, greifen die Keime an und verschlingen sie. Einige der weißen Körperchen, die Lymphozyten, erzeugen Proteine, die man Antikörper nennt. Sie heften sich an die Keime und setzen sie außer Gefecht. Im Laufe der Schlacht vermehren sich die weißen Körperchen in Blut und Lymphe und verteilen sich. Sie sammeln sich auch

Immunisierung

Man kann den Körper auch mithilfe einer Täuschung dazu bringen, einen Eindringling zu bekämpfen, indem man ihm tote oder harmlose Keime zuführt. Genau das passiert, wenn du geimpft wirst. Das Immunsystem zerstört den harmlosen Keim und erkennt ihn später wieder. Das nennt man Immunisierung. Die Impfung von Millionen von Menschen gegen Krankheiten wie Kinderlähmung, Tetanus, Masern, Röteln und Mumps ist einer der größten Erfolge der modernen Medizin.

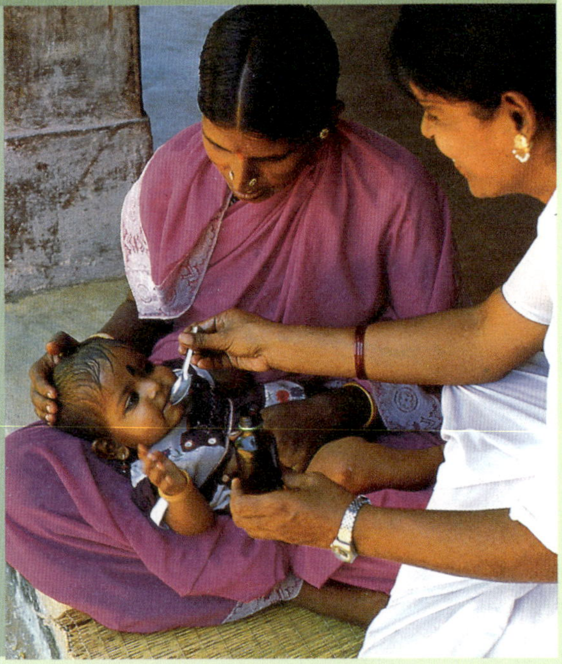

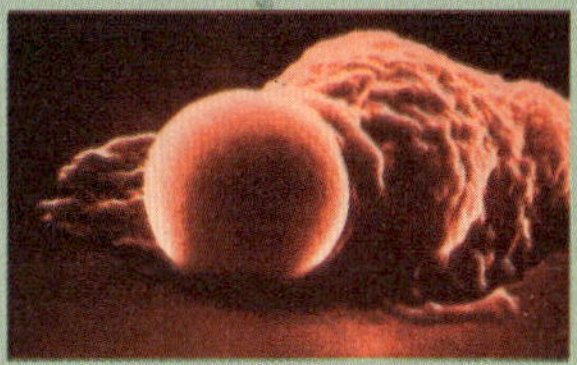

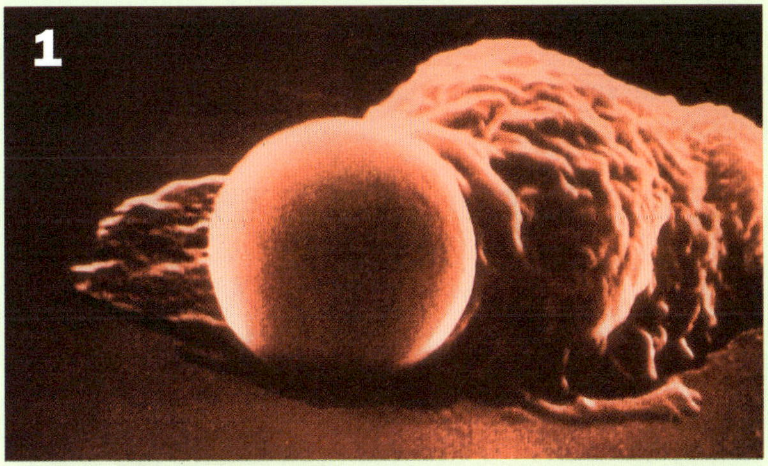

In dieser Elektronenmikroskop-Abbildung sehen wir eine Markophage, eine Unterart der weißen Blutkörperchen, die sich einem „Opfer" nähert.

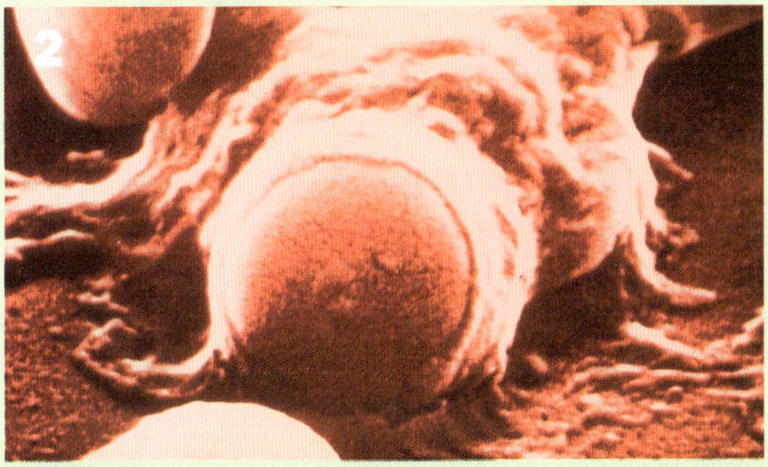

Das Opfer ist ein rotes Blutkörperchen, das ausgedient und eine Kugelform angenommen hat. Es muss verwertet werden.

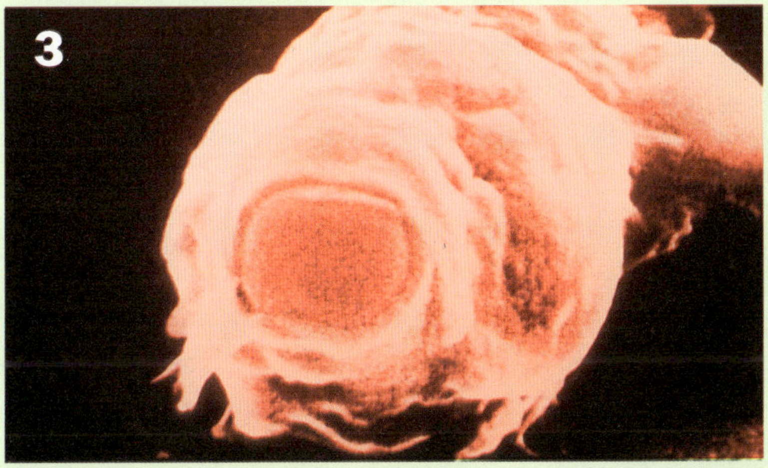

Die Makrophage umschließt die Zelle, verschlingt und verdaut sie. Diesen Vorgang nennt man zelluläre Phagozytose.

in den Lymphknoten (siehe Seite 60), der Thymusdrüse im Hals, der Milz links vom Magen, den Adenoiden in der hinteren Nase, den Mandeln im hinteren Rachen und Teilen des Darmes. Diese Lymphgewebe können dann anschwellen, da sich weiße Blutkörperchen und Flüssigkeiten in ihnen sammeln. Deshalb haben wir bei Infektionen auch „geschwollene Drüsen". Bei dieser Schlacht laufen viele chemische Prozesse im Körper ab, weshalb auch die Temperatur steigt und wir Fieber bekommen. Aber normalerweise werden die Keime besiegt.

Gerüstet für künftige Schlachten

Lymphozyten rüsten sich auch für die Zukunft. Wenn sie einmal mit einem Keimtyp in Berührung gekommen sind, erkennen sie ihn rasch wieder. Sie töten ihn ab, bevor er sich vermehren und Krankheiten verursachen kann. Das bedeutet, dass wir gegen bestimmte Infektionen, wenn wir sie schon einmal hatten, immun sind. Das System, das die Schutzmechanismen hervorbringt, ist das Immunsystem des Körpers.

Die Stufen der Infektion

Wenn ein Keim in den Körper eindringt und sich vermehrt, ruft das eine Infektion hervor. Sie durchläuft verschiedene Stufen. Während der Inkubationszeit setzen sich die Keime im Körper fest. Sie vermehren sich, rufen aber kaum äußere Symptome hervor. Während dieser Zeit kann die betroffene Person bereits infektiös sein, also fähig, die Keime auf verschiedenen Wegen an andere weiterzugeben, oder es besteht sogar Ansteckungsgefahr, wenn die Keime durch direkten körperlichen Kontakt übertragen werden können. Die Inkubationszeit ist unterschiedlich lang, sie reicht von ein paar Tagen bei Grippe bis hin zu vielen Jahren beim HIV, dem Virus, das Aids hervorruft. Dann folgt die symptomatische Zeit, wenn der Patient an den Symptomen – normalerweise Fieber und verschiedene Schmerzen – leidet. Dann folgt die Erholungsphase, wenn das Immunsystem die Oberhand gewinnt und die Keime getötet werden.

Schnitte und Brüche

DER KÖRPER IST EIN MEISTER DARIN, sich selbst durch ständige Reparaturen in guter Verfassung zu erhalten. Jeder kleine Schaden, der durch Stöße, Quetschungen oder Verstauchungen entsteht, wird durch das Reparatursystem beseitigt. Am häufigsten sehen wir das, wenn Blut auf einer Wunde eine klebrige Hülle, ein sogenanntes Gerinnsel, bildet. Es deckt die offene Stelle ab und verhindert, dass Flüssigkeiten nach außen und Keime nach innen dringen. So beginnt der Heilungsprozess. Das ist nicht nur bei Wunden an der Hautoberfläche so. Das passiert auch im Inneren unseres Körpers, wenn winzige Lecks in den Blutgefäßen abgedichtet werden.

Blut spenden

Spitäler und Krankenhäuser brauchen täglich Blut für Unfallopfer, Notfälle und Operationen. Blut kann gekühlt gelagert werden, entweder ganz oder in Teile getrennt, etwa in rote Körperchen und Plasma. Aber schlussendlich wird es schlecht und nutzlos. Blutspenden sind also sehr wichtig und neue Spender sind immer gerne gesehen.

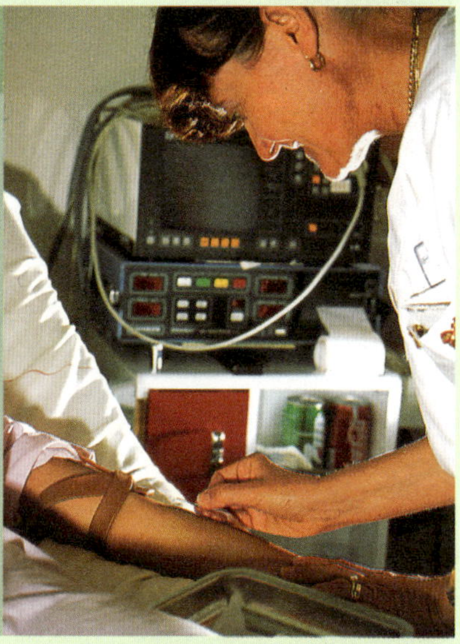

Vom Gerinnsel zur Narbe

Sobald Zellen durch einen Schnitt oder eine Wunde beschädigt werden, setzen sie Chemikalien frei, die eine Serie an Prozessen auslösen. Ein Stoff namens Fibrinogen verbindet sich mit Chemikalien, die von den Zellteilen im Blut, den Plättchen, freigesetzt werden. Diese verwandeln das Fibrinogen in Fibrin, ein Netz oder Gitter aus winzigen Fasern. Rote und weiße Blutkörperchen und weitere Plättchen verfangen sich zwischen diesen Fasern. Die Plättchen werden klebrig, und kurz nachdem der Schaden passiert ist, bildet sich ein Gerinnsel und verschließt die Wunde. Noch mehr weiße Blutkörperchen betreten den Schauplatz und fressen Keime und Schmutz weg. Die Fasern im Gerinnsel ziehen sich zusammen, verengen es, und eine harte Kruste bildet sich. In der Zwischenzeit kommen immer mehr Zellen, darunter auch Fibroblasten, an den Unfallort. Sie erzeugen Kollagenfasern, um die Stelle zu verstärken, bilden also eine Narbe. Mittlerweile vermehren sich schon die normal im Körperteil ansässigen Zellen wieder, verbreiten sich und beheben den Schaden.

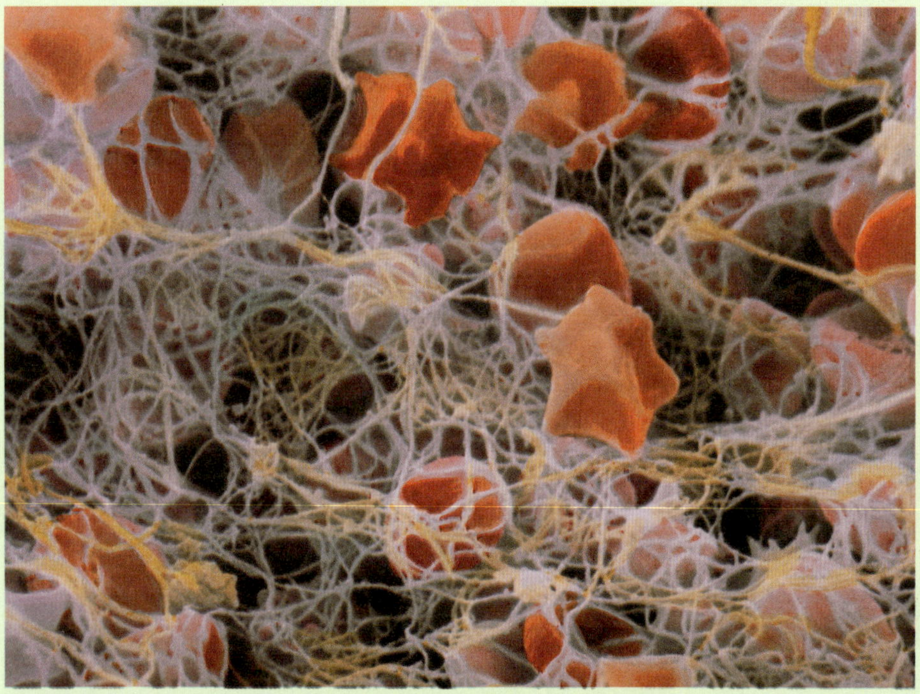

Klebrige Fibrinfäden fangen Blutkörperchen zusammen und bilden ein Gerinnsel.

Bluttransfusionen

Manchmal ist eine Wunde zu groß, um auf diese Weise geschlossen zu werden. Man kann dem Körper mit Nähten und Klammern helfen, die die Wunde zusammenhalten. Wenn der Blutverlust zu groß ist, müssen die Ärzte eine Bluttransfusion durchführen. Das bedeutet, dass Blut von einer

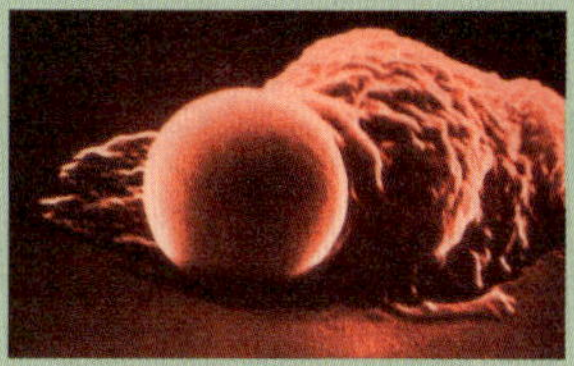

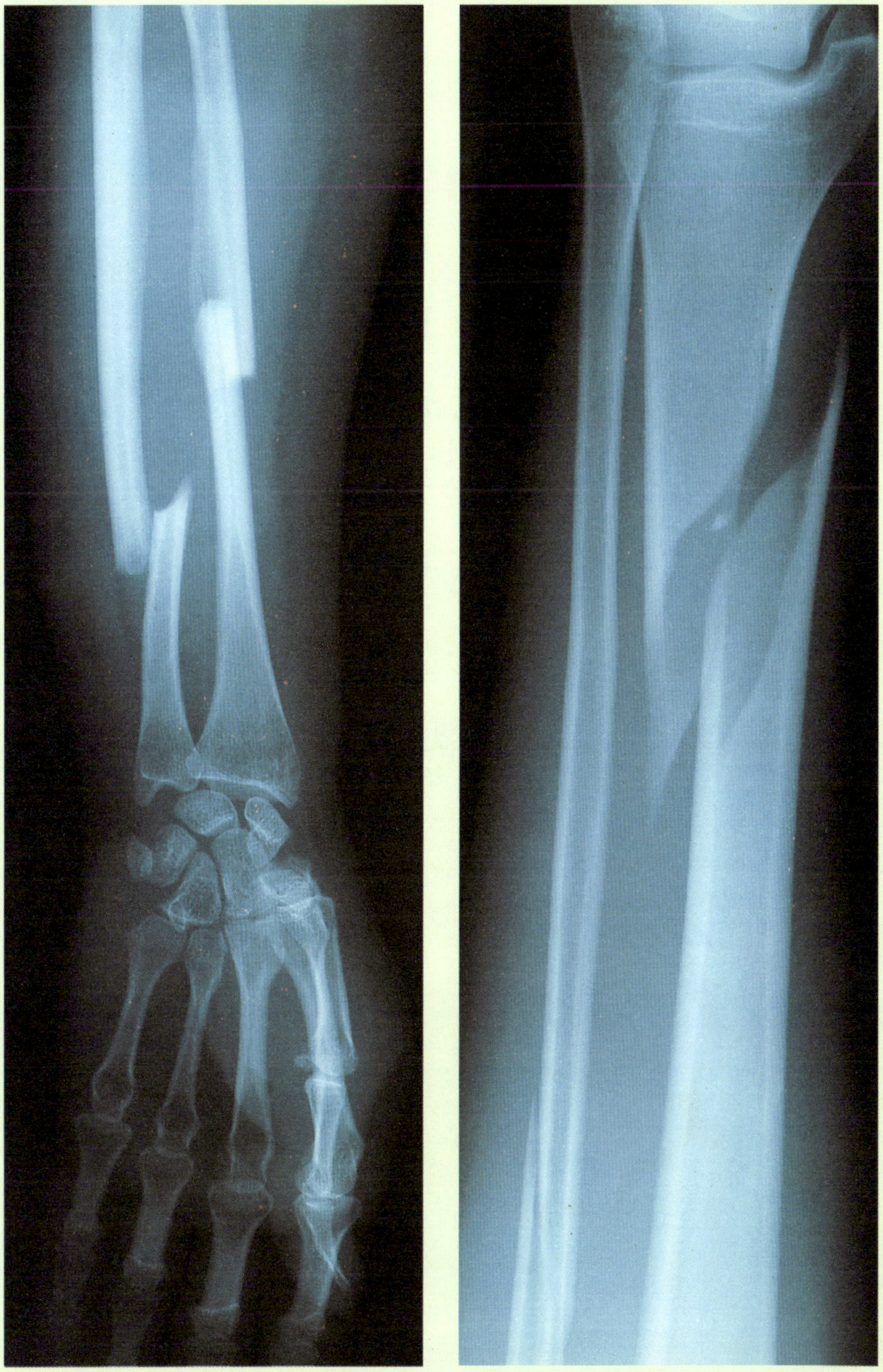

Diese Röntgenbilder zeigen links oben einen Ellen- und Speichenbruch im Unterarm (aua!) und rechts oben einen gebrochenen Tibia-Knochen im Unterschenkel.

Unsichtbare Heilung

Ein gebrochener Knochen kann sich selbst wieder reparieren, wenn er eine Zeit lang nicht belastet wird. Das kann durch Schienen oder einen Gips an der Außenseite oder durch Schrauben und Klebematerialien im Inneren des Körpers geschehen. Zuerst wachsen die Blutgefäße nach und entlang der Bruchstelle bildet sich Knorpel. Dieser wird dann in Knochen umgewandelt, und schließlich werden noch Unebenheiten abgetragen, sodass man die Bruchstelle kaum mehr sieht. Diesen Vorgang nennt man Verfestigung. Wie viele der Reparatursysteme des Körpers verliert die Knochenheilung mit zunehmendem Alter an Wirksamkeit. Das bedeutet, dass die Knochen bei älteren Menschen im Allgemeinen schwächer und brüchiger sind und länger brauchen, um nach einem Bruch wieder zusammenzuwachsen.

Person, einem Spender, auf eine andere Person, einen Empfänger, übertragen wird. Aber es gibt verschiedene Blutgruppen, die wichtigsten davon sind A, B, 0, und dazu noch die Rhesus-Faktoren.

Wenn ein Empfänger Blut erhält, das nicht seiner Blutgruppe entspricht, so können sich lebensgefährliche Klumpen bilden. Die Blutgruppen müssen also getestet und abgestimmt werden. Das während einer Operation austretende Blut kann durch Bluttransfusionen ersetzt werden. Während einer komplizierten Operation muss das Ärzteteam manchmal mehr als 50 Liter Blut zuführen, um den Patienten am Leben zu erhalten. Aus dem Blut werden auch viele Blutprodukte gewonnen, um verschiedene Krankheiten zu heilen, zum Beispiel die „Bluterkrankheit“, oder Hämophilie, bei der das Blut nicht richtig gerinnt.

Kapitel 5

Die Sinne

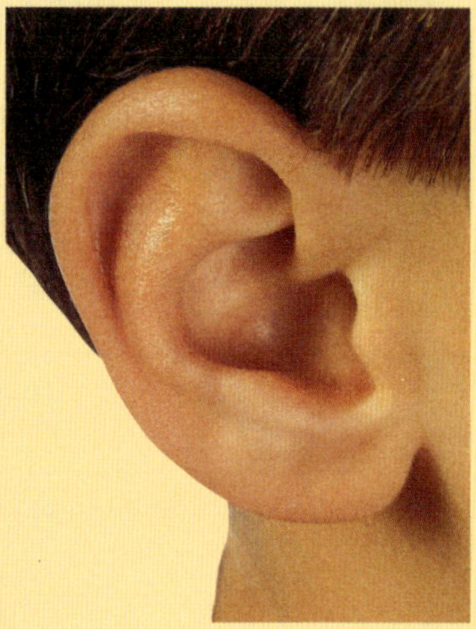

DER MENSCHLICHE KÖRPER ist sehr empfindsam. Er kann viele Erscheinungen in seiner Umgebung wahrnehmen, ohne sie zu berühren, wie etwa Lichtstrahlen, Klangwellen, Chemikalien in der Luft oder die Temperatur. So erhält er Informationen über Vorgänge, die sich in seiner Nähe abspielen. Er kann feststellen, ob ein Ding kalt oder warm, hart oder weich, rauh oder glatt, ruhig oder in Bewegung ist. Er erkennt auch verschiedene Chemikalien in der Nahrung.

Diese Fähigkeiten kommen von unseren fünf wichtigsten Sinnen, dem Sehen,

Hören, Riechen, Tasten und Schmecken. Aber es gibt noch andere Sinne. Mit ihnen kann der Körper die Position der Gliedmaßen und anderer beweglicher Körperteile feststellen und Schwerkraft und Bewegung erkennen. Unsere Sensoren überwachen die Werte an Chemikalien.

Mit allen diesen Sinnen kann der Körper sein Überleben sichern.

Das Sehorgan

DIE AUGEN SIND DIE FENSTER DES KÖRPERS in die Welt. Ähnlich wie eine Videokamera registrieren sie ein farbiges, bewegtes Bild und verwandeln es in winzige elektrische Signale. Die Signale sind Nervenimpulse, die an das Gehirn geschickt werden. Früher dachten die Menschen, dass aus ihren Augen das Licht auf die Dinge, die sie ansahen, scheine. Heute wissen wir, dass Lichtstrahlen von einem Objekt auf unser Auge treffen. Wenn du etwas ansiehst, dringt das Licht von diesem Objekt durch eine sehr dünne, durchsichtige Haut, die Bindehaut, in dein Auge ein. Sie registriert alles, was sie streift, auch etwa Staub. Alle ein bis zwei Sekunden blinzelst du; dann wird das Auge mit Tränenflüssigkeit benetzt, Staub und Keime werden entfernt.

Hinter der Bindehaut liegt die durchsichtige, gewölbte Hornhaut. Sie bricht die Lichtstrahlen und stellt sie scharf, sodass sie ein klares Bild ergeben, wenn sie zur Hinterseite des Auges gelangen. Danach dringen die Lichtstrahlen durch ein Loch, die Pupille. Sie ist in eine runde, farbige Muskelfläche, die Iris eingebettet.

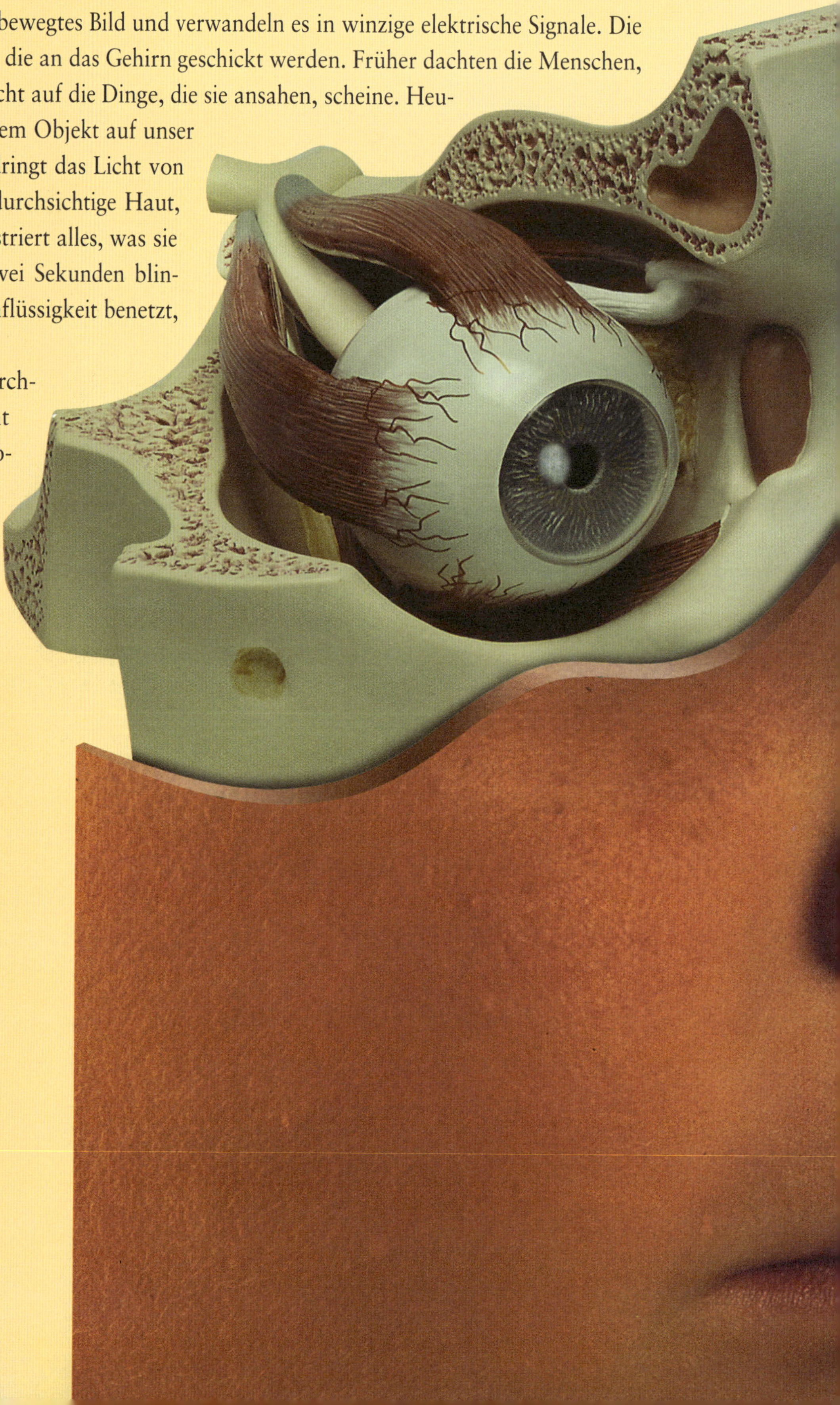

Der Augapfel

Er hat einen Durchmesser von ungefähr 25 mm. Er wird geschützt von der Augenhöhle, die von den Schädelknochen gebildet wird. Die zähe, weiße äußere Hülle des Augapfels ist die Lederhaut, das „Augenweiß" rund um die farbige Iris und die dunkle Pupille. Zwischen Augapfel und Augenhöhle befinden sich sechs kleine Muskeln, die vorne mit der Lederhaut und hinten mit den Knochen der Augenhöhle verbunden sind. Sie bewegen gemeinsam das Auge hin und her, etwa wenn du nach oben oder unten, nach links oder nach rechts schaust.

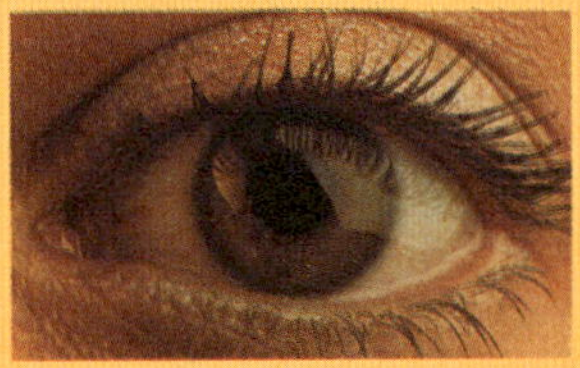

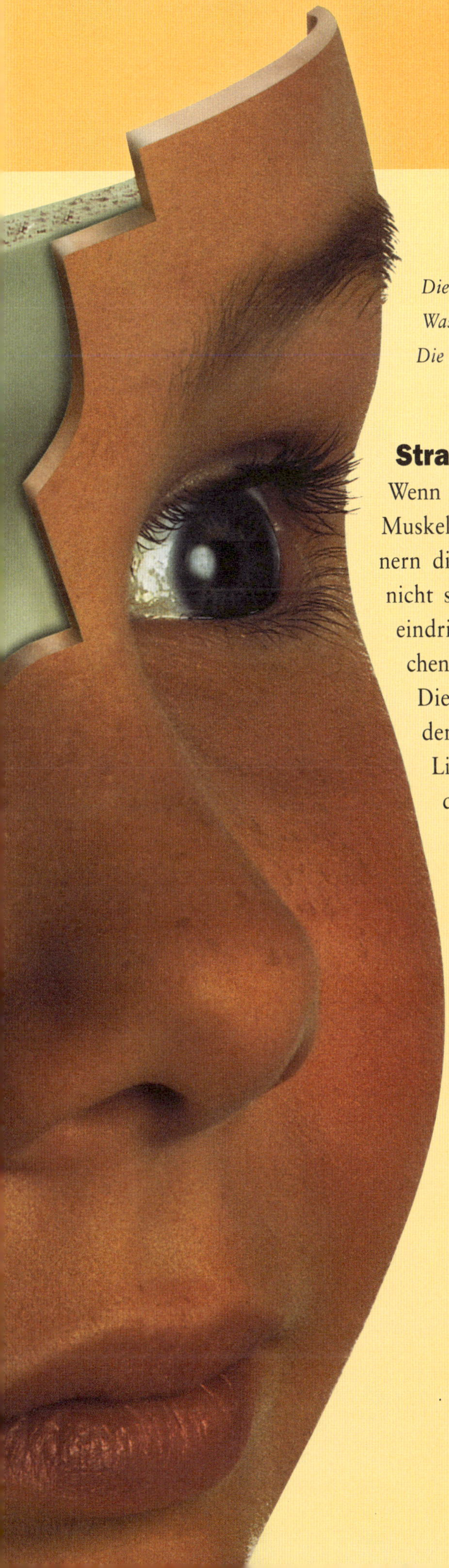

Die Augenbrauen verhindern, dass Wasser in unsere Augen tropft. Die Wimpern halten Staub ab.

Strahlende Augen

Wenn es hell ist, ziehen sich die Muskeln zusammen und verkleinern die Pupille. Dadurch kann nicht so viel Licht in das Auge eindringen und die empfindlichen inneren Teile beschädigen. Die Farbe der Iris gibt auch dem Auge seine Farbe. Die Lichtstrahlen dringen weiter durch einen anderen durchsichtigen Teil, die Linse. Sie hat die gleiche Form wie eine Kameralinse und verrichtet auch eine ähnliche Tätigkeit. Sie unterstützt die Hornhaut beim Scharfstellen der Bilder und macht feine Anpassungen, je nachdem, ob das Objekt in der Nähe oder weit weg ist. Die Kameralinse stellt scharf, indem sie sich nach vorne oder nach hinten bewegt. Die Linse im Auge ist leicht elastisch und stellt die Bilder scharf, indem sie ihre Form verändert.

Scharf stellen

Die Ziliarmuskeln ziehen sich rund um die Linse zusammen. Die Linse wird dicker und stärker gekrümmt. Das lenkt die Strahlen von nahe gelegenen Objekten stärker ab, und das Bild, das in den hinteren Augenteil übermittelt wird, ist schärfer. Die Ziliarmuskeln entspannen sich wieder, wenn wir weiter entfernte Dinge ansehen, die Linse wird flacher und die Strahlen weniger gebeugt.

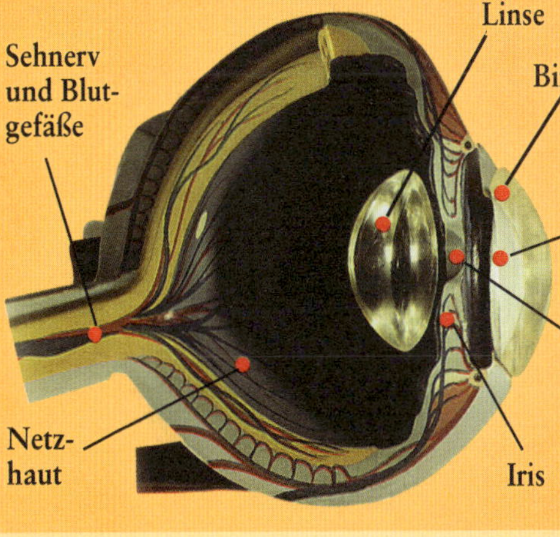

Das Auge in seiner Höhle

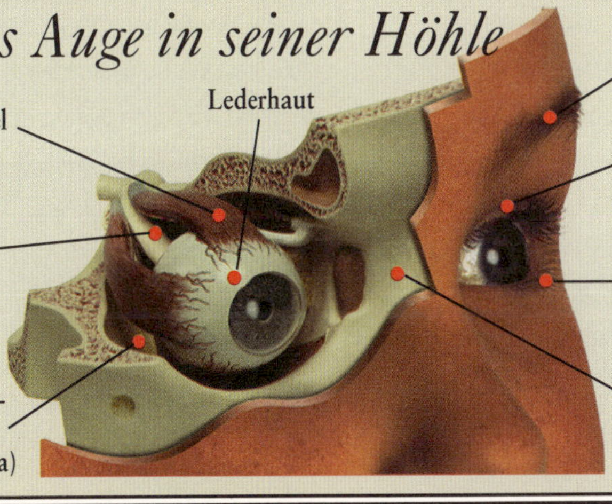

Augenblicke

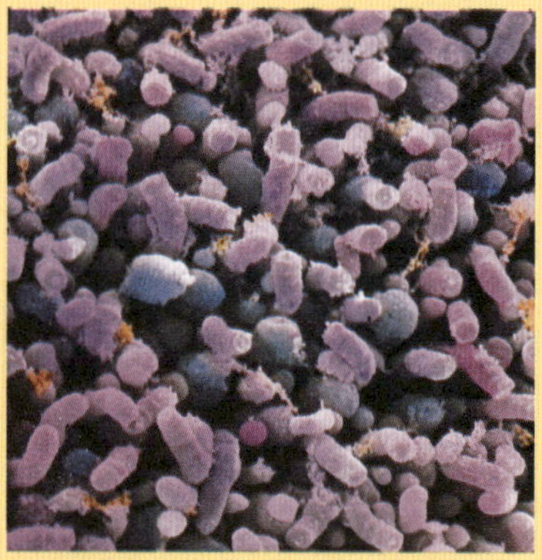

Es gibt weit mehr Stäbchen (lila) als Zapfen (blau) in der Netzhaut.

Wenn die Lichtstrahlen durch die Hornhaut und die Linse gedrungen sind, treffen sie auf die hintere innere Fläche des Augapfels, auf die Netzhaut. Sie ist nicht viel größer als eine Briefmarke und sogar noch dünner. Aber sie enthält dennoch mehr als 130 Millionen winziger Zellen. Wenn Licht auf sie trifft, erzeugen sie Nervensignale, sie sind also lichtempfindlich. Es gibt zwei Arten von lichtempfindlichen Zellen in der Netzhaut, nämlich Zapfen und Stäbchen. Wir haben etwa 125 Millionen Stäbchen, also weit mehr als Zapfen. Die Stäbchen reagieren auf alle Arten von Licht, auf weißes, rotes, blaues, grünes, gelbes oder andersfarbiges Licht. Sie können also Farben nicht unterscheiden. Aber sie funktionieren schon bei schwachem Licht und ermöglichen es uns, in der Dunkelheit zu sehen. Die andere Art von lichtempfindlichen Zellen sind die Zapfen. Von ihnen gibt es etwa 7 Millionen in der Netzhaut, sie befinden sich auf der Hinterseite, gegenüber der Linse. Zapfen reagieren nicht auf schwaches Licht, sie können in der Dunkelheit nicht sehen. Aber sie können Farben erkennen. Es gibt drei Zap-

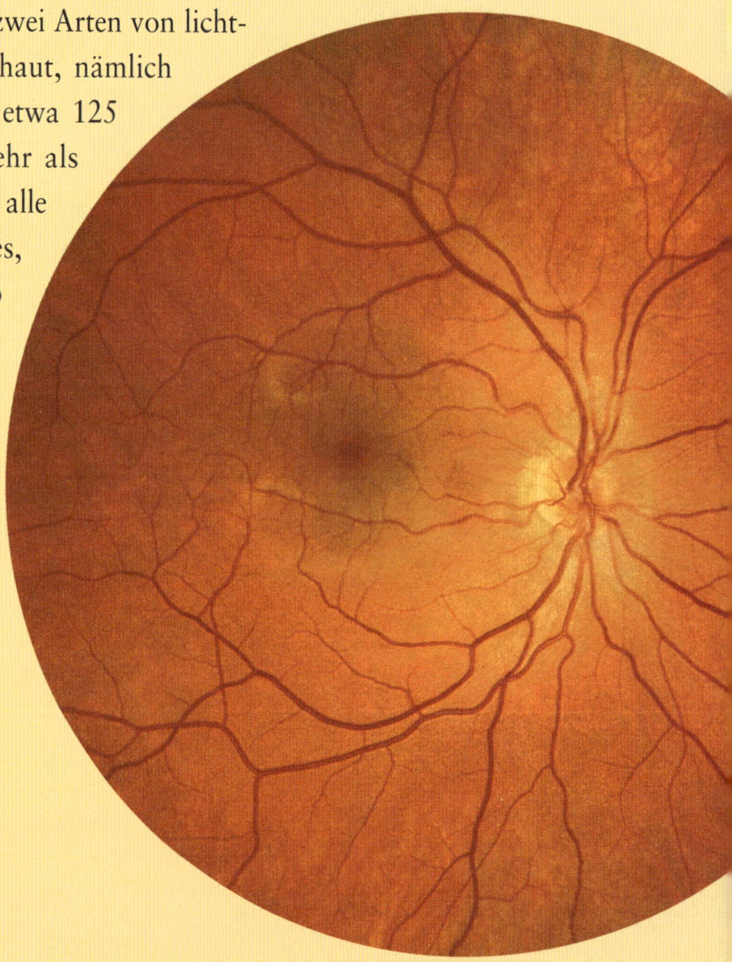

Das Bild

Das Bild, das auf die Netzhaut trifft, ist schon von der Hornhaut und der Linse bearbeitet worden, sodass es scharf und klar ist. Aber wie jedes Bild, das von einer Linse kommt, steht es auf dem Kopf. Das Gehirn lernt aber schon von Geburt an, dieses Bild an einem gewissen Punkt in der Netzhaut mit einem wirklichen Objekt in einer bestimmten Position, das vor uns steht, zu verbinden. Wir können gar nicht anders, und so haben wir keinerlei Probleme mit dem auf dem Kopf stehenden Bilde.

Blinder Fleck

Alle Nervenfasern von den verschiedenen Teilen der Netzhaut kommen an der Papilla zusammen und münden hier in den Sehnerv. Hier gibt es keine lichtempfindlichen Zellen. Deshalb heißt diese Stelle blinder Fleck. Wir bemerken ihn nicht, da sich das Auge normalerweise sehr schnell bewegt und sich das Gehirn bereits daran gewöhnt hat. Außerdem treffen die blinden Flecken beider Augen kaum je zusammen, sodass das eine Auge den blinden Fleck des anderen Auges wettmacht.

Entfernungen abschätzen

Unsere beiden Augen sehen ein Objekt aus leicht unterschiedlichen Winkeln an, sie sehen zwei verschiedene Bilder. Das Gehirn vergleicht diese Bilder: je mehr sie sich unterscheiden, desto näher ist das Objekt. Die Augenmuskeln melden dem Gehirn, wohin das Auge gerade schaut. Die Information beider Augen ermöglicht es uns, Entfernungen und Tiefen abzuschätzen und geben uns ein dreidimensionales Bild. Man nennt das auch stereoskopische oder binokulare Sicht.

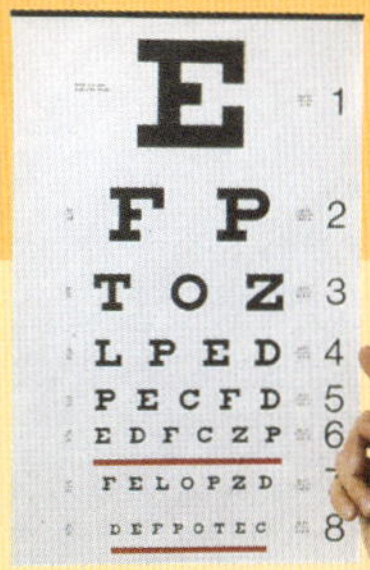

Bei Sehtests wird sowohl nach Sehfehlern als auch nach Krankheiten gesucht.

Kurz- und weitsichtig

Wenn man kurzsichtig ist, erscheinen Objekte in der Ferne verschwommen. Das kommt daher, dass der Augapfel zu groß ist für die Schärfekraft der Hornhaut und der Linse. Bei weitsichtigen Menschen erscheinen nahe Objekte unklar, da hier der Augapfel zu klein ist. Diese Sehprobleme können mithilfe zusätzlicher Linsen gelöst werden, entweder als Brillen oder als Kontaktlinsen auf der Hornhaut. Seit neuestem kann man auch die Hornhaut „modellieren", indem man kleine Teile mit einem feinen Laserstrahl wegbrennt und dadurch die Schärfewirkung anpasst.

Die Netzhaut

Die Zapfen befinden sich vor allem auf der Hinterseite des Auges, gegenüber der Linse. Wenn du ein Objekt genau ansiehst, so fällt sein Bild genau auf diesen Punkt, der auch Sehgrube oder Fovea genannt wird. Unter der Netzhaut befindet sich die Aderhaut, eine Schicht mit sehr vielen Blutgefäßen. Sie versorgt die Netzhaut und die Lederhaut mit Blut.

fentypen, jeder davon ist auf eine Farbe spezialisiert, entweder rot, gelb-grün oder blau. Zusammen können sie verschiedenste Färbungen wahrnehmen und kleinste Details erkennen. Die Stäbchen und Zapfen schicken ihre Nervensignale an die Nervenzellen in der Netzhaut. Die Signale werden dann durch weitere Nervenzellen bis zum Sehnerv geleitet, der sie vom hinteren Auge bis ins Gehirn bringt. In den Sehzentren auf der Hinterseite des Gehirns (siehe Seite 102) werden die Signale sortiert, analysiert und verglichen.

Das Problem beäugen

Die empfindlichen Augen werden manchmal von Krankheiten befallen. Bindehautentzündung ist eine anschwellende, juckende Reizung der Bindehaut, der dünnen Schicht über der Hornhaut. Beim Sehtest überprüft der Augenarzt normalerweise das Augeninnere, besonders die Linse und die Netzhaut. Das Augeninnere ist eine der wenigen Stellen im Körper mit klar erkennbaren Blutgefäßen, es gibt Hinweise auf gesundheitliche Probleme, wie etwa zu hohen Blutdruck oder Zuckerkrankheit.

Farbenblindheit

In jedem Auge hast du Zapfen, die entweder auf rotes, gelb-grünes oder blaues Licht spezialisiert sind. Bei Test eins (links) können nur Menschen mit normaler Sehkraft einen Ring aus roten und orangen Punkten erkennen. Bei Test zwei (rechts) werden normalsichtige Menschen die Zahl 5 sehen, Menschen mit fehlerhafter Rot-Grün-Sicht aber die Zahl 2.

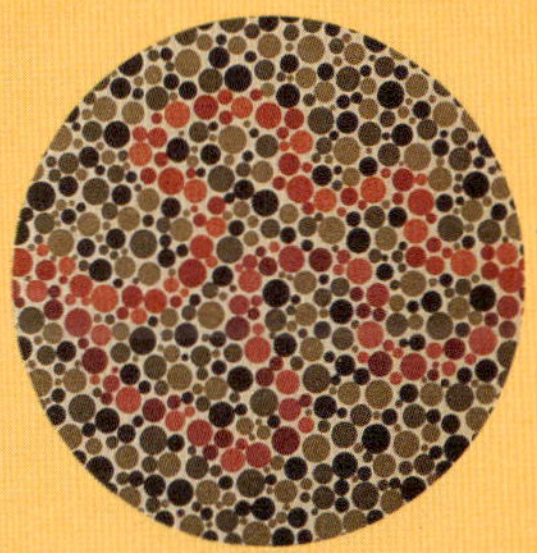

Test eins

Test zwei

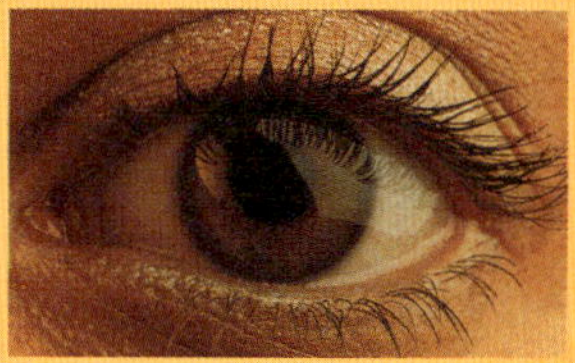

Wusstest du, ...

➤ ... DASS DAS BILD, DAS WIR ERHALTEN, FÜR DEN BRUCHTEIL EINER SEKUNDE AUF DER NETZHAUT UND IM GEHIRN BLEIBT? DAS BEDEUTET, DASS SICH JEDES BILD IN DAS NÄCHSTE ÜBERBLENDET. ALLES ERSCHEINT UNS ALS EINE DURCHGEHENDE SZENE. DAS IST NORMALES SEHEN.

➤ ... DASS EIN FILM AUS STEHENDEN BILDERN BESTEHT, DIE SICH 24-MAL PRO SEKUNDE ÄNDERN? JEDES BILD BLEIBT ABER LANGE GENUG AUF DEM AUGE UND DEM GEHIRN, DASS ES SICH IN DAS NÄCHSTE ÜBERBLENDEN KANN. WIR SEHEN EINE DURCHGEHENDE SZENE.

➤ ... DASS EINE FLIEGE 200 BILDER PRO SEKUNDE WAHRNEHMEN KANN? FÜR SIE IST EIN FILM EINE FOLGE VON STEHENDEN BILDERN.VIELLEICHT IST DAS DER GRUND DAFÜR, DASS FLIEGEN NICHT FERNSEHEN.

Horch!

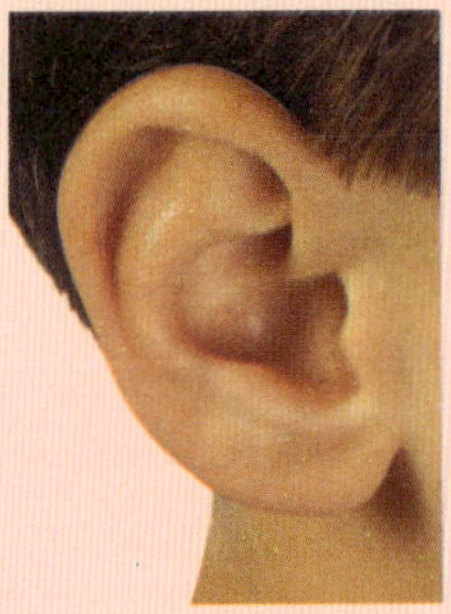

ZUM HÖREN GEHÖRT WEIT MEHR, als die beiden Ohren an der Seite deines Kopfes. Dieses äußere Ohr besteht aus mit Haut überzogenem Knorpel. Unsere entfernten Vorfahren hatten wahrscheinlich größere und mehr trompetenförmige Ohren, die sie bewegen konnten, um Geräusche wahrzunehmen. Bei uns ist heute davon nichts mehr übrig, außer, dass manche Menschen mit den Ohren wackeln können.

Alles ist in Schwingung

Schall dringt in Schwingungen durch die Luft, in unsichtbaren kleinen Wellen aus hohem und niedrigem Luftdruck, auch Schallwellen genannt. Das äußere Ohr fängt sie auf und leitet sie in das Loch in seiner Mitte weiter. Dort befindet sich der Gehörgang, er ist etwa halb so lang wie dein kleiner Finger. Dieser Gehörgang endet an einer dünnen Haut, dem Trommelfell. Das ist ungefähr so groß wie dein kleiner Fingernagel. Die Schallwellen treffen auf das Trommelfell und versetzen es in Schwingung. Auf der anderen Seite des Trommelfells befindet sich eine luftgefüllte Kammer, das Mittelohr. Dort gibt es drei winzige Knochen, nämlich Hammer, Amboss und Steigbügel, jeder davon kleiner als eine Bohne. Sie sind durch klitzekleine Gelenke miteinander verbunden und werden von Muskeln bewegt. Der Hammer liegt an der Innenseite des Trommelfelles. Wenn das Fell also schwingt, werden die Schwingungen an den Hammer weitergegeben, von wo sie dann zum Amboss und weiter zum Steigbügel gelangen. Der untere Teil des Steigbügels berührt einen schneckenförmigen Knochen im Inneren des Schädels, die Schnecke. Die Schwingungen gehen also auf die Schnecke über. Wie es weitergeht, erfährst du auf den nächsten Seiten.

Ohr mal 3

Das äußere Ohr fängt Schallwellen, also Schwingungen in der Luft, auf. Im Mittelohr werden die Schwingungen auf das Trommelfell und die winzigen Knochen übertragen. Das Innenohr gibt sie in der Flüssigkeit weiter und verwandelt sie in elektrische Nervensignale. Das Mittel- und Innenohr ist durch die Schädelknochen vor Schlägen geschützt. Die Härchen und die Schmalzschicht im äußeren Gehörgang sammeln und entfernen Schmutz und Keime.

Ärzte verwenden ein Otoskop, um mit Licht und Linse in das Ohr hineinzuschauen.

Frequenzen und Dezibel

Geräusche umgeben uns. Manche Geräusche sind tief, haben also eine niedrige Frequenz, etwa Donner oder eine Bassgitarre. Andere sind schrill, mit hoher Frequenz, zum Beispiel das Zirpen einer Grille. Unsere Ohren können viele Tonhöhen und Frequenzen erkennen, aber nicht alle. Die Tonfrequenz wird in Einheiten namens Hertz (Hz) gemessen. Das menschliche Ohr reagiert auf Geräusche, die zwischen 25 und 20 000 Hz liegen. Mit zunehmendem Alter fällt es uns schwe-

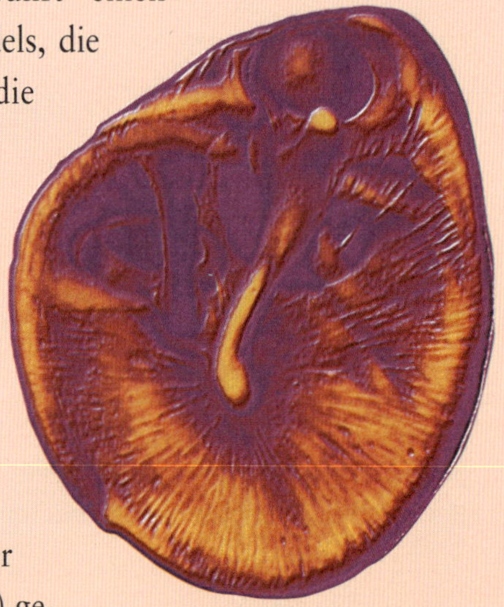

Das Trommelfell hat eine dünne, hautähnliche Struktur.

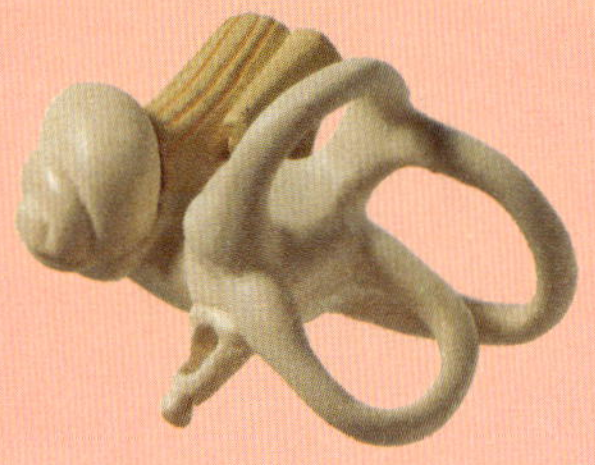

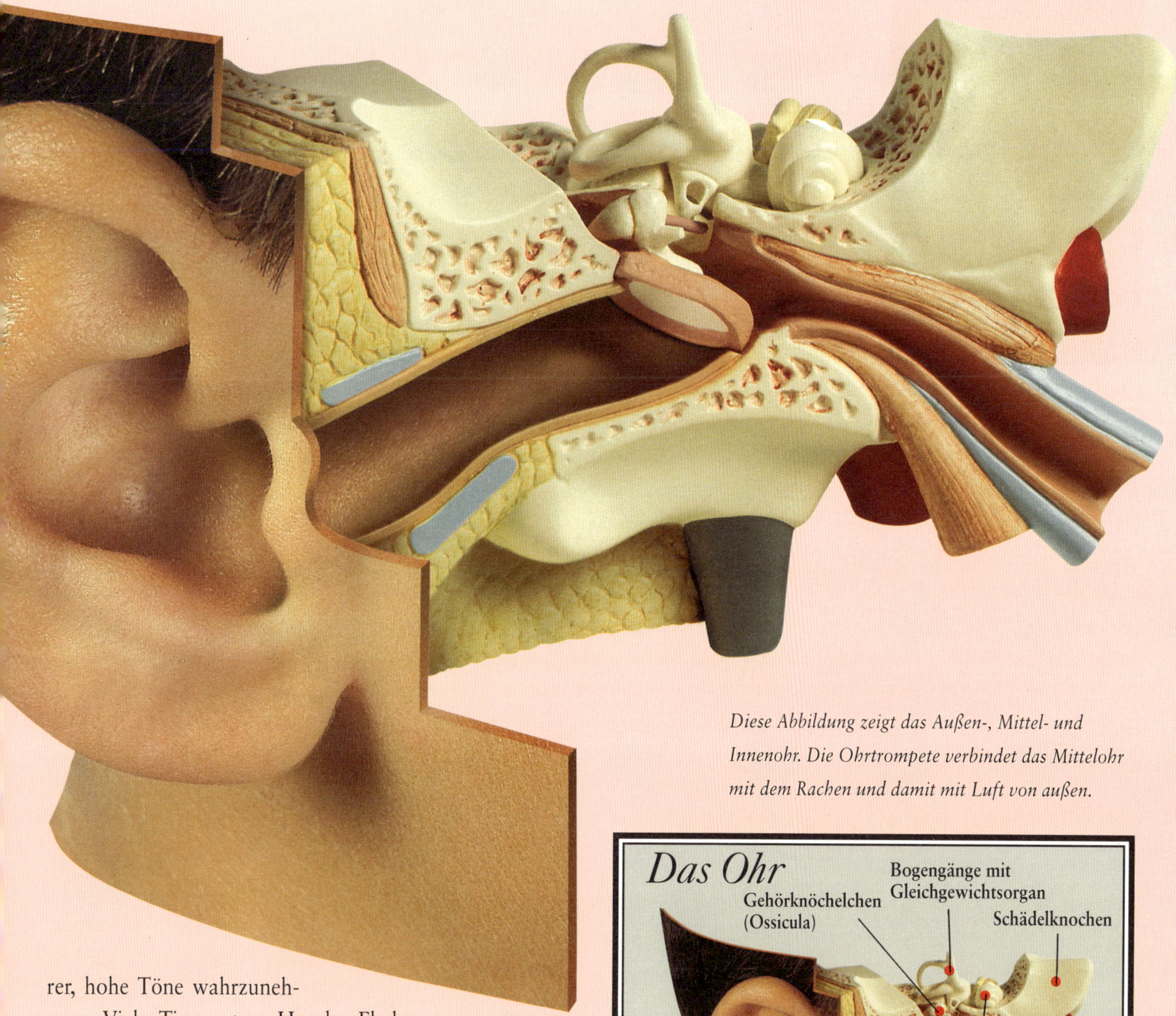

Diese Abbildung zeigt das Außen-, Mittel- und Innenohr. Die Ohrtrompete verbindet das Mittelohr mit dem Rachen und damit mit Luft von außen.

rer, hohe Töne wahrzunehmen. Viele Tiere, etwa Hunde, Fledermäuse oder Delfine, können weit höhere Töne wahrnehmen.

Eine weitere wichtige Eigenschaft des Schalls ist die Lautstärke. Sie wird in Dezibel (dB) gemessen. Das Ticken einer Armbanduhr (10 dB), können wir gerade noch wahrnehmen. Sehr laute Geräusche über 90 dB, ein Flugzeugmotor, ein Presslufthammer oder röhrende Lautsprecher, können unsere Ohren nachhaltig schädigen.

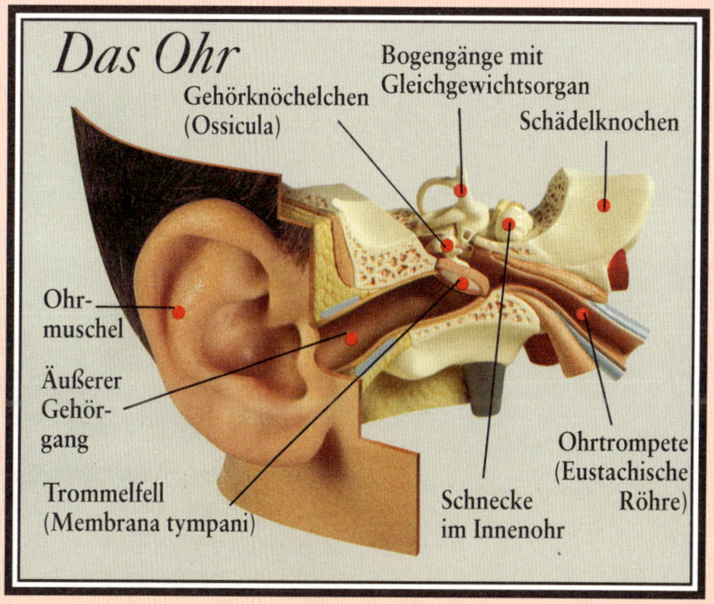

Das Gehör

Gleichgewicht kommt von vielen Sinnesorganen, darunter Ohren, Augen und Haut.

SO WIE AUCH BEI ANDEREN SINNEN spielt sich beim Hören ein Vorgang namens Transduktion (Umwandlung) ab. Das bedeutet, dass Energie von einer Form, in diesem Fall Schallwellen, in eine andere umgewandelt wird, nämlich in winzige elektrische Signale. Alle Sinnesorgane, auch die Augen, Nase, Zunge und Haut, führen solche Umwandlungen aus, sie übertragen Energie in elektrische Nervensignale.

Der Teil, der beim Ohr diese Umwandlung durchführt, heißt Schnecke. Sie befindet sich im Innenohr, tief im Inneren des Schädels. Sie ist eine mit Flüssigkeit gefüllte, spiralenförmig aufgerollte Röhre. In ihrem Inneren befindet sich eine geleeartige Schicht oder Membran. Direkt darunter liegen äußerst empfindliche Haarzellen, die Basilarmembran. Aus diesen Zellen wachsen mikroskopisch kleine Härchen heraus.

Die Schwingungen, die durch die Schallwellen entstehen, gelangen vom Steigbügel-Knochen in die Schneckenflüssigkeit. Sie erzeugen kleine Wellen, die die Membranen bewegen. Diese Bewegungen ziehen auch an den Mikro-Haaren und erzeugen Nervensignale. Diese werden vom Schneckennerv zum Gehirn weitergeleitet. Verschiedene Tonhöhen und Lautstärken lassen die Membranen der Schnecke auf verschiedene Weise vibrieren und erzeugen verschiedene Signalmuster. In deinem Gehirn werden diese verarbeitet. So hörst du.

Supersinne

Die Menschen sind mit guten Sinnesorganen ausgerüstet. Manche Tiere aber haben noch weit bessere. Meist ist der Sinn, den sie zum Jagen brauchen, besonders gut entwickelt. Eine Eule kann fünfmal besser hören als wir. Ein Adler kann weit entfernte Objekte scharf sehen.

Mit den Ohren das Gleichgewicht halten

Die Ohren sind auch wichtig für unser Gleichgewicht. Neben der Schnecke befinden sich weitere mit Flüssigkeit gefüllte Röhren, die Bogengänge. Wenn du deinen Kopf bewegst, so schwappt die Flüssigkeit in den Gängen hin und her. Das zieht und drückt an einem Kamm aus mineralhaltigem Gelee, das in einem weiteren Abschnitt der Bogengänge, der Ampulla, aus der Flüssigkeit herausreicht. Mikrohaare mit empfindlichen Haarzellen sind in diesem Kamm eingebettet. Wenn sich der Kamm bewegt, erzeugen die Haarzellen elektrische Signa-

Gleichgewicht und das Ohr

Beim Gleichgewicht spielen viele Sinnesorgane mit. Bewegungs- und Schwerkraftdetektoren im Innenohr, in den Augen, der Haut, den Muskeln und den Gelenken verarbeiten Informationen. Anschließend gehen Anweisungen an die Muskeln, wie das Gleichgewicht gehalten werden kann.

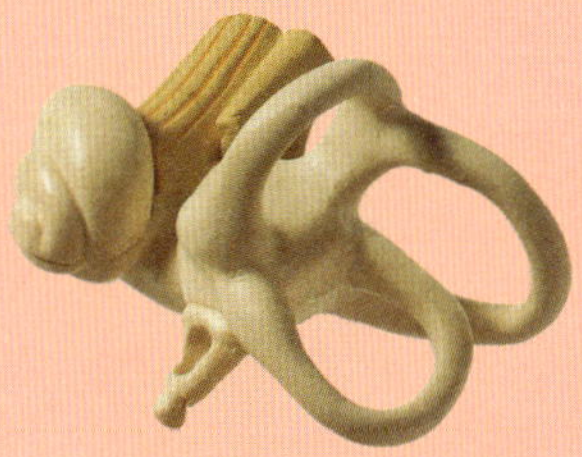

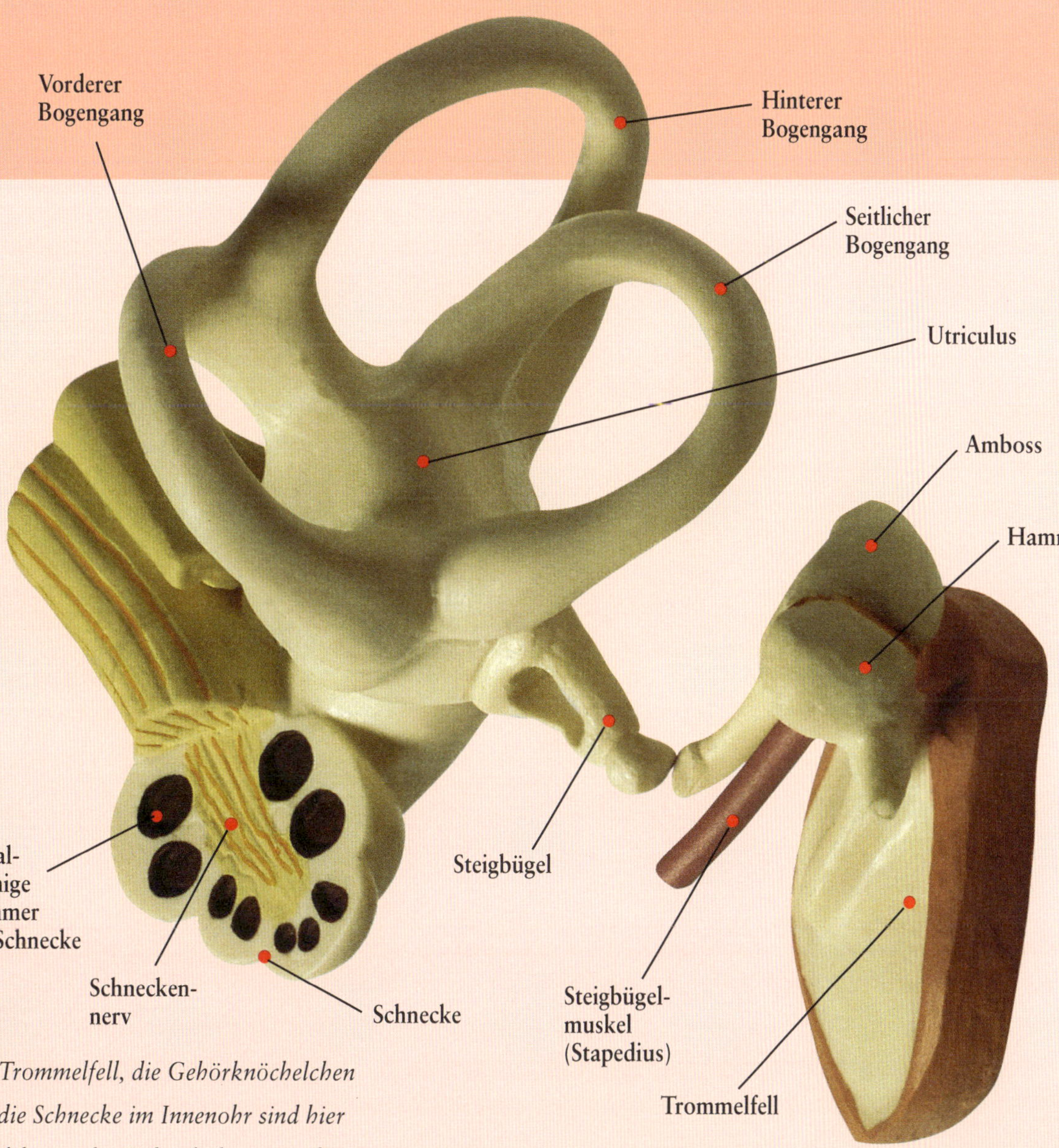

Das Trommelfell, die Gehörknöchelchen und die Schnecke im Innenohr sind hier ungefähr um das Siebenfache vergrößert.

le, die über den Vestibularnerv an das Gehirn weitergeleitet werden. So kann das Gehirn feststellen, in welche Richtung sich der Kopf bewegt.

In der Schnecke

Die Membranen und Haarzellen, die im Inneren der Schnecke vibrieren, heißen Corti-Organ, nach dem Mikroskop-Experten Alfonso Corti. Er beschrieb sie schon im Jahr 1851. Es gibt etwa 15 000 Haarzellen (siehe Abbildung), manche von ihnen haben mehr als 100 Mikrohaare.

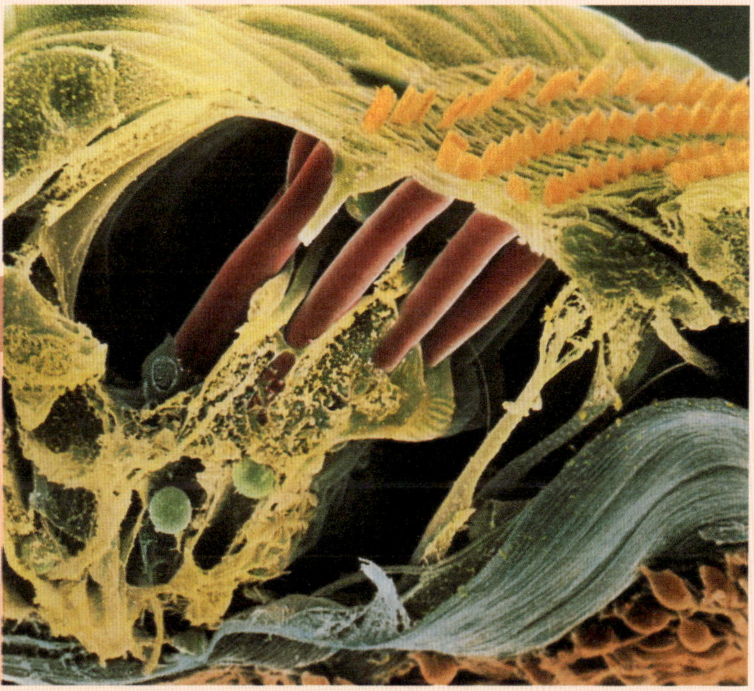

Wusstest du, …

➤ … DASS DIE DREI BOGENGÄNGE IN RECHTEN WINKELN ZUEINANDER STEHEN: OBEN – UNTEN, VORN – HINTEN UND LINKS – RECHTS. IN WELCHE RICHTUNG SICH DER KOPF AUCH DREHT, IN EINEM DER GÄNGE WIRD DIE FLÜSSIGKEIT BEWEGT.

➤ … DASS UTRICULUS UND SACCULUS AUCH IM RECHTEN WINKEL ZUEINANDER STEHEN, SODASS SIE DIE RICHTUNG DER SCHWERKRAFT UND DER KOPFBEWEGUNGEN ERKENNEN KÖNNEN?

➤ … DASS BEIM GLEICHGEWICHT AUCH NOCH ANDERE SINNE BETEILIGT SIND? DIE AUGEN BEMERKEN HORIZONTALE DINGE, ETWA BÖDEN, UND AUCH VERTIKALE LINIEN, ZUM BEISPIEL WÄNDE.

➤ … DASS DIE HAUT AN VERSCHIEDENEN STELLEN DURCH DRUCK INFORMATIONEN ÜBER DIE SCHWERKRAFT ERHÄLT?

Aromatisch

WENN DU EINE ERKÄLTUNG hast, kannst du nicht gut riechen. Auch das Essen erscheint ohne Geschmack. Das kommt nicht daher, dass auch dein Geschmackssinn beeinträchtigt ist. Geruchssinn und Geschmackssinn sind zwei getrennte Sinne, die unabhängig voneinander arbeiten. Wenn du aber etwas isst, nimmst du auch die Gerüche des Essens wahr. Sie steigen von deinem Mund durch die hintere Öffnung in die Nase. Schmecken und Riechen gehen also oft Hand in Hand, dein Gehirn verbindet sie miteinander. Außerdem erkennen beide Sinne Chemikalien, man nennt sie auch Chemosinne. Der Geruchssinn erkennt Duftmoleküle in der Luft, der Geschmackssinn stellt Geschmacksmoleküle in der Nahrung fest, wenn sie beim Kauen im Speichel aufgelöst werden.

Haarige Riecher

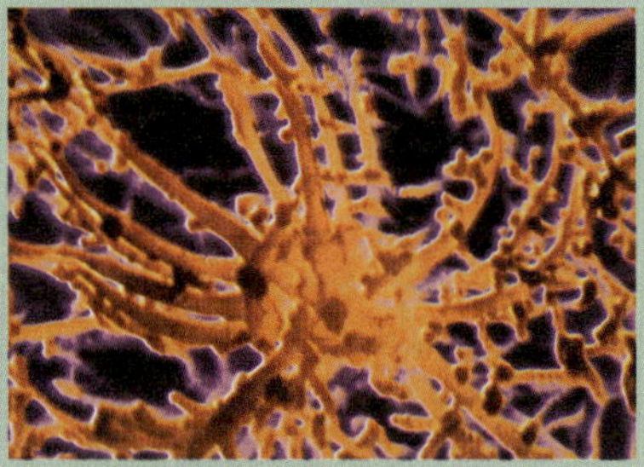

Die Geruchszellen sind groß und dünn und mit Stützzellen zusammengepackt. Ihre spagettiähnlichen Haare sind bis zu 0,2 mm lang. Sie reichen in die Schicht aus dünnem Schleim im Inneren der Nase. Man nimmt an, dass sich verschiedenförmige Duftmoleküle in diesem Schleim auflösen und versuchen, passende Löcher oder Rezeptoren auf den Haaren zu finden. Schlüpft ein Molekül hinein, wie ein Schlüssel in ein Schloss, entsteht ein Nervensignal.

So riecht man

Wenn du einatmest, gelangen Duftmoleküle in deine Nase und die dahinterliegende Nasenhöhle. Wenn du einen Geruch genauer untersuchen willst, so schnüffelst du daran. Das führt dazu, dass die Luft im oberen Teil der Nasenhöhle aufgewirbelt wird, die Duftmoleküle kommen in Kontakt mit zwei von Haarzellen besetzten Geweben, den olfaktorischen Epithelen. Wenn bestimmte Duftmoleküle auf den Härchen der Zellen landen, so erzeugen die Zellen Nervensignale. Diese Signale gelangen in einen Nervenknoten, der sich direkt darüber befindet, den Riechkolben, wo sie teilweise sortiert werden. Über den Riechnerv erreichen sie das Geruchszentrum im Gehirn.

Geschmäcker werden von tausenden Geschmacksknospen in den vorderen, seitlichen und hinteren Teilen der Zunge erkannt. Es gibt auch ein paar Knospen bei den Lippen, im Mund und im oberen Rachen. Die Knospen sind winzige Zellhaufen mit pelzigen, zottigen Spitzen. Es gibt vier Geschmacksqualitäten: süß, sauer, salzig und bitter. Wenn Geschmacksmoleküle auf diesen Spitzen landen, erzeugen die Zellen ein Nervensignal. Dieses Signal wird über kleinere Nerven an zwei große Nerven und von dort weiter in das Geschmackszentrum im Gehirn geleitet.

Geschmackvoll

Die Geschmackszellen bilden die Geschmacksknospe. Fingerförmige Kleinzotten geben ihrer Spitze ein pelziges Aussehen. Geschmacksmoleküle im Essen gelangen durch den Speichel im Mund und durch kleine Öffnungen in der Zungenoberfläche zu den Kleinzotten. Die Moleküle passen in speziell geformte Rezeptoren wie ein Schlüssel in ein Schloss.

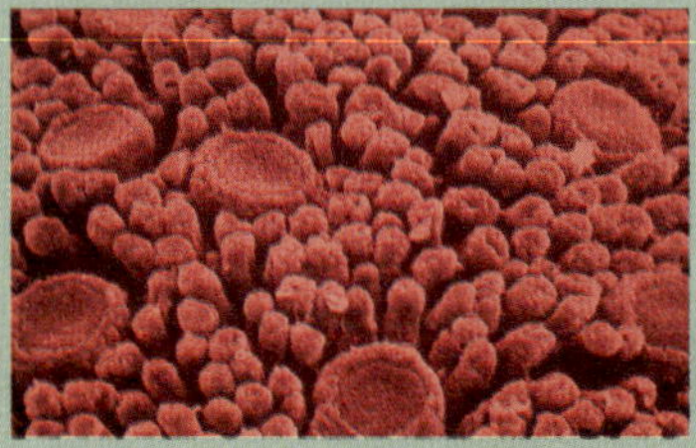

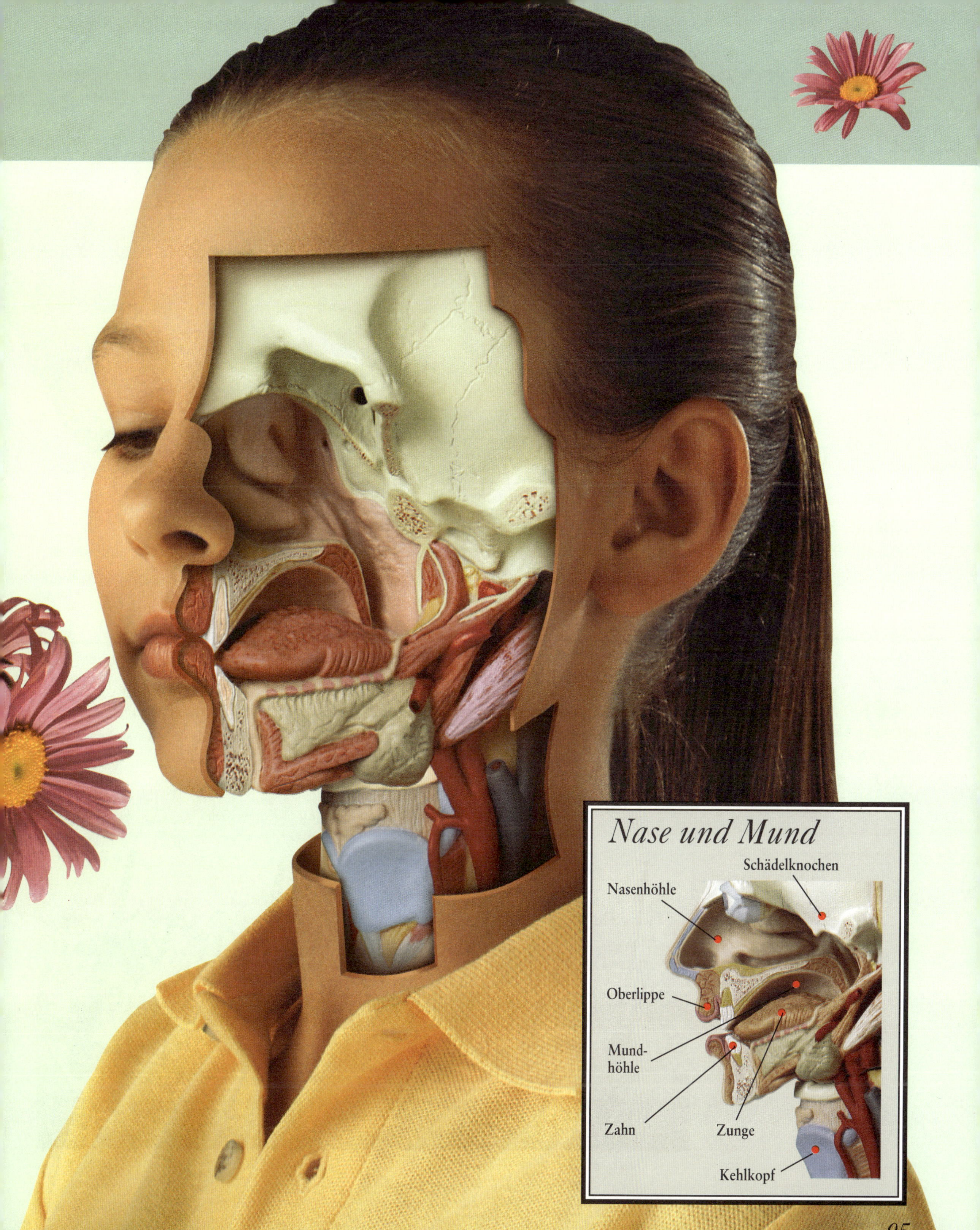
Nase und Mund
Schädelknochen
Nasenhöhle
Oberlippe
Mund-
höhle
Zahn
Zunge
Kehlkopf

Der Supertaster

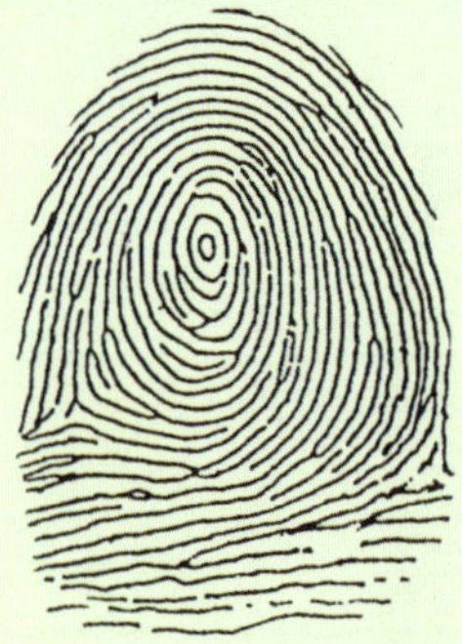

Rillen auf deinen Fingerspitzen helfen beim Greifen und Spüren.

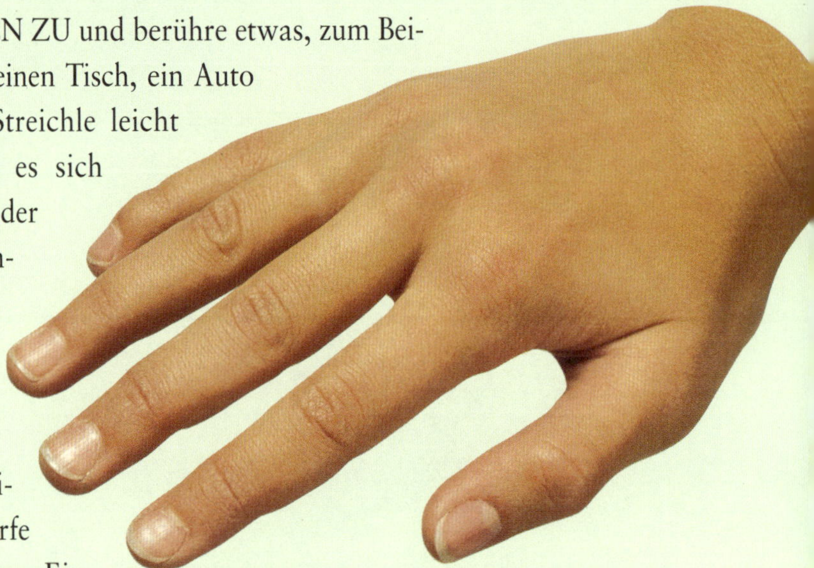

MACH DEINE AUGEN ZU und berühre etwas, zum Beispiel deine Kleider, einen Tisch, ein Auto oder deine Haut. Streichle leicht darüber. Wie fühlt es sich an? Ist es hart oder weich, heiß oder kalt? Die Oberfläche kann glatt, uneben, sandig, pelzig oder haarig sein, trocken, feucht oder schleimig. Manche Dinge, wie etwa ein Kühlschrank oder ein Auto, bewegen sich vielleicht ein wenig oder vibrieren, weil sie einen Motor haben. Wenn das Ding scharfe Kanten oder Ecken hat, fühlst du vielleicht sogar Schmerz. Ein Haustier fühlt sich warm und „lebendig" an. Dieser einfache Test zeigt, dass der Tastsinn sehr vielseitig ist. Er kann die unterschiedlichsten Eigenschaften ertasten, ermöglicht durch dutzende winziger Sensoren auf jedem Quadratmillimeter Haut. Werden die verschiedenen Sensoren gequetscht, gedrückt, gepresst, erhitzt, gekühlt, gestreckt, so übermitteln sie Nervensignale an das Gehirn.

Hautsensoren

Die Tastkörperchen befinden sich in unterschiedlichen Hautschichten. Die meisten sind nach Forschern benannt, nämlich Pacini, Ruffini, Krause und Meissner. Die mit Abstand größten Sensoren sind die Pacini-Körperchen, die bis zu 0,5 mm lang sein können, also für das bloße Auge gerade noch erkennbar. Freie Nervenenden sind wie kleine Büsche aus nackten Nerven. Sie nehmen Schmerz wahr.

Wie fühlst du, was du fühlst?

Früher dachte man, dass jede Sensorenart eine bestimmte Eigenschaft erkennt, etwa Hitze oder Druck. Aber die Wirklichkeit scheint weit komplizierter zu sein. Gemeinsam bilden die Sensoren komplizierte Muster von

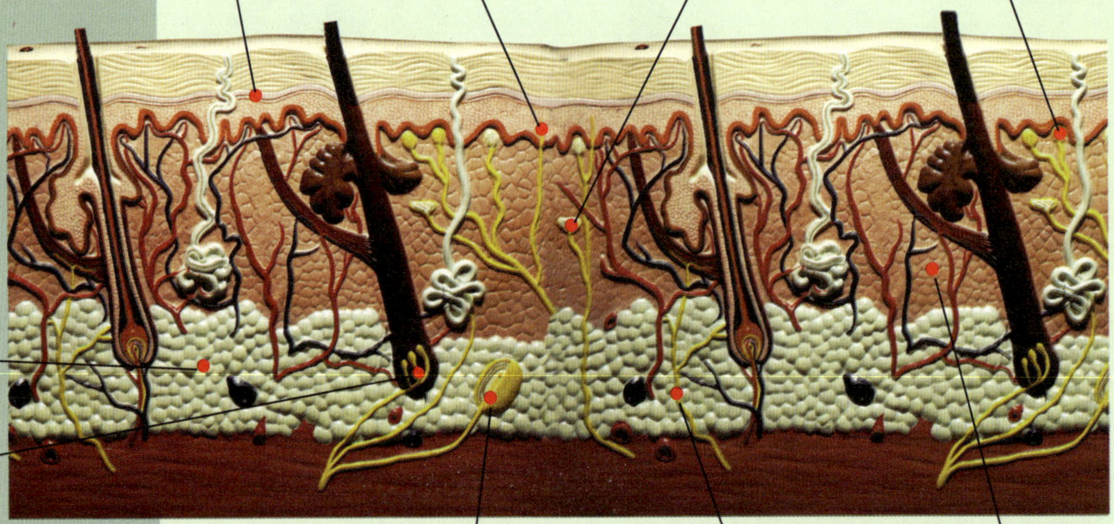

Nervensignalen und leiten sie an das Gehirn. Das Gehirn analysiert die Muster. Dieser Vorgang ist so ähnlich, wie wenn man ein Puzzle betrachtet. Die einzelnen Teile ergeben wenig Sinn; man muss sie zusammenfügen, um das gesamte Bild erkennen zu können, in diesem Fall das Tastbild.

Mustererkennung ist wichtig, weil das Gehirn dadurch die Nervensignale, die es von den Sinnen erhält, sortieren kann. Mithilfe aller Sinne interpretiert das Gehirn die Nervensignale. Dabei verwendet es auch Informationen, die sich im Laufe der Jahre in deinem Gedächtnis angesammelt haben. Du erkennst einen Plastikbecher oder einen Apfel allein, indem du ihn angreifst, da die Informationen in deinem „Tastgedächtnis“ gespeichert sind.

Nägel

Die Finger- und Zehennägel sind Schichten aus toter, verhärteter, gepresster Haut. Sie bestehen vor allem aus dem Protein Keratin (siehe Seite 97), aus dem auch die Klauen und Hufe anderer Säugetiere gebaut sind. Der Nagel wächst aus einer Wurzel unter der Haut und entlang dem so genannten Eponychium (Nagelhäutchen). Im Schnitt wachsen die Fingernägel ungefähr 1 mm pro Woche. Wenn du harte händische Arbeit verrichtest, nutzen sich die Nägel fast gleich schnell wieder ab. Zehennägel wachsen etwas langsamer als Fingernägel.

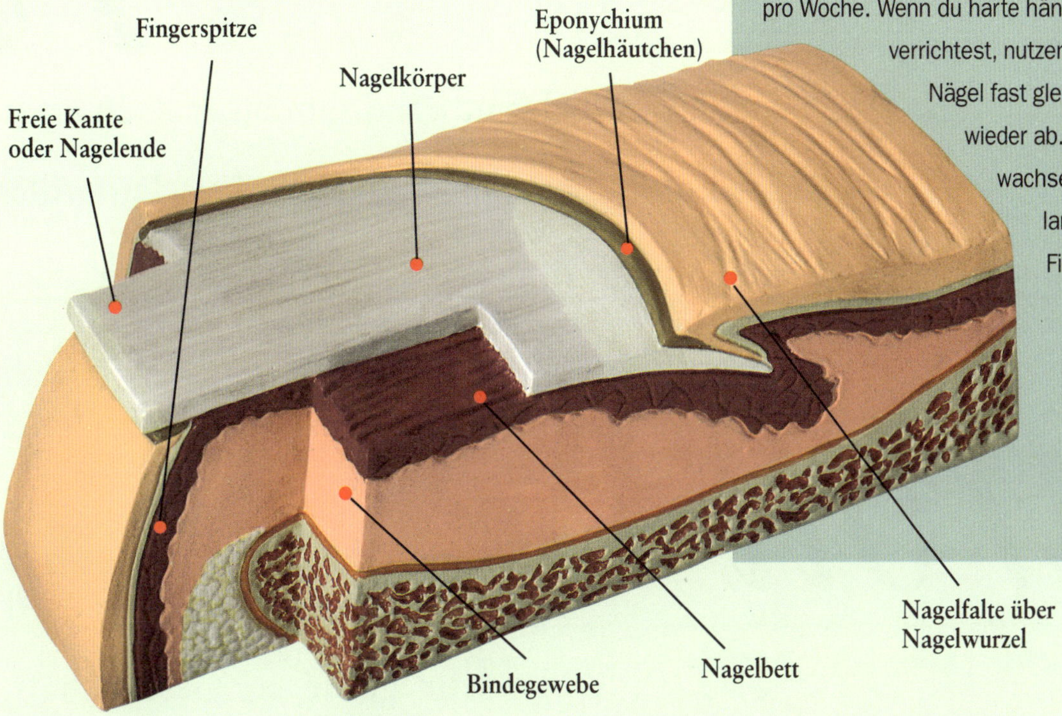

Wie empfindlich bist du?

Die Mikrosensoren der Haut sind nicht gleichmäßig über den ganzen Körper verteilt. An einigen Stellen sind tausende auf kleinem Raum zusammengepackt, wie zum Beispiel auf den Lippen oder Fingerspitzen. Mit den Fingern können wir kleine Feinheiten und Schwingungen ertasten. Die Haut auf den Ellbogen ist demgegenüber nicht so empfindlich, dafür aber gegenüber Temperaturen. Deshalb wird die Temperatur des Badewassers oft getestet, indem man den Ellbogen hineintaucht, und nicht die Hand.

Wusstest du, ...

➤ ... DASS DIE NÄGEL, BESONDERS DIE FINGERNÄGEL, IM SOMMER ETWAS SCHNELLER WACHSEN ALS IM WINTER?

➤ ... DASS BEI RECHTSHÄNDERN DIE FINGERNÄGEL DER RECHTEN HAND ETWAS SCHNELLER WACHSEN ALS DIE DER LINKEN (BEI LINKSHÄNDERN UMGEKEHRT)?

➤ ... DASS DIESE UNTERSCHIEDE VIELLEICHT AUF DIE ETWAS HÖHERE TEMPERATUR IN DER ÖFTER GENUTZTEN HAND (DIE MUSKELN SIND AKTIVER UND BRINGEN MEHR WÄRME HERVOR) UND DIE HITZE IM SOMMER ZURÜCKZUFÜHREN SIND?

➤ ... DASS DIE NÄGEL VERSCHIEDENE AUFGABEN ERFÜLLEN: SIE SCHÜTZEN DIE FINGER- UND ZEHENENDEN UND HELFEN BEI JUCKREIZ, DURCH KRATZEN!

Kapitel 6

Kontroll-zentrum

WARST DU SCHON EINMAL allein an einem stillen Ort und hast einfach nichts getan? Eine Zeit lang ist das ja ganz gemütlich und erholsam, aber nach einer Weile könnte dir langweilig werden. Du willst wieder etwas tun, etwa Daumen drehen oder dich mit jemandem unterhalten. Grundsätzlich ist der Mensch ein soziales Lebewesen, normalerweise sind wir sehr gerne in Gesellschaft. Wir kommunizieren gerne. Auch im Inneren des menschlichen Körpers ist die Kommunikation lebenswichtig. Alle Teile und Organe müssen miteinander in Verbindung stehen. Sie müssen gesteuert wer-

den, sodass sie in geordneten Bahnen für das Wohl des ganzen Menschen zusammenarbeiten. Dieses für die Kommunikation, Kontrolle und Koordination zuständige System ist unser Nervensystem. Sein wichtigster Bestandteil, der auch gleichzeitig das Kontrollzentrum unseres ganzen Körpers ist, ist jene Stelle, wo du denkst, entscheidest, Ideen hast und dich erinnerst – unser Gehirn. Durch ein Netz aus Nerven ist das Gehirn mit fast jedem Körperteil verbunden.

Ein Nervenbündel

EIN TELEKOMMUNIKATIONSSYSTEM verbindet Telefone, Faxe, Computer und andere Maschinen mithilfe von Bündeln aus elektrischen Drähten oder Glasfaserkabeln. Der Körper hat auch solche Bündel, die Nerven. Sie transportieren Informationen in Form von winzigen elektrischen Impulsen, den Nervensignalen. Sie sind die „Sprache“ des Kontroll- und Kommunikationssystems. Der wichtigste und dickste Nerv ist das Rückenmark im Inneren der Wirbelsäule. Kleinere Nerven zweigen davon in alle Körperteile ab. Die längsten Nerven schlängeln sich bis zu deinen Fingerspitzen und Zehen. Sie sehen aus wie glatte, graue Schnüre. An seinem oberen Ende ist das Rückenmark mit dem Gehirn verbunden. Es ist grau-rosa und hat eine ähnliche Konsistenz wie Gelee oder Pudding. Eine stabile Kuppe aus Schädelknochen schützt das Gehirn vor Stößen und Erschütterungen.

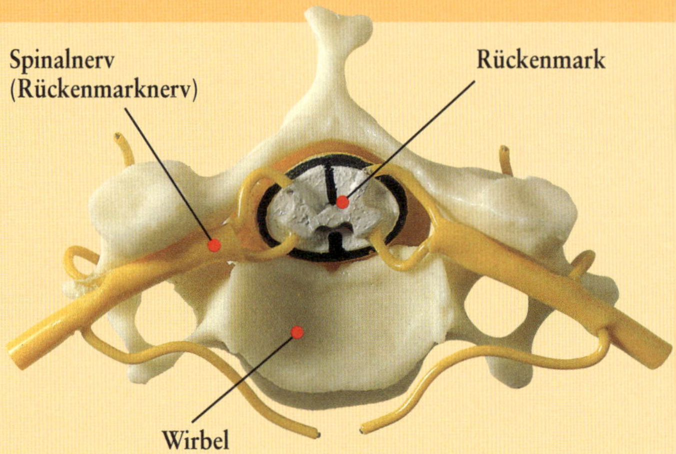

Das Rückenmark wird von den einzelnen Knochen der Wirbelsäule, den Vertebrae, umschlossen.

Du bist eine lebende Leitung

Wie alle Körperteile bestehen auch Gehirn und Nerven aus Zellen. Man nennt sie Nervenzellen. Sie haben einen sehr langen, dünnen Schwanz, das Axon, das wie ein „lebendiges Kabel“ Nervensignale überträgt. Die Axone mancher Nervenzellen sind über 30 cm lang, aber unglaublich dünn. Der zentrale Teil einer Zelle, der Zellkern, ist mit einem Durchmesser von etwa 0,01 bis 0,05 mm bei allen Zellen ungefähr gleich groß. Der Zellkörper hat kleine, spinnenähnliche Fortsätze, die Dendriten. Die verzweigten Enden des Axons einer Nervenzelle können die Dendriten einer anderen Nervenzelle fast berühren, sie werden nur durch kleine Lücken, die Synapsen, getrennt. Nervensignale können diese Lücke überspringen und von einer Zelle zur anderen gelangen. Das Gehirn hat mindestens 100 Millionen Nervenzellen, die in Schichten, Kabeln und Bündeln angeordnet sind. Jede Zelle kann so viele Dendriten haben, dass sie mit über 100 000 anderen Nervenzellen in Verbindung stehen und Signale aussenden und erhalten kann. Das Nervennetz im Hirn ist so kompliziert, dass man fast verrückt werden könnte.

Die Wirbelsäule

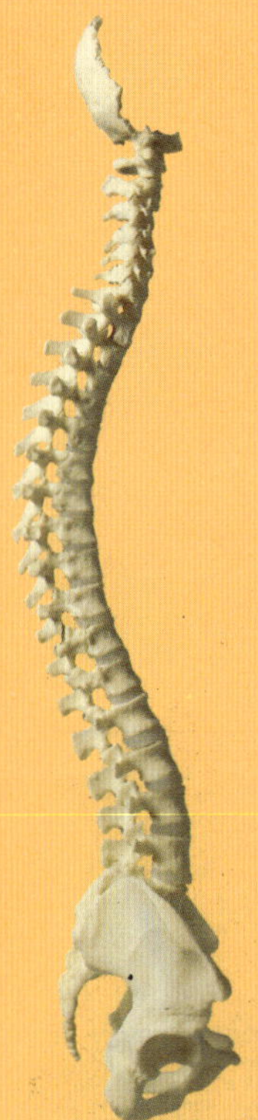

Das Rückenmark befindet sich im Inneren eines Tunnels, der von den Wirbeln der Wirbelsäule gebildet wird. Die Wirbel haben ein Loch in der Mitte, umgeben das Rückenmark und verhindern, dass es geknickt oder verdreht wird (außer bei Rückenverletzungen). Das Rückenmark reicht von der Unterseite des Schädels bis zu den Lendenwirbeln. Hier teilt es sich in kleinere, getrennte Nerven auf.

Du hast aber Nerven

Das Rückenmark und die Nerven bestehen hauptsächlich aus Bündeln langer, dünner, nebeneinander liegender Axone. In einem dünneren Nerv, wie etwa dem Nerv, der zu den Augenmuskeln geht, finden sich ein paar hundert Axone. In einem daumendicken Nerv, dem Ischiasnerv in der Hüfte, gibt es Millionen von Axonen. Manche Nerven übermitteln dem Gehirn Signale von einem Sinnesorgan. Diese Zellen nennt man dann sensorische Neuronen. Andere Zellen sagen den Muskeln, wann sie sich zusammenziehen sollen. Das sind die motorischen Neuronen.

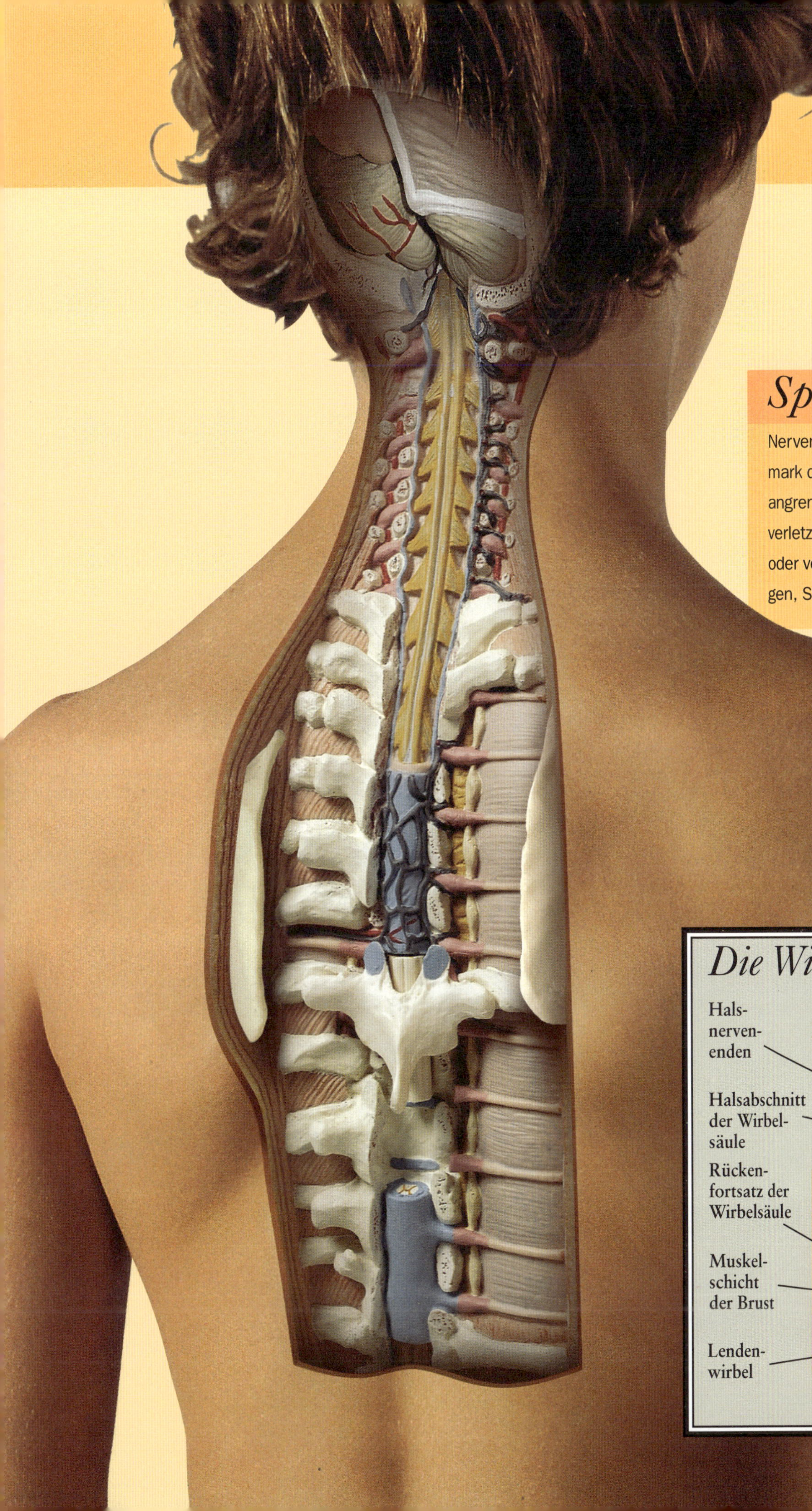

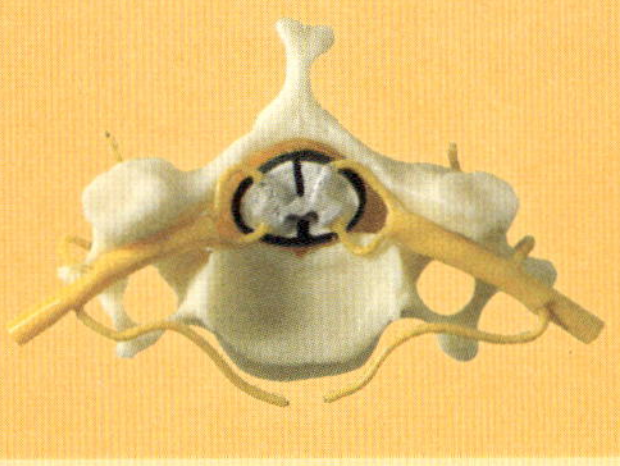

Spinalnerven

Nervenpaare verzweigen sich vom Rückenmark durch kleine Lücken zwischen den angrenzenden Wirbeln. Wenn die Wirbelsäule verletzt wird, können die Nerven gequetscht oder verdreht werden. Das führt zu Lähmungen, Starre und anderen Problemen.

Die Wirbelsäule

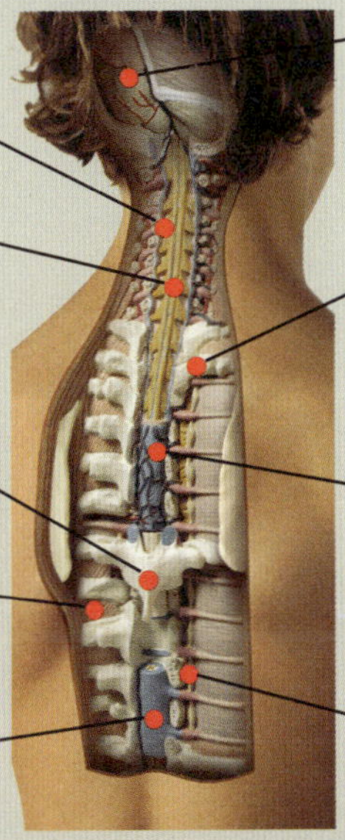

Im Gehirn

DAS GEHIRN IST DAS KONTROLLZENTRUM DES KÖRPERS. Es ist der Ort, wo wir geistige Vorgänge abwickeln, etwa denken und überlegen, phantasieren und tagträumen, lernen und erinnern oder Entscheidungen treffen. Es ist der Sitz des Geistes, des Bewusstseins und Wissens. Wenn du liest, verarbeitest du Nervensignale, die von deinen Augen kommen, erkennst Buchstaben und Wörter, erinnerst dich an ihre Bedeutung, ordnest sie in Sätze und verstehst, was sie bedeuten, und all das in deinem Gehirn, durch winzige elektrische Impulse von Nervensignalen.

Wenn du ein Gehirn aufschneidest, kannst du keine wirkliche innere Struktur sehen, nur ein paar dünklere Stellen und Fasergruppen. Die moderne Forschung enthüllt aber immer mehr von seinem komplizierten inneren Aufbau. Die Forscher haben auch herausgefunden, dass einige Vorgänge in ganz bestimmten Gehirnteilen stattfinden, wogegen andere kein Zentrum zu haben scheinen.

Ein Hirnschnitt

Abgesehen von ein paar vorderen und hinteren Teilen wurde dieses Gehirn genau in der Mitte zwischen den Augen geschnitten. Es zeigt die wichtigsten Teile. Die faltige Großhirnrinde breitet sich über jede der Hälften und auch über den Spalt in der Mitte. Die beiden Hirnhälften sind, wie die Hälften einer Walnuss, durch einen winzigen Spalt getrennt. Unter der Rinde befindet sich der Corpus callosum, eine Brücke aus etwa 100 Millionen Nervenfasern, die die beiden Hälften verbindet.

Gehirnzentren

Wenn du etwas ansiehst, werden die Signale von deinen Augen im Sehzentrum des Gehirns verarbeitet, du erkennst, was du siehst. Geschmackssignale der Zunge kommen hauptsächlich in das Geschmackszentrum.

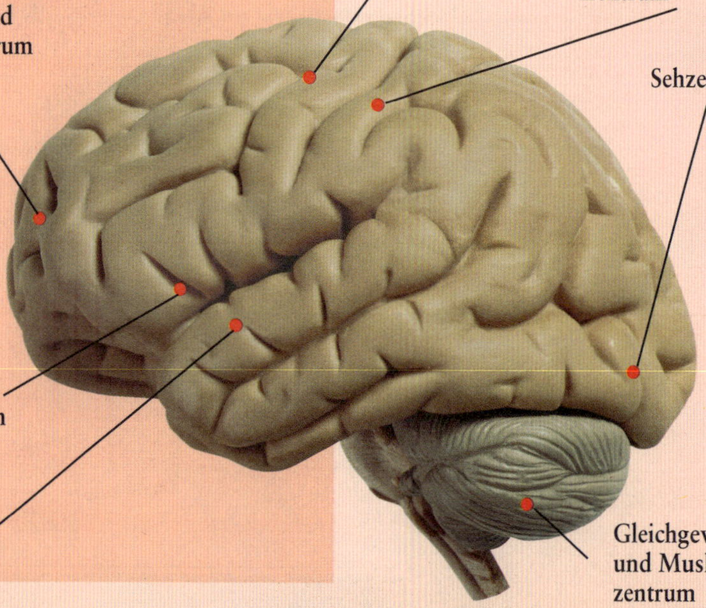

Diese kleinen grauen Zellen

Die auffallendsten Teile des menschlichen Gehirns sind zwei große, gewölbte, faltige Gebilde, die Hirnhälften. Jede hat im Inneren einen weißen Teil, der hauptsächlich aus Axonen (den „Kabeln" der Nervenzellen) besteht, und eine äußere, graue Schicht, die Billionen von Nervenzellkörpern, Dendriten und Axonenden enthält. Das ist die Großhirnrinde, der Sitz unseres Denkens. Verschiedene Teile der Großhirnrinde, die wir auch Zentren nennen, befassen sich mit den Signalen, die von Augen, Ohren, Haut oder Zunge kommen. Andere Zentren verschicken Nervensignale und befehlen den Muskeln, den Körper zu bewegen.

Kontrollzentrum

Unter dem vorderen Teil des Gehirns befindet sich der Hypothalamus. Er ist ungefähr so groß wie eine kleine Trau-

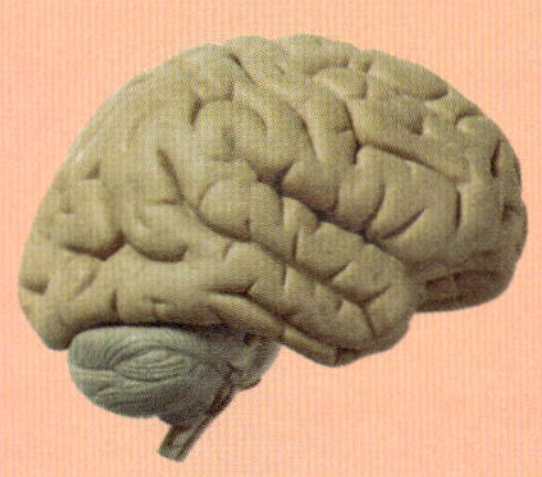

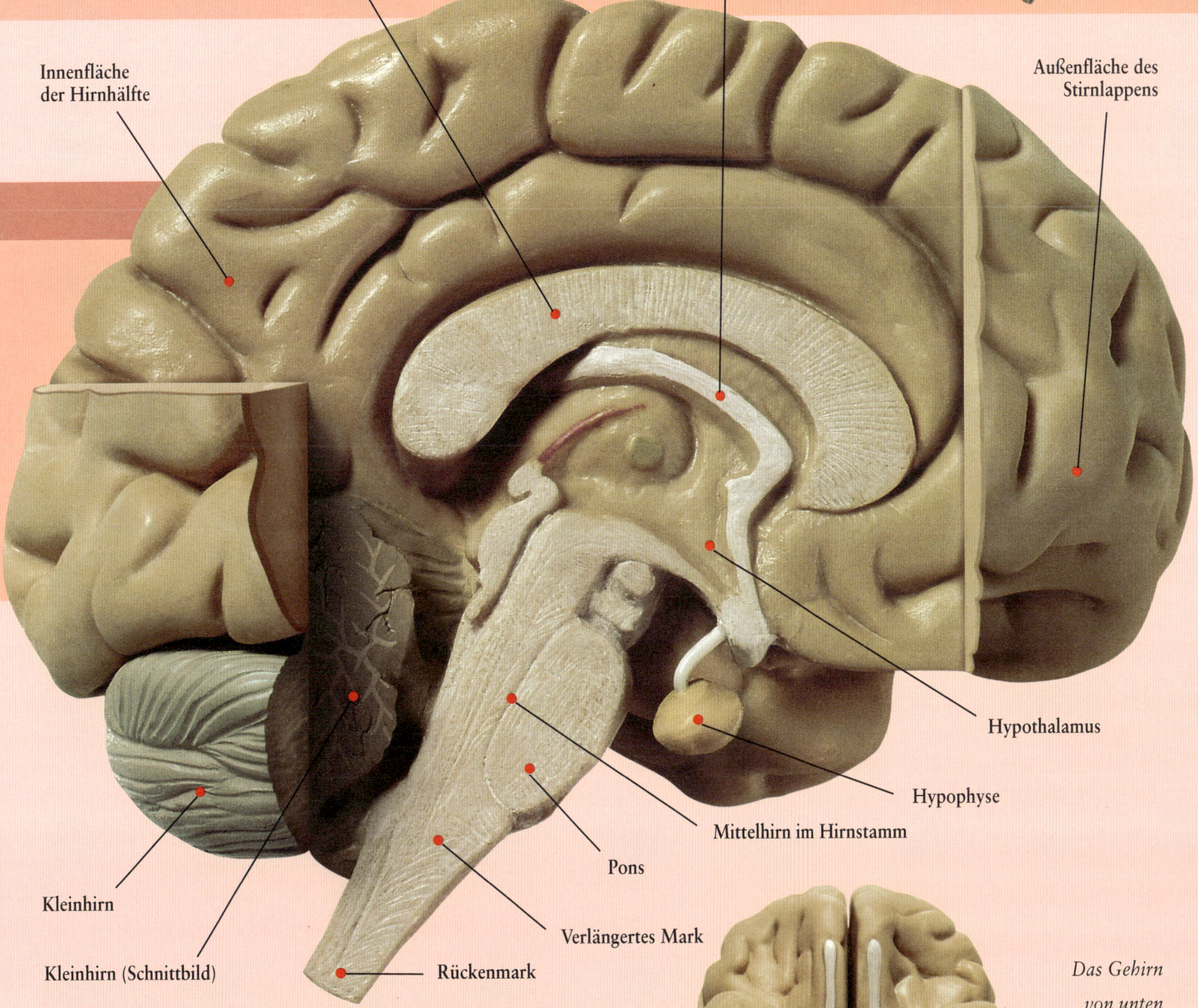

Seitenansicht des Gehirns mit seiner inneren Struktur

be und kontrolliert Grundvorgänge und -bedürfnisse wie Hunger, Durst, sexuelles Verlangen, Wut, Schmerz und unseren täglichen Biorhythmus (siehe Seite 106). Der große, faltige Teil auf der Rückseite ist das Kleinhirn. Es ist für die Muskelbewegungen zuständig. Tief im Inneren des Gehirns befinden sich die Hirnkammern, die mit der blassen zerebrospinalen Flüssigkeit gefüllt sind. Damit werden die Gehirngewebe mit Nahrung versorgt und Abfallstoffe wegtransportiert.

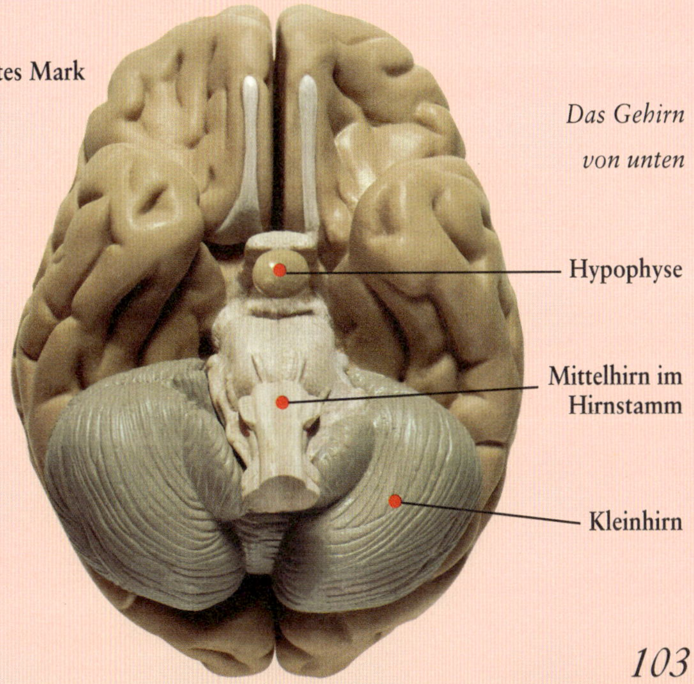

Das Gehirn von unten

Grenzen des Geistes

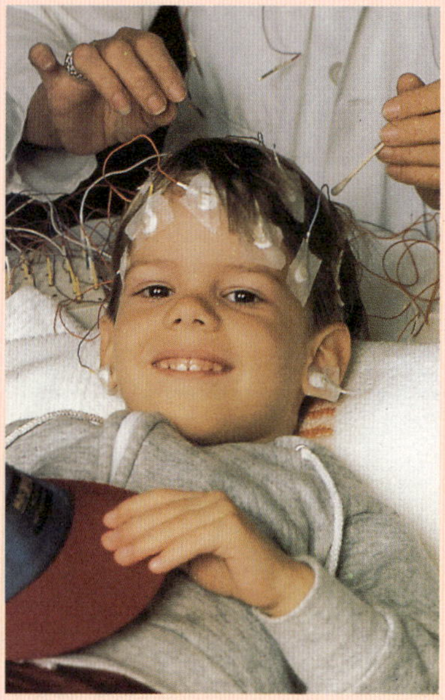

Ein EEG tut nicht weh. Es macht Spaß, seine Gehirnwellen zu sehen!

DEIN GEHIRN IST IMMER AKTIV, auch wenn du schläfst. Wir wissen das von den „Gehirnwellen". Wenn Nervensignale im Gehirn hin und her sausen, erzeugen sie elektrische Wellen, die durch die Schädelknochen zur Kopfhaut gelangen. Bringt man hochempfindliche Elektroden an der Haut an, kann man diese schwachen Signale auffangen, verstärken und als wellige Linien auf einem Monitor darstellen. Die Maschine, die dafür benutzt wird, heißt Elektroenzephalograph oder EEG-Maschine, die Abbildung der Gehirnwellen nennt man Elektroenzephalogramm oder EEG. Es gibt verschiedene Wellenformen und -frequenzen, je nachdem, ob sich die betreffende Person gerade entspannt, tagträumt, besorgt ist oder scharf nachdenkt. Die Wellen treten sogar während des Schlafes auf.

Das ist auch gut so. Lebensnotwendige Vorgänge, wie etwa Herzschlag, Atmen, Blutdruck, Husten oder Schlucken, werden vom Gehirn kontrolliert. Würde es sich während des Schlafens ausschalten, würden wir sterben. Die Nervensignale, die diese Tätigkeiten kontrollieren, werden vom verlängerten Mark, dem untersten Teil des Gehirns, an die betreffenden Muskeln ausgesendet.

Zwei Gehirnseiten

Jede Hälfte der Großhirnrinde arbeitet ein wenig anders und ist auf Vorgänge, ein Kunstwerk zu schaffen oder ein schwieriges Problem zu lösen, spezialisiert. Die zwei Hirnhälften sind über den Corpus callosum miteinander verbunden, einem brückenähnlichen Gebilde aus 100 Millionen Nervenfasern, die Nervensignale von einer Seite auf die andere übermitteln. Die Unterschiede in der Vorherrschaft einer Hirnhälfte entwickeln sich zwischen Geburt und 12. Lebensjahr.

Zwei Hälften

Von außen sehen beide Hirnhälften gleich aus. Aber sie arbeiten unterschiedlich. Für komplizierte Vorgänge, etwa Auswählen und Formulieren von Wörtern, Nachdenken und Probleme lösen, übernimmt normalerweise eine Hälfte die Kontrolle. Diese Seite ist dann dominant. Bei den meisten Menschen kommen die Zentren in der linken Hirnseite zum Einsatz, wenn sie überlegen, was sie sagen sollen, dann den Muskeln in der Brust, dem Hals, den Stimmbändern, dem Kehlkopf,

Der innere Wecker

Wenn du in eine andere Zeitzone reist, dann stimmt deine innere Uhr nicht mehr mit der Zeit deiner Umgebung überein. Äußere Zyklen wie Tag und Nacht, Essens-, Arbeits- und Schlafenszeiten, sind durcheinander geraten. Während der Zeitumstellung kann es zu Müdigkeit, Kopfschmerzen und Verwirrung kommen. Nach ein paar Tagen gibt sich das wieder, sobald sich unser Biorhythmus auf die neue Zeit umgestellt hat. Die innere Körperuhr wird von zwei winzigen, aus ein paar Tausend Nervenzellen bestehenden Stellen nahe dem Hypothalamus gesteuert, den Nuclei supra-chiasmatici. Selbst wenn man diese Zellen isoliert in einem Labor züchtet, weisen sie einen 24-Stunden-Rhythmus auf.

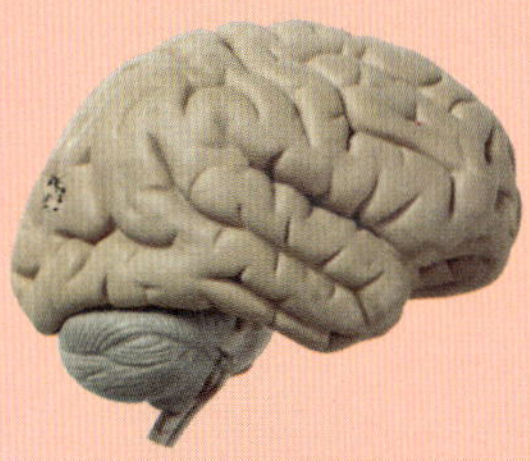

Diese Abbildung zeigt das Gehirn von oben. Man sieht deutlich die beiden Hälften. Das schmale Ende auf der Oberseite des Bildes ist die Vorderseite deines Kopfes.

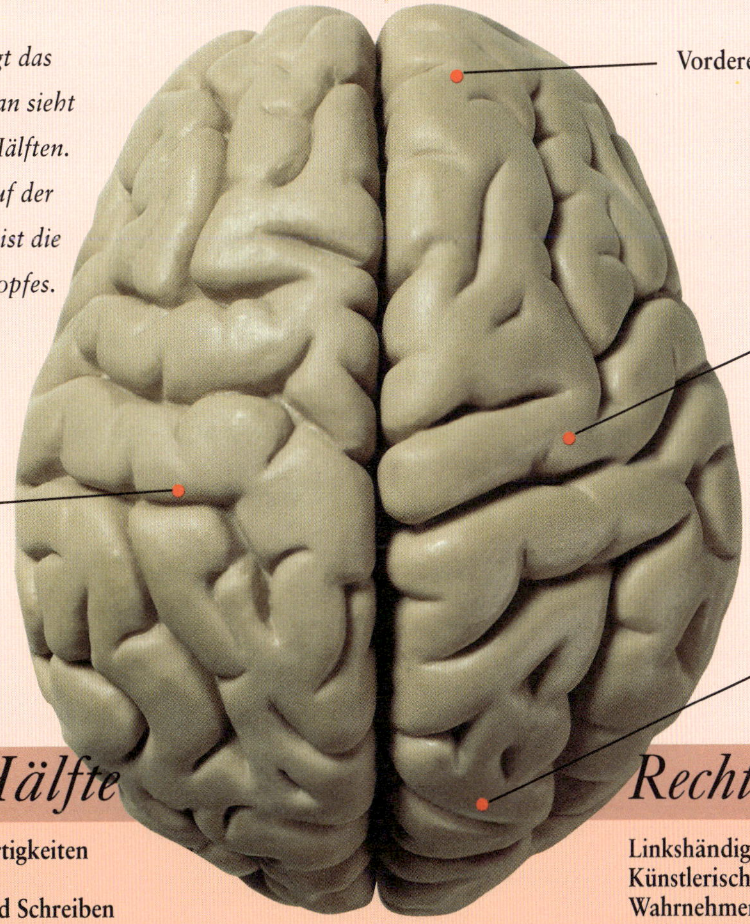

Linke Hälfte

Rechtshändige Fertigkeiten
Sprechen
Sprache, Lesen und Schreiben
Wörter wählen und formulieren
Kopfrechnen
Schwierigkeiten und Probleme durch Logik und Nachdenken lösen

Rechte Hälfte

Linkshändige Fertigkeiten
Künstlerisches Schaffen und Wahrnehmen von Musik, Bildhauerei, Malerei und anderen Kunstwerken
Muster und Formen erarbeiten
Einfallsreichtum und Ideen
Schwierigkeiten und Probleme durch Instinkt und Eingebung lösen

dem Mund und den Lippen befehlen, diese Wörter hervorzubringen und zu formulieren.

Rund um die Uhr

Der Körper hat einen natürlichen 24-Stunden-Rhythmus. Daneben gibt es viele innere Zyklen und Rhythmen, etwa Veränderungen im Hormonspiegel (siehe Seite 108). Diese Biorhythmen werden von zwei Gehirnteilen, kleiner als eine Bohne, gesteuert, den Nuclei supra-chiasmatici. Sie sind die Biouhr des Körpers. Bei einer Fernreise muss sich der körpereigene Rhythmus an die Zeitumstellung gewöhnen. Das kann zu Müdigkeit und Kopfschmerzen führen.

Menschen können beim Meditieren ihre Gehirnwellen bewusst verändern.

Wusstest du, ...

➤ ... DASS EIN MENSCHLICHES GEHIRN IM SCHNITT 1200 BIS 1350 G WIEGT?

➤ ... DASS KEIN ZUSAMMENHANG ZWISCHEN DER GRÖSSE EINES GEHIRNES UND SEINER INTELLIGENZ UND LEISTUNGSFÄHIGKEIT BESTEHT?

➤ ... DASS DIE GROSSHIRNRINDE, WO UNSER BEWUSSTSEIN UND UNSERE ERINNERUNG LIEGEN, NUR 3–4 MM DICK IST, ABER EINE OBERFLÄCHE VON 2500 cm^2 HAT?

➤ ... DASS SICH NERVENSIGNALE ZUM ODER VOM HIRN UND AUCH INNERHALB DES HIRNES MIT EINER GESCHWINDIGKEIT VON BIS ZU 200 METERN PRO SEKUNDE BEWEGEN?

➤ ... DASS DAS GEHIRN, IM VERHÄLTNIS ZUR GRÖSSE, FÜNF- BIS ZEHNMAL SO VIEL ENERGIE BRAUCHT WIE ANDERE ORGANE?

Der Autopilot

WENN DU AN ALLES DENKEN MÜSSTEST, was du zu tun hast, würdest du völlig durcheinander kommen. Das Herz zum Schlagen bringen, einatmen, das Herz wieder zum Schlagen bringen, Essen durch den Darm pressen, noch ein Herzschlag, ... du könntest nicht lange mithalten. Das ist nicht notwendig, denn das Gehirn steuert all diese Vorgänge automatisch. Über Nerven schickt es Signale an die Muskeln in Herz, in Brust, Magen, Darm und in den anderen inneren Organen und sagt ihnen, was sie wann zu tun haben. Du merkst das gar nicht, außer wenn etwas Ungewöhnliches passiert, wenn zum Beispiel dein Herz einen Schlag auslässt, weil du überrascht bist, oder du schnell und hastig atmest, weil du dich fürchtest. Die automatisch funktionierenden Teile deines Gehirns verschicken viele ihrer Signale über ein Nervennetz, das man vegetatives Nervensystem nennt. Es arbeitet zusammen mit dem normalen Netz, dem peripheren Nervensystem, das auf Seite 100 beschrieben wird. Das vegetative Nervensystem verbindet das Gehirn mit den wichtigsten inneren Organen. Es sorgt dafür, dass Vorgänge wie Verdauung, Atmung und Kreislauf reibungslos ablaufen.

Auf Automatik laufen

Es gibt auch noch andere automatische Vorgänge im Körper. Wenn du etwas Gefährliches angreifst wie Heißes oder Scharfes, dann ziehst du automatisch deine Hand weg. Nervensignale, die vor der Gefahr warnen, gehen von der Haut ins Rückenmark. Augenblicklich schnellen andere Nervensignale zu den betroffenen Muskeln zurück und ziehen die Hand weg. Zugleich gehen weitere Nervensignale vom Rückenmark ins Gehirn, und du erkennst, was geschehen ist. Aber die Hand hat sich bereits bewegt. Du konntest das nicht verhindern, weil dein Gehirn noch nichts davon wusste. Diese Reflexe dienen dazu, den Körper durch schnelle Reaktionen vor Gefahren zu schützen, ohne auf Entscheidungen vom Gehirn zu warten.

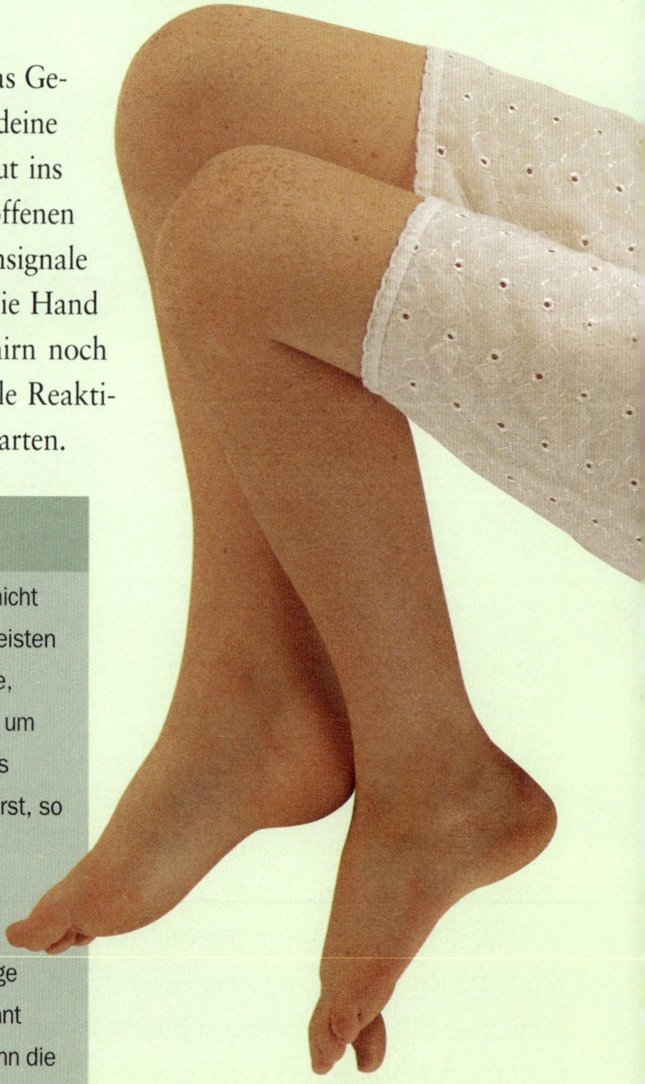

Ein Bündel an Reflexen

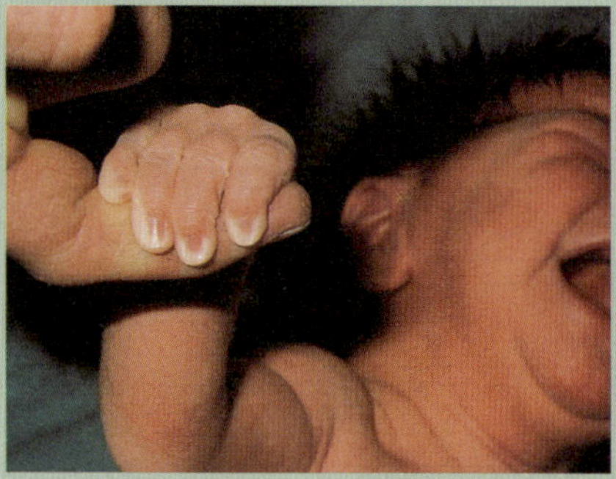

Neugeborene können ihre Körperteile noch nicht kontrollieren. Sie bewegen sie ziellos. Die meisten ihrer Bewegungen sind Reflexe, also schnelle, automatische Reaktionen auf Vorgänge rund um den Körper. Wenn du etwas in die Hand eines Neugeborenen legst und dort die Haut berührst, so wird es reflexartig danach greifen. Das Baby versteht noch nicht, was es tut und warum. Dieser Reflex sorgt aber dafür, dass es sich an seiner Mutter festklammern kann. Ähnlich verhält es sich, wenn du seine Wange berührst. Sofort dreht es sich auf diese Seite und versucht, an etwas zu saugen. Das nennt man den Wurzelreflex. Er ermöglicht es dem Baby, an der Brust der Mutter zu trinken. Wenn die Blase und der Darm voll sind, werden sie reflexartig geleert. Nach und nach wird sich das Kind seiner Handlungen bewusst und lernt, sie zu kontrollieren.

Gehirn
Auch wenn du schläfst, zischen Millionen von Nervensignale im Gehirn herum.

Sinne
Die Augen sind zu; die Ohren nehmen weiterhin Geräusche wahr, die das Gehirn analysiert.

Atmung
Der Atem ist langsam und flach. Hin und wieder atmet man tief ein, um abgestandene Luft aus den Lungen zu entfernen.

Kreislauf
Das Herz steht nie still. Normalerweise schlägt es in der Nacht langsamer, da der Körper in Ruhe ist.

Verdauung
Der Darm presst weiterhin Nahrung durch und vermischt sie mit Säften und Enzymen.

Auch wenn der Körper schläft, sind seine Nervensysteme weiter aktiv, überwachen und kontrollieren die inneren Vorgänge und achten auch auf Gefahren von der Außenwelt.

Das vegetative Netz

Es gibt zwei Gruppen von Nerven im vegetativen Nervensystem, die eng zusammenarbeiten. Der Parasympathikus macht den Körper normalerweise ruhig und entspannt und verlangsamt auch Vorgänge wie Verdauung und Herzschlag. Der Sympathikus beschleunigt all diese Vorgänge und Aktivitäten, sodass der Körper in Aktion treten kann. Diese zwei Nervengruppen stimmen das Innenleben des Körpers auf die jeweiligen Umstände ab.

Chemische Signale

BEI DER KONTROLLE DES KÖRPERS und der Koordinierung der vielen Teile sind Gehirn und Nerven nicht alleine. Das endokrine oder Hormonsystem hilft ihnen. Es funktioniert nicht mit elektrischen Signalen, sondern mit chemischen Stoffen, den Hormonen. Es gibt dutzende verschiedener Hormone, einige davon wurden bereits auf Seite 72 beschrieben. Sie helfen bei der Überwachung des Wasser-, Salz- und Mineralhaushaltes. Andere beeinflussen die Art und Weise, in der Zellen Energie verwenden und speichern, und arbeiten bei der Verdauung, der Stressbewältigung, dem Wachstum eines Kindes und bei der Fortpflanzung mit.

Hormondrüsen

Manche Drüsen erzeugen nur ein Hormon, andere produzieren mehrere. Einige Organe oder Drüsen verrichten auch noch andere Aufgaben. Die endokrinen Teile der Bauchspeicheldrüse, zum Beispiel, erzeugen zwei wichtige Hormone, nämlich Insulin und Glukagon. Die anderen Teile produzieren Enzyme und Säfte für die Verdauung.

Hormone produzieren

Die Hormone werden in Hormondrüsen produziert. Es gibt ungefähr ein Dutzend Hormondrüsen, vor allem im Kopf, Hals und dem Rumpf. Das Hormon wird von speziellen Zellen in der Drüse hergestellt. Manche Drüsen haben mehrere Arten spezialisierter Zellen und erzeugen mehrere Hormone. Sie gelangen von den Zellen in das Blut, das durch die Drüse fließt, und von dort in den Blutkreislauf und den ganzen Körper.

Die chemischen Boten des Körpers

Die Hormone durchlaufen den ganzen Körper, aber jedes Hormon wirkt nur auf bestimmte Teile, die so genannten Zielgewebe und Zielorgane. Diese Ziele sprechen besonders gut auf die Größe, Form und andere Eigenschaften ihrer Hormonmoleküle an. Das Hormon überbringt den Zielgeweben oder -organen also eine Botschaft, dass sie schneller (oder langsamer) arbeiten sollen. Deshalb heißen die Hormone auch die „chemischen Boten des Körpers". Je höher der Hormonspiegel im Blut, desto klarer ist die Botschaft und desto eindeutiger die Antwort. Wenn nun verschiedene Körperteile den Anweisungen ihrer Hormone folgen und schneller (oder langsamer) arbeiten, werden sie dabei von Überwachungszentralen, vor allem im Gehirn, beobachtet. Sie prüfen, ob alles in Ordnung ist. Wenn etwas falsch läuft, bemerken das die Überwachungszentralen und schicken ihre eigenen Botschaften an die betroffenen Drüsen, entweder über die Nerven oder über andere Hormone. Diese fortwährende Kontrolle und Anpassung nennt man Feedback. Nerven haben eine kürzere Wirkungsdauer, von Bruchteilen einer Sekunde bis zu Minuten, wogegen Hormone länger wirken, von Minuten über Stunden bis zu Tagen und Jahren.

Insulin

Bei manchen Menschen produziert die Bauchspeicheldrüse zu wenig Insulin. Das bedeutet, dass die Menge an Blutzucker (Glukose) nicht ausreichend kontrolliert und zu hoch wird. Der Zucker „schwappt" in den Urin über und erhöht dessen Menge. Die betroffene Person muss unter anderem viel trinken und ist schwach. Diesen Zustand nennt man Zuckerkrankheit. Sie wird durch eine spezielle Diät und/oder Medikamente und/oder Insulininjektionen, die dem Körper das fehlende Hormon zuführen, behandelt.

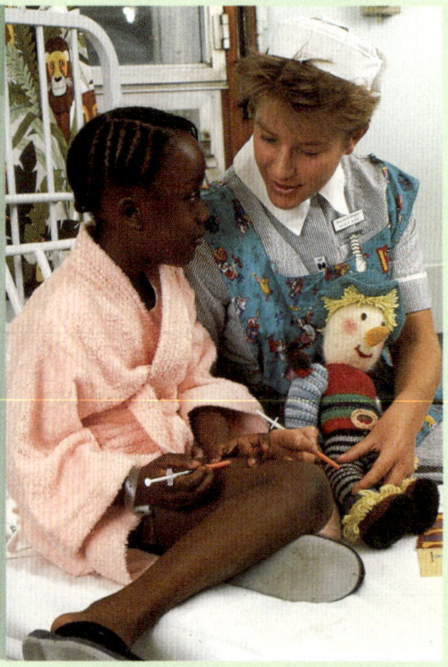

Schilddrüse

Sie hat die Form einer Krawatte unter der Halshaut und produziert drei wichtige Hormone. Kalzitonin kontrolliert den Kalziumgehalt in Blut und Knochen. Thyroxin und Trijodthyronin beeinflussen den Blutdruck und beschleunigen die chemischen Reaktionen.

Nebenschilddrüsen

Diese vier Minidrüsen produzieren Parathormon, das die Minerale, vor allem Kalzium, kontrolliert.

Nebenniere

Die Rinde produziert Hormone für den Wasserhaushalt, die Stressbewältigung und die Fortpflanzung. Das innere Mark produziert Adrenalin und Noradrenalin (siehe rechts).

Nieren

Das Nierenhormon Renin regelt den Wasser- und Salzhaushalt (siehe Seite 72). Ein anderes seiner Hormone, Erythropoietin, beschleunigt die Produktion roter Blutkörperchen durch das Knochenmark.

Hypophyse

Diese winzige Drüse unter dem Gehirn ist der „Chef“ des Hormonsystems. Es erhält Nachrichten vom Hypothalamus und anderen Gehirnteilen und setzt mindestens 10 Hormone frei, darunter Wachstumshormone und Hormone zur Kontrolle der Schilddrüse und der Nebennieren.

Magen

Verschiedene Hormone im Magen beeinflussen die Verdauung, darunter auch die Tätigkeit des Darmes und des Magens selbst.

Bauchspeicheldrüse

Insulin und Glukagon kontrollieren den Zuckergehalt im Blut und die Art und Weise, wie der Zucker verarbeitet wird.

Sexualdrüsen

Bei den Frauen befinden sie sich in den Eierstöcken, bei den Männern in den Hoden. Ihre Funktionsweise und Hormone, die Sexualhormone, werden im nächsten Kapitel beschrieben.

Wusstest du, ...

... DASS DER KÖRPER IN EINER EMOTIONAL AUFWÜHLENDEN, STRESSIGEN ODER ANGSTEINFLÖSSENDEN SITUATION ENTWEDER MIT KAMPF ODER MIT FLUCHT REAGIERT? DIE REAKTION WIRD VON DEN NERVEN UND DEN NEBENNIERENHORMONEN ADRENALIN UND NORADRENALIN GESTEUERT:

- DAS HERZ SCHLÄGT FESTER UND SCHNELLER
- DIE LUNGEN ATMEN TIEFER UND SCHNELLER
- DIE LEBER GIBT GLUKOSERESERVEN IN DAS BLUT AB, ALS ENERGIELIEFERANT FÜR DIE MUSKELN
- DIE MUSKELN SPANNEN SICH AN UND SIND EINSATZBEREIT

Kapitel

7

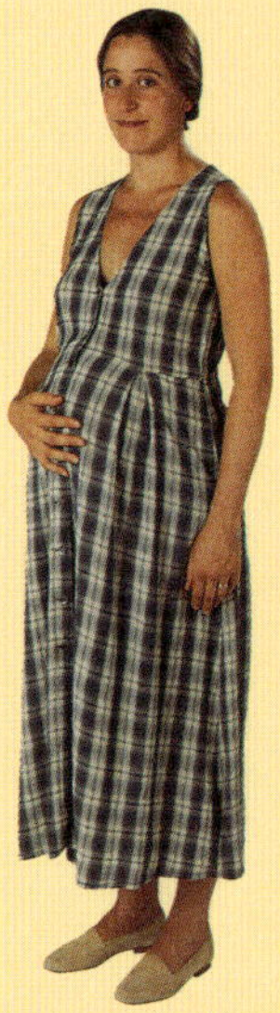

AAH, DA SCHLÄFT ein kleines Baby. Oh nein, jetzt ist es aufgewacht und schreit. Wir alle fangen als Neugeborene an. Das menschliche Leben beginnt aber eigentlich schon neun Monate vor der Geburt. Eine mikroskopisch kleine Samenzelle des

Fortpflanzung

Vaters vereinigt sich mit einer Eizelle der Mutter. Daraus entsteht eine neue Zelle, also ein befruchtetes Ei, eine Zygote. Sie ist kleiner als der Punkt auf diesem i. Diese winzige Zelle teilt sich in viele andere Zellen, und nach und nach entsteht im Bauch der

Mutter ein kleiner Körper. Neun Monate später wird das Kind geboren und durchläuft fortan alle Entwicklungsstufen, vom Säugling zum Kleinkind, Schulkind und Jugendlichen bis zu einem voll entwickelten Erwachsenen. Zur Natur des menschlichen Lebenszyklus gehören Geschlechtsverkehr zwischen den Eltern, Schwangerschaft, während der das Baby im Mutterleib heranwächst, Geburt und Erwachsenwerden.

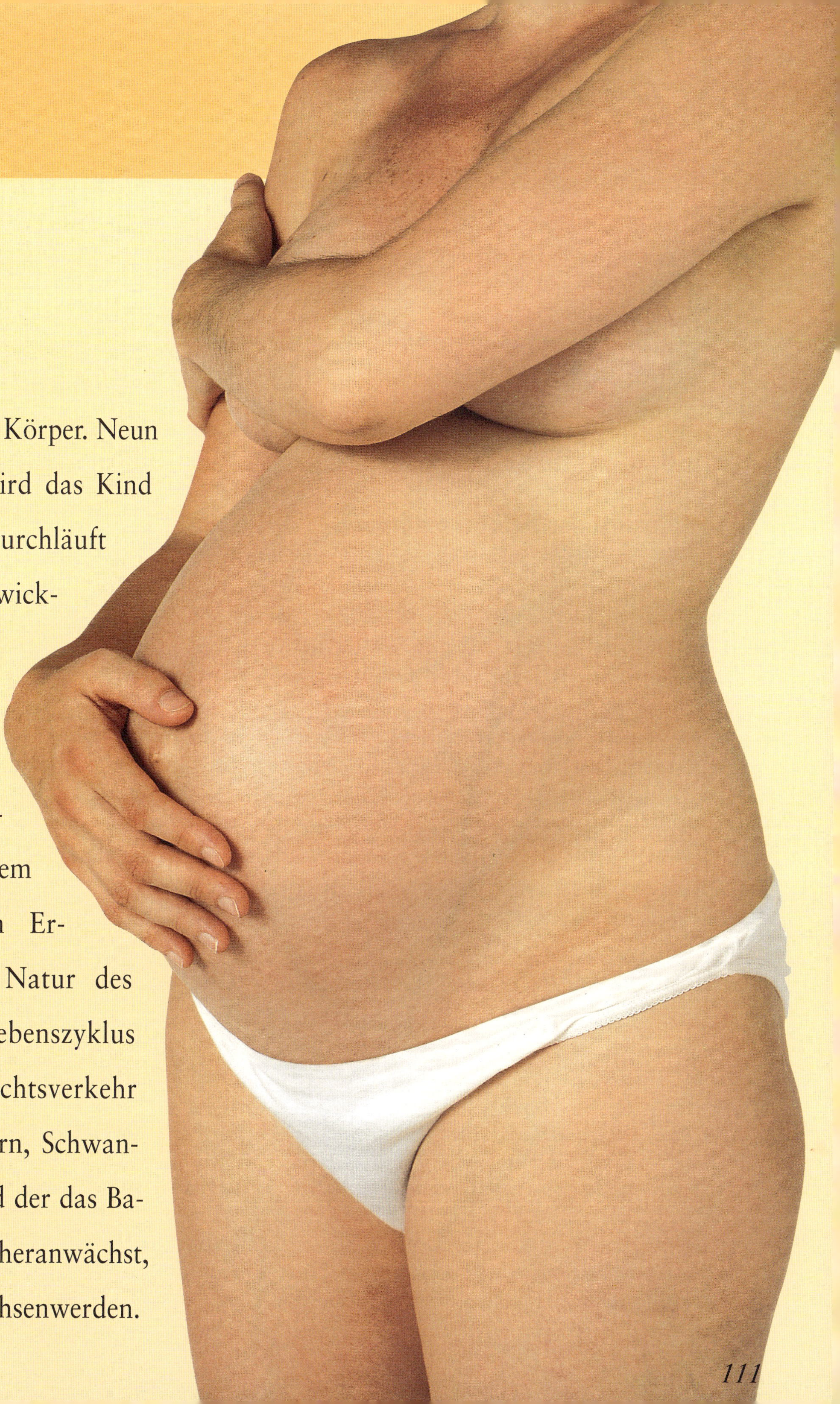

Weibliche Organe

ES GIBT ZWEI ARTEN VON MENSCHLICHEN KÖRPERN, männliche und weibliche. Jene Teile des Körpers, die für die Fortpflanzung benötigt werden, heißen Geschlechtsorgane. Die wichtigsten Geschlechtsorgane bei der Frau sind die Eierstöcke, die Gebärmutter und die Scheide. Die Eierstöcke sind zwei hühnereiförmige Drüsen und befinden sich seitlich im unteren Bauchbereich. Sie produzieren Hormone, lassen die Eizellen reifen und setzen sie frei. Die Eizelle ist eine einzelne, aber riesige Zelle, etwas kleiner als ein Stecknadelkopf. Eine erwachsene Frau hat etwa 10 000 Eizellen in ihren beiden Eierstöcken. Nicht alle sind völlig entwickelt oder reif. Normalerweise reift alle 28 Tage ein Ei in einem der Eierstöcke. Dieser Vorgang wird von den Geschlechtshormonen gesteuert.

So funktioniert der weibliche Körper

Das reife Ei gelangt von einem Eierstock in eine Röhre, die man Eileiter nennt. Angetrieben von winzigen hin- und herschwingenden Härchen gleitet es durch den Eileiter. Wenn eine Eizelle hier auf eine Samenzelle trifft (siehe Seite 116), wird sie vielleicht befruchtet. Der weibliche Körper versorgt das befruchtete Ei mit Nährstoffen, sodass es sich im Bauch zu einem Baby entwickeln kann.

Wird das Ei nicht befruchtet, gelangt es weiter durch den Eileiter in die Höhle der Gebärmutter. Während der letzten Tage ist die Gebärmutterschleimhaut dick und mit Blut und Nährstoffen angereichert worden, um ein befruchtetes Ei zu ernähren. Wird das Ei aber nicht befruchtet, wird die blutreiche Schleimhaut nicht gebraucht. Sie löst sich ab und dringt, zusammen mit der Eizelle, durch den Gebärmutterhals und die Scheide nach außen. Diese Blutung nennt man Periode, Regel oder Menstruation, sie dauert etwa vier bis fünf Tage. Ein paar Tage später beginnt der ganze Zyklus von neuem. Das bedeutet, dass eine Frau nur während einiger weniger Tage in der Mitte ihres Zyklus schwanger werden kann. Man nennt das ihre fruchtbare Zeit.

Geschlechtsorgane

Die Gebärmutter, der Uterus, hat die Größe und Form einer Birne, befindet sich im unteren Teil des Bauches und ist über die Scheide mit der Außenwelt verbunden. Ein Baby muss bei der Geburt hier durch, vom Inneren der Gebärmutter bis nach außen. Die Öffnung der Gebärmutter heißt Gebärmutterhals. Auf beiden Seiten des Uterus befindet sich je ein Eierstock. Die Eierstöcke sind über die Eileiter mit der Gebärmutter verbunden, durch die ein reifes Ei in den Uterus gelangen kann.

Der Menstruationszyklus

Bei vielen Frauen ist er regelmäßig und dauert 28 Tage. Ein typischer Zyklus wird hier beschrieben. Häufig gibt es jedoch Abweichungen von ein paar Tagen wegen Krankheiten, durch raschen Gewichtsverlust oder seelische Belastungen.

1.–4. Tag	Blut und Gebärmutterschleim werden durch die Scheide abgestoßen (Periode).
5.–14. Tag	Der Gebärmutterschleim wir dicker und reichert sich mit Blut an.
14. Tag	Eisprung – ein Eierstock entlässt ein reifes Ei.
12.–16. Tag	Fruchtbare Zeit (Abweichungen möglich)
15.–28. Tag	Die Gebärmutterschleimhaut bleibt dick und mit Blut angereichert.

Die wichtigsten Hormone

FSH (Follikelstimulierendes Hormon) wird in der Hypophyse beim Gehirn produziert. Sorgt dafür, dass eine Eizelle in seiner kugelförmigen Hülle, dem Follikel, reifen kann.

Östrogen wird in einem reifenden Follikel im Eierstock gebildet. Führt dazu, dass der Gebärmutterschleim dicker und blutig wird. Gibt dem Körper sein frauliches Aussehen.

LH (Luteinisierungshormon) wird in der Hypophyse erzeugt. Veranlasst, dass das Ei den Follikel verlässt und dass sich der Follikel zu einem Gelbkörper (Corpus luteum) verwandelt (siehe unten).

Progesteron wird im Corpus luteum erzeugt, einer kleinen, gelben Drüse, die sich aus einem leeren Follikel bildet, das sein Ei abgestoßen hat. Erhält den Gebärmutterschleim dick und blutig.

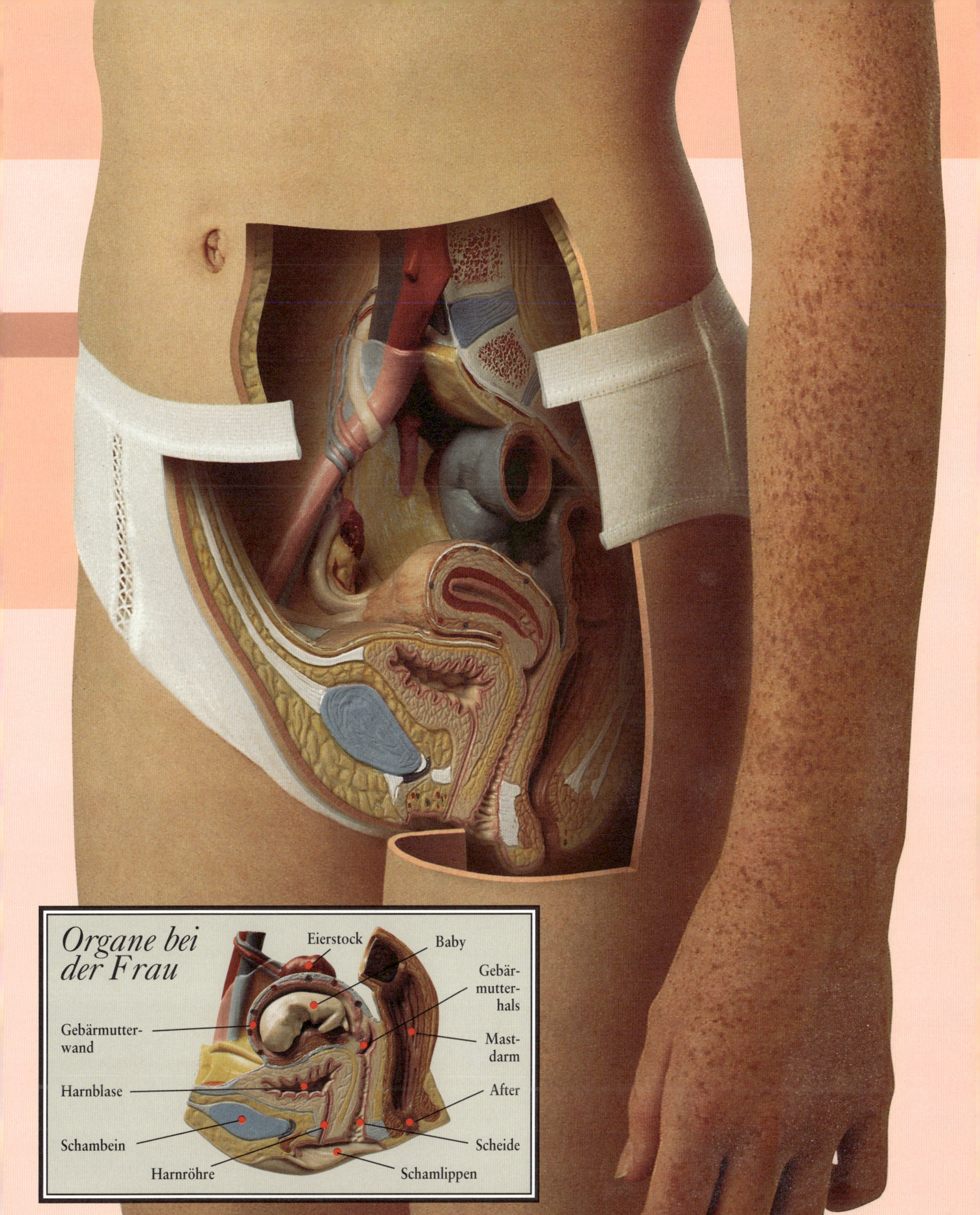
Organe bei der Frau
Eierstock
Baby
Gebär-
mutter-
hals
Mast-
darm
After
Scheide
Schamlippen
Harnröhre
Schambein
Harnblase
Gebärmutter-
wand

Männliche Organe

BEI FRAUEN NENNT MAN DIE FORTPFLANZUNGSZELLE EI. Es reift in einem regelmäßigen Zyklus alle 28 Tage. Beim Mann heißen die Fortpflanzungszellen Samen. Die Samen reifen nicht einzeln alle 28 Tage, sondern werden andauernd produziert, zu Millionen. Diese erstaunliche Produktion findet in den wichtigsten Geschlechtsorganen des Mannes, den Hoden (Testikel) statt. Sie hängen am unteren Bauch in einem Beutel, den wir Hodensack nennen. In jedem Hoden gibt es eine komplizierte Anordnung von geschlungenen Röhren, den Samenkanälchen. In diesen Kanälchen vermehren und entwickeln sich fortwährend Samenzellen, etwa 300 Millionen pro Tag. Sie werden dadurch gebildet, dass sich eine Keimzelle in der Wand eines Kanälchens teilt. Eine Samenzelle benötigt dann etwa sechs Wochen, bis sie ausgewachsen ist und ihre Kaulquappenform bekommt. Innerhalb dieser Zeit bewegt sie sich vom Rand des Kanälchens in die Mitte, zusammen mit Millionen anderer Samenzellen. All diese Vorgänge werden vom wichtigsten männlichen Hormon, dem Testosteron, gesteuert.

Geschlechtsorgane

Im Unterschied zu den Frauen befinden sich die wichtigsten Geschlechtsorgane beim Mann außerhalb des Bauches. Vom Rumpf hängen die Hoden herab. In ihnen ist es normalerweise ein oder zwei Grad kühler als im Körper. Das erleichtert die Samenproduktion, die bei den normalen 37 °C langsamer vor sich geht. Sowohl Spermien als auch Urin gelangen durch die Harnröhre nach außen (aber nicht gleichzeitig).

Familienplanung

Verhütung bedeutet, dass die Entwicklung eines Babys, die ansonsten möglich wäre, verhindert wird. Es gibt verschiedene Methoden, die den betreffenden Personen und Situationen angepasst sind.

- Mechanische Methoden verhindern, dass die Samenzelle zum Ei gelangt. Ein Kondom, oder Präservativ, wird über den Penis des Mannes gestreift und fängt die Spermien beim Samenerguss auf.
- Das Scheidendiaphragma über dem Gebärmutterhals verhindert, dass die Samen von der Scheide in die Gebärmutter kommen.
- Chemische Methoden wie Spermizide, also Stoffe, die Samen abtöten. Können zusammen mit mechanischen Methoden verwendet werden.
- Hormonale Methoden, darunter auch die „Pille" (orale Verhütung), Injektionen und Implantate unter der Haut. Sie verändern den Menstruationszyklus, sodass ein reifes Ei nicht freigesetzt wird.
- Die Spirale (Intrauterinpessar) ist ein kleines, geformtes Stück Plastik, das ein Metall oder Hormon enthält. Es passt in die Gebärmutter. Es verhindert, dass sich ein befruchtetes Ei in der Gebärmutterwand niederlassen und wachsen kann.

Der Weg einer Samenzelle

Die reifenden Samenzellen bewegen sich langsam in die Nebenhoden, die an den Hoden anliegen. Hier bleiben sie eine Weile. Manche bewegen sich auch in den nächsten Teil der Röhre, den Samenleiter, der etwa 40 cm lang ist. Diese Millionen von Spermien, die in einer milchigen Flüssigkeit, der Samenflüssigkeit, schwimmen, können aus dem Penis, dem anderen wichtigen Geschlechtsorgan, herausgespritzt werden. Das nennt man Samenerguß. Gelangen sie nicht nach außen, sterben sie ab. Ihre Teile kommen wieder zurück in den Körper, wo Tag für Tag neue Samenzellen produziert werden, die sie ersetzen.

Das Glied (Penis) hängt vor dem Hodensack. Bei der Fortpflanzung besteht seine wichtigste Aufgabe darin, größer und härter zu werden, also zu einer Erektion zu kommen. Dann wird es in die Scheide der Frau eingeführt. Das bedeutet, dass die Spermien entlang der Harnröhre, die sich im Penis befindet, direkt in die Scheide der Frau und damit in die Nähe der Gebärmutter gelangen. So verbessern sich ihre Chancen, heil in die Gebärmutter und die Eileiter zu gelangen und ein Ei zu befruchten (siehe Seite 116).

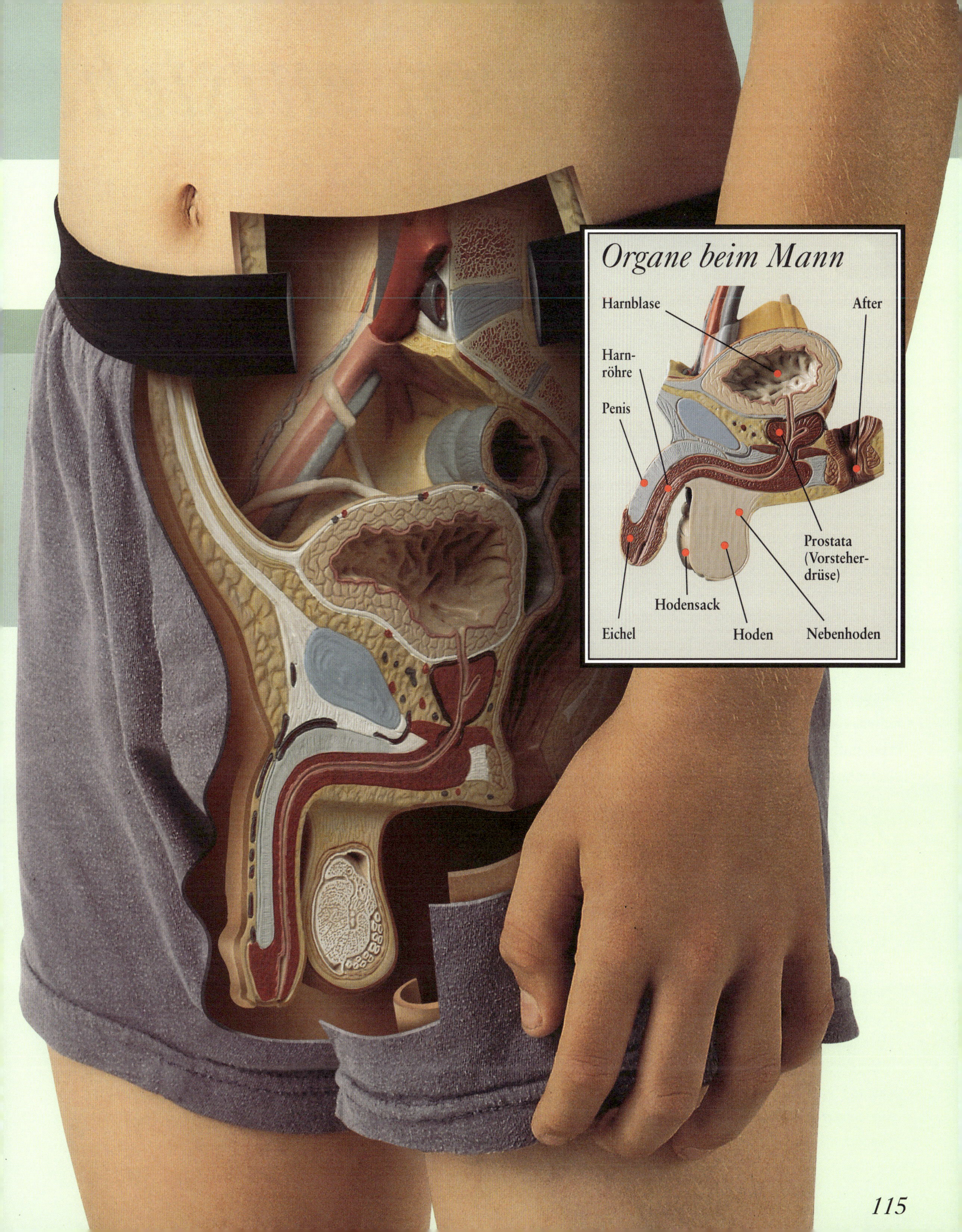
Organe beim Mann
Harnblase
After
Harn-
röhre
Penis
Prostata
(Vorsteher-
drüse)
Hodensack
Eichel
Hoden
Nebenhoden

Neues Leben entsteht

EIN BABY WÄCHST NEUN MONATE LANG im Bauch der Mutter heran, bevor es zur Welt kommt. Ganz am Anfang war es nur eine stecknadelgroße Eizelle der Mutter, die sich mit einer noch kleineren Samenzelle des Vaters verbunden hat (siehe Seite 114). Im Eileiter der Mutter schwimmen die Spermien der Eizelle entgegen. Von den ursprünglichen Millionen von Zellen sind viele bereits auf dem Weg durch die weiblichen Organe abgestorben oder schwimmen in den falschen leeren Eileiter. Im richtigen Eileiter versammeln sich tausende Spermien um das reife Ei. Aber nur eine wird es befruchten.

So entsteht ein Baby

Das genetische Material des Vaters (siehe Seite 122) ist im vorderen Teil der Samenzelle enthalten. Es ist nur eine halbe Garnitur Gene, die durch eine spezielle Art der Zellteilung, die Meiose, entstanden ist, bei der Spermien (oder Eizellen) produziert wurden. Wenn sich Ei und Samenzelle verbinden, dringt das genetische Material der Samenzelle in die Eizelle ein. Es lagert sich dort neben dem halben Gensatz der Mutter ab. Die befruchtete Eizelle hat nun eine volle Garnitur Gene und kann nun daran gehen, sich von dieser Einzelzelle in Milliarden unterschiedlicher, spezialisierter Zellen zu teilen, aus denen der Mensch besteht. Zuerst, etwa 25–30 Stunden nach der Befruchtung, teilt sich die Zelle durch Mitose (siehe Seite 22) und bildet zwei kleinere, aber vollständige Zellen. Noch einmal 15–20 Stunden später teilt sich jede dieser Zellen abermals. Das wiederholt sich alle paar Stunden. Etwa fünf oder sechs Tage nach der Befruchtung hat sich das befruchtete Ei zu einer Blastozyste entwickelt, einer kleinen, dunkelfarbigen Kugel aus viel kleineren Zellen, aber es sieht noch nicht wie ein Baby aus.

Eizelle

Eine normale Eizelle hat einen Durchmesser von 120 Mikrometern (0,12 mm). Im Kern enthält sie das genetische Material der Mutter. Die wattige Schicht um den Kern heißt Zona pellucida. Die Eizelle ist normalerweise von anderen Zellen aus dem Eifollikel umgeben.

Samenzelle

Eine Samenzelle besteht aus einem Kopf, mit dem genetischen Material, einem Mittelstück mit vielen energieverarbeitenden Teilen und einem langen, biegsamen Schwanz. Die Zelle ist nur 50 Mikrometer (0,05 mm) lang, der größte Teil ist der Schwanz.

Befruchtung

Die Samenzelle, die das Ei befruchtet, hängt sich mit dem Kopf an die Oberfläche der Eizelle an. Von seiner Spitze entlässt sie ein Enzym, das einen kleinen Teil der Außenmembran der Eizelle auflöst. Das genetische Material im Kopf der Samenzelle kann nun in das Ei eindringen. Das ist der genaue Zeitpunkt der Befruchtung.

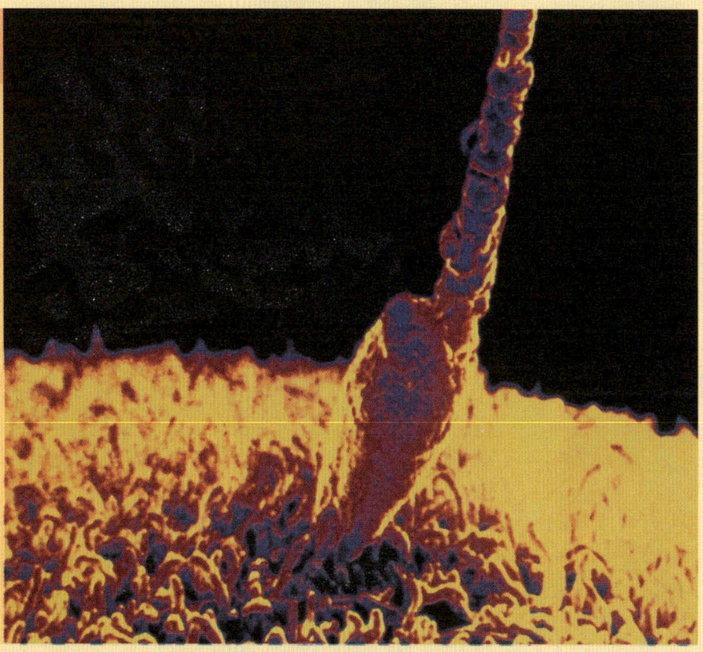

In die Gebärmutter

Während dieser Zeit treibt die Blastozyste den Eileiter entlang in die Gebärmutter. Bisher hat sie sich von den Nährstoffen in der Eizelle ernährt. Nun braucht sie aber mehr Nahrung. Sie gräbt sich in die dicke, mit Blut angereicherte Gebärmutterschleimhaut ein und entnimmt dabei den umliegenden Geweben Nährstoffe. Diesen Vorgang nennt man Implantation. Von jetzt an

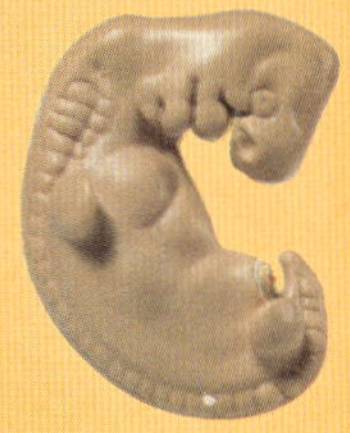

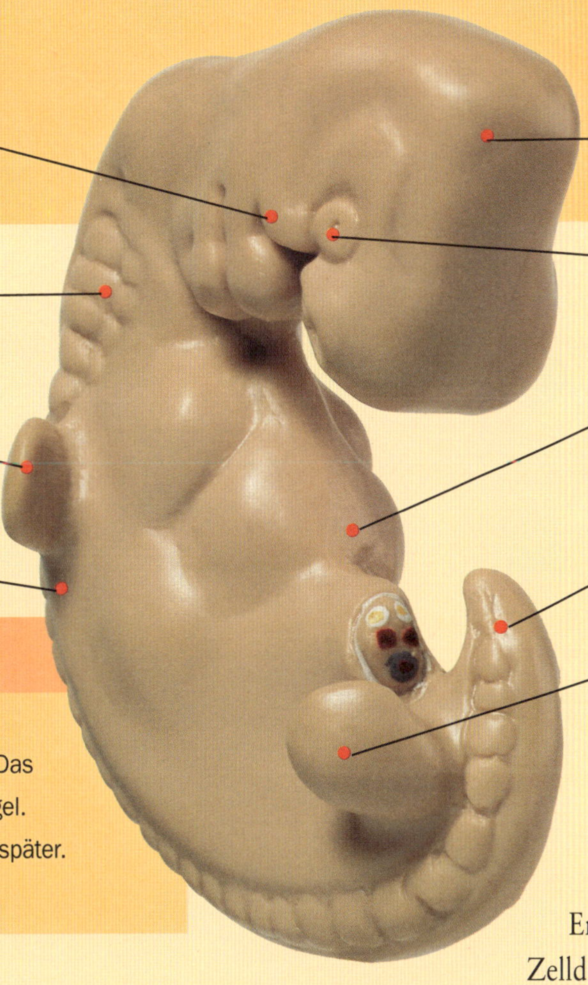

Der Embryo

Die befruchtete Eizelle teilt sich in zwei Zellen, dann in vier, acht und so weiter. Das Resultat ist die Blastozyste, eine Zellkugel. Rechts siehst du das Baby vier Wochen später. Da ist es so groß wie eine Traube.

entwickelt sich dieser neue Mensch schneller, als er es je wieder tun wird.

Der Schlüssel zu dieser frühen Entwicklung des Babys liegt in der Zelldifferenzierung. Das bedeutet, dass die Zellen bei der Teilung nach und nach ihre speziellen Formen und Aufgaben übenehmen, als Nervenzellen, Muskelzellen, Blutzellen und so weiter. Die Zellen nehmen die ihnen zugedachte Position im winzigen Körper ein. Die Anleitung für diesen unwahrscheinlich komplizierten Vorgang ist in den Genen enthalten.

Der letzte Schliff

Ein großer Teil der menschlichen Entwicklung spielt sich während der ersten zwei Monate in der Gebärmutter ab. Das Baby ist etwa so groß wie ein Daumen, sieht aber schon wie ein Mensch aus. In diesem Stadium nennt man es Embryo.

Nach etwa zwei Monaten heißt das Baby Fötus. Von jetzt an wächst es fast nur mehr und entwickelt Details wie Augenlider und Finger- und Zehennägel.

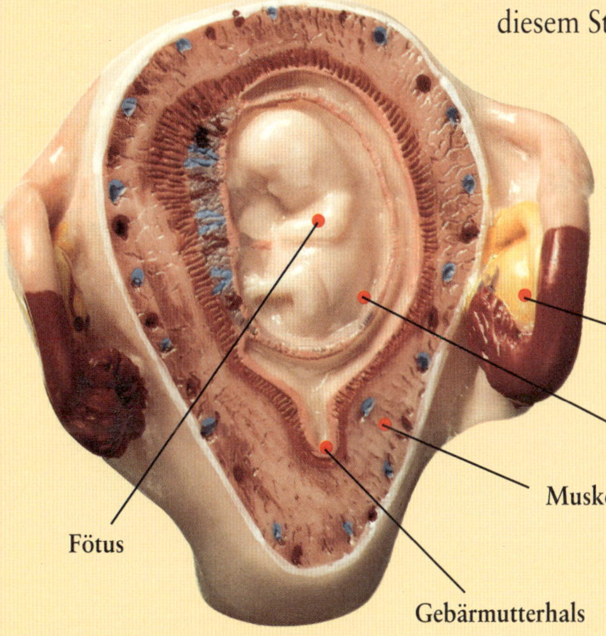

Drei Monate nach der Befruchtung sieht der Fötus schon wie ein Mensch aus.

Unfruchtbarkeit

Etwa jedes zehnte Paar, das sich ein Kind wünscht, kann aus körperlichen Gründen keines bekommen. Die moderne Medizin kann nachhelfen. Bei der „In-vitro"-Befruchtung werden der Mutter eine reife Eizelle und dem Vater Samenzellen entnommen und in einem Reagenzglas vermischt, sodass die Eizelle befruchtet werden kann. Dann wird sie in die Gebärmutter der Frau eingesetzt und kann sich normal entwickeln. Es gibt auch andere Methoden, wie etwa Hormone oder Injektionen, die dazu führen, dass die Eierstöcke der Frau zusätzliche reife Eier freigeben und damit die Chance einer Befruchtung erhöhen.

Geboren werden

BEVOR DAS MIKROSKOP erfunden war, glaubte man, dass der menschliche Körper schon von Anfang an voll ausgeformt ist, dass er aber einfach noch zu klein für das Auge ist. Mittlerweile wissen wir, dass sich der Körper nach und nach aus der Blastozyste entwickelt, einer Kugel aus Zellen, die alle gleich aussehen. Nach neun Monaten ist der Fötus stark genug, um geboren zu werden. Die kräftigen Muskeln in der Gebärmutterwand ziehen sich stark zusammen und drücken das Baby zum Gebärmuttehals hinaus. Hier entspannen sich die Muskeln, und das Kind wird durch die Vagina, den Geburtskanal, nach außen gepresst.

Der lebenserhaltende Mutterkuchen

Das Baby ist in der Gebärmutter von einer Flüssigkeit umgeben. Es kann nicht alleine atmen oder essen. Es erhält Sauerstoff und Nahrung über ein scheibenförmiges Organ in der Gebärmutterwand, den Mutterkuchen (Plazenta). Das Baby ist über die Nabelschnur mit dem Mutterkuchen verbunden, die das Blut vom und zum Baby transportiert. Vom Mutterkuchen werden Nährstoffe und Sauerstoff vom Blut der Mutter auf das Blut des Kindes übertragen.

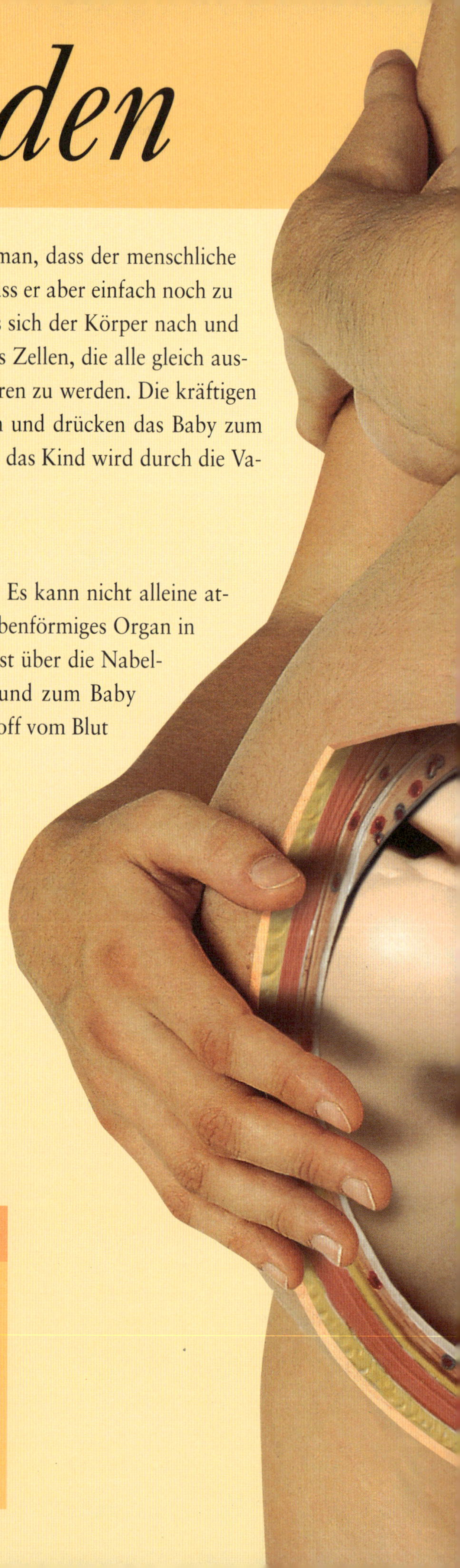

Die Geburt

Nach der Geburt des Babys löst sich die Plazenta von der Gebärmutterwand und wird über den Geburtskanal ausgeschieden. Das Baby macht seine ersten Atemzüge und vielleicht die ersten Schreie, um die Luftwege zu öffnen und sie von Flüssigkeit und Schleim zu befreien. Die Geburt kann beim ersten Kind 12 Stunden und länger dauern. Danach müssen sich Mutter und Baby ausruhen, sich erst einmal kennen lernen. Vielleicht trinkt das Baby auch schon ein wenig Milch von der Brust der Mutter.

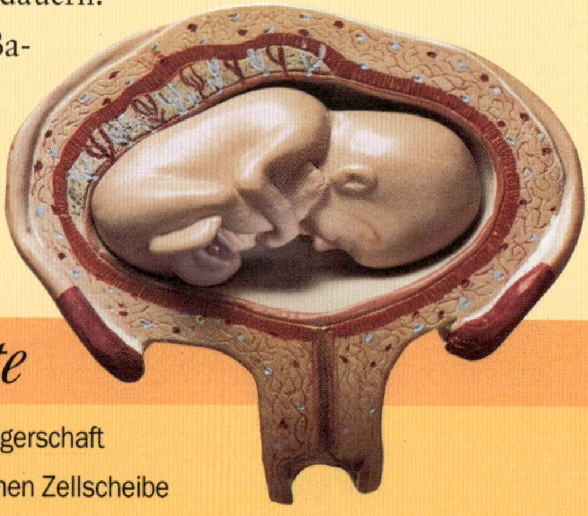

Noch fünf Monate

In den ersten vier Monaten der Schwangerschaft entwickelt sich das Baby von einer flachen Zellscheibe über eine wurmähnliche Gestalt nach und nach zu einem Menschen. Die Gliedmaßen sind am Anfang nur kleine Lappen, aus denen im Laufe der Zeit Arme und Beine werden. Zu diesem Zeitpunkt wachsen gerade die Finger- und Zehennägel. Das Baby ist jetzt ungefähr 10–12 cm lang. Es liegt seitlich in der Gebärmutter. Diese Position nennt man Querlage.

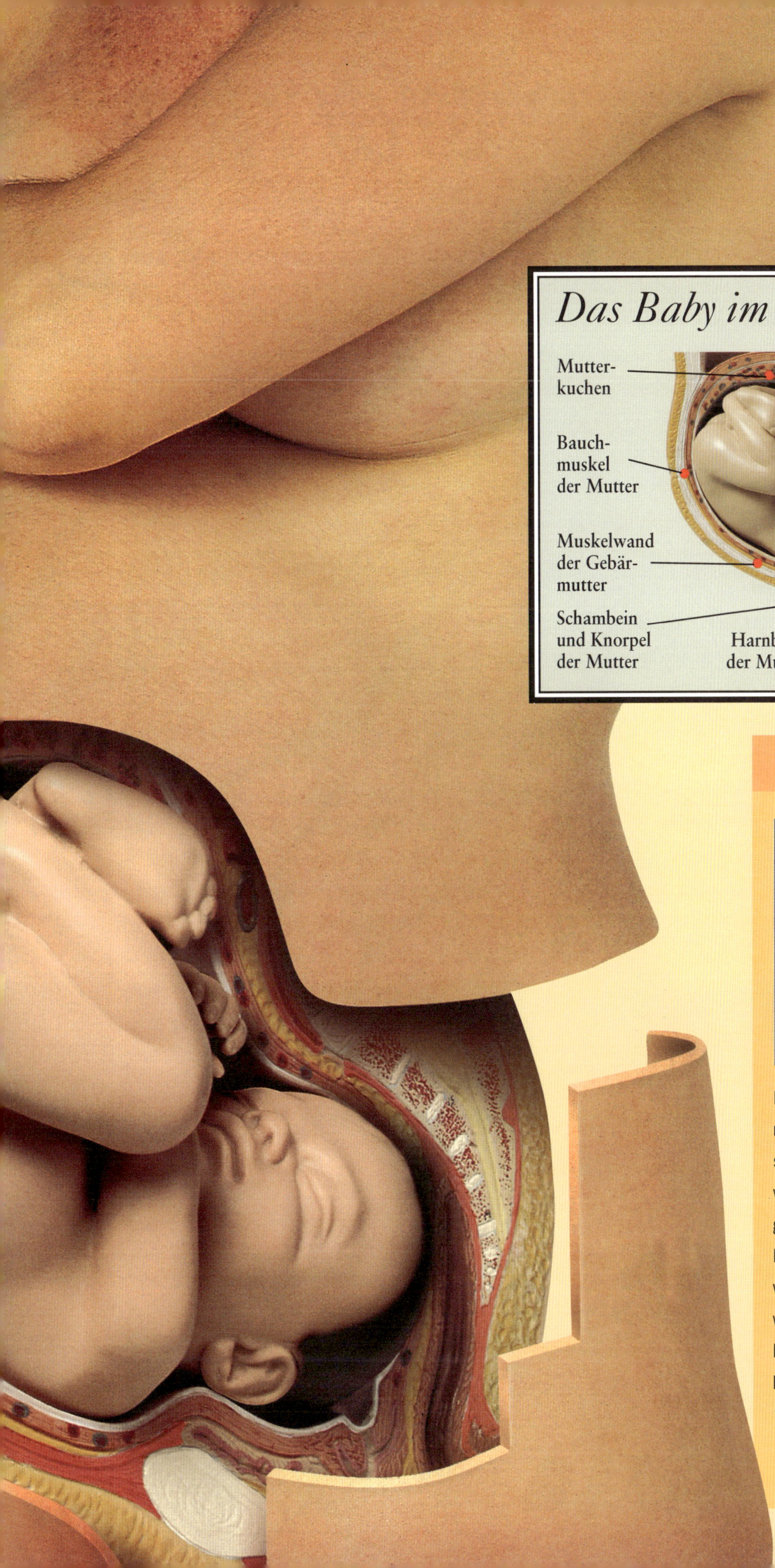

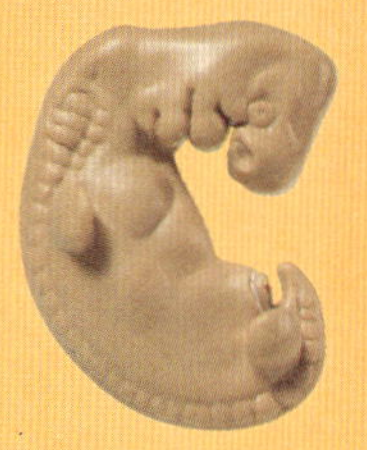

Das Baby im Bauch der Mutter

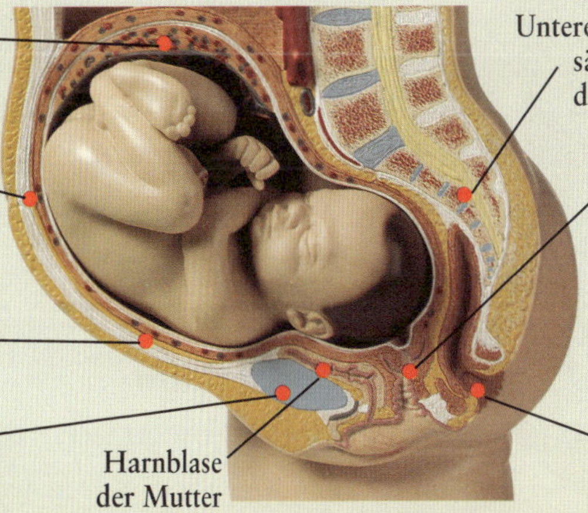

Ultraschall

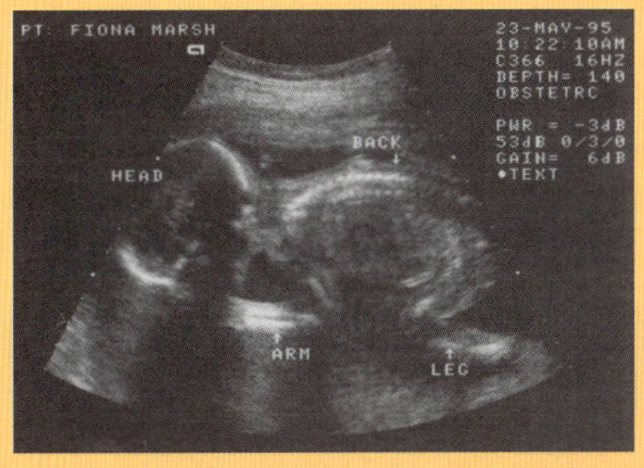

In manchen Länder werden Schwangere regelmäßig untersucht, um zu sehen, ob sie gesund sind und sich das Baby normal entwickelt. Dabei wird auch eine Ultraschalluntersuchung gemacht, normalerweise in der 15.–20. Woche. Harmlose, unhörbare, sehr hohe Schallwellen werden in den Körper der Mutter geschickt. Sie werden von Flüssigkeit, Haut, Muskeln und Knochen auf verschiedene Weise reflektiert. Eine Sonde nimmt diese Echos auf, ein Computer analysiert sie und überträgt die Daten auf einen Monitor. Dabei entsteht ein Bild des Babys in der Gebärmutter.

Erwachsen werden

DER MENSCHLICHE KÖRPER DURCHLÄUFT viele Entwicklungsstufen. In den ersten Jahren lernen die Babys vor allem körperlichen Fertigkeiten. Normalerweise werden die Stufen alle in derselben Reihenfolge durchlaufen, wenn auch die Zeitpunkte variieren können. Die meisten Babys können sitzen, bevor sie krabbeln, und krabbeln, bevor sie gehen. Manchmal lässt ein Kind auch eine Stufe aus oder erreicht sie zu früh oder zu spät. Das ist nicht weiter tragisch. In den meisten Ländern werden die Kinder regelmäßig untersucht. Dabei werden die Kinder abgemessen und gewogen, und Augen, Gehör, Herzschlag, Atmung und andere Körperfunktionen überprüft. Dadurch können gesundheitliche Probleme so früh wie möglich entdeckt und beseitigt werden.

In der Schule

Später konzentriert sich die Entwicklung auf geistige Fähigkeiten. Wir gehen mindestens 10 Jahre lang in die Schule. Am Anfang lernen wir Lesen, Schreiben und Rechnen. Später dringen wir zu schwierigeren Dingen vor, etwa Fremdsprachen, Mathematik, Geisteswissenschaften, Naturwissenschaften und Kunst. Viele Kinder interessieren sich für Sportarten, Spiele und andere Hobbys. Manche entwickeln auf einem dieser Gebiete große Begeisterung und Fertigkeit, etwa beim Schach, Dauerlaufen bis hin zu Computerspielen.

Seine Persönlichkeit entwickeln

Nach eine Weile, meist ohne es zu merken, beginnen wir, über das Leben selbst Erfahrungen und Wissen anzusammeln. Biologisch gesehen gehört die Menschenart Homo sapiens zusammen mit den Menschenaffen, Schimpansen und Gorillas, zur Gruppe der Primaten. Die Mehrzahl dieser Lebewesen sind soziale Wesen, sie leben mit anderen zusammen. Manche Anthropologen studieren das Sozialverhalten der Primaten, um zu sehen, ob – und wie – sich daraus Rückschlüsse auf den Menschen ziehen lassen, der ja bekanntlich ein viel komplizierteres Lebewesen ist.

Im Alter von etwa 10 Jahren beginnt eine Phase raschen körperlichen Wachstums.

Entwicklungsstufen

Die meisten Kinder entwickeln gewisse körperliche und geistige Fähigkeiten in der gleichen Reihenfolge, aber nicht zur gleichen Zeit. Die unten aufgelisteten Zeiten sind Durchschnittswerte. Viele Babys und Kinder erreichen die Entwicklungsstufen früher oder später, was normalerweise keine Folgen hat.

- **6 Wochen:** lächeln
- **3 Monate:** auf dem Bauch liegend Kopf und Schultern heben
- **5 Monate:** vom Bauch auf den Rücken drehen
- **7 Monate:** ohne viel Hilfe aufrecht sitzen bleiben, nachdem es hochgezogen wurde
- **7 Monate:** bedeutungslose Babylaute hervorbringen
- **8 Monate:** sich selbständig aufsetzen
- **10 Monate:** krabbeln
- **12 Monate:** kurz aufrecht stehen
- **15 Monate:** selbständig gehen
- **18 Monate:** einfache Worte formulieren und richtig anwenden
- **20–24 Monate:** Darmbewegungen kontrollieren
- **24 Monate:** einfache Sätze bilden
- **24–28 Monate:** den Harnfluss während des Tages kontrollieren
- **36–48 Monate:** den Harnfluss auch während der Nacht kontrollieren

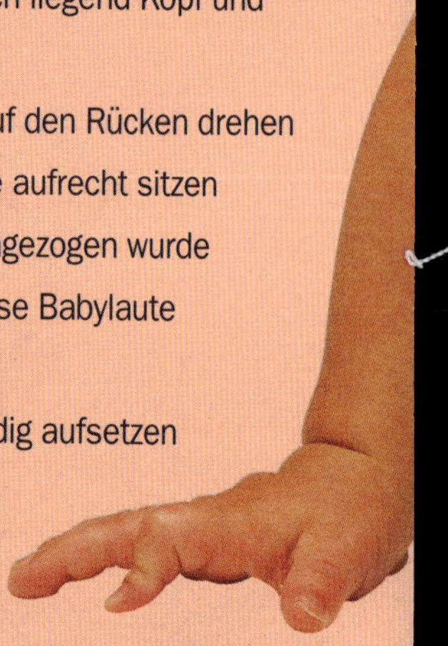

Brust statt Frust

Wie alle neugeborenen Säugetiere ernährt sich auch ein Menschenbaby von Muttermilch. Sie hat die richtige Temperatur und enthält Nährstoffe und Antikörper, um Infektionen abzuwehren. Die Ansichten über diese natürlichste Handlung von uns Säugetieren sind jedoch unterschiedlich. Sie haben sich entsprechend dem Zeitgeist verändert. Außerdem werden sie auch von den jeweiligen Lebensumständen beeinflusst, etwa gesundheitlichen Problemen oder Berufstätigkeit der Mütter. Manche Babys bekommen gleich von Anfang an nur die Flasche. Andere werden mit vier Monaten von der Mutterbrust entwöhnt, wieder andere mit einem Jahr. In einigen Ländern bekommen die Kinder sogar bis zu einem Alter von drei oder vier Jahren die Brust.

In der Familie und später unter Freunden erlernen Kleinkinder Verhaltensmuster: was erlaubt ist und was nicht, wann es brav ist und wann schlimm. Sie bauen Beziehungen auf. Auch in der Schule läuft eine soziale Erziehung ab. Cliquen entstehen, die Kinder müssen auf dem Schulhof oft kleinere Kämpfe ausfechten, werden mit Treue, Untreue, Gruppendruck oder Einschüchterung konfrontiert und machen viele andere prägende Erfahrungen.

- **4–5 Jahre:** hüpfen und springen. Die weitere Entwicklung hängt davon ab, wie viel das Kind von seiner Umgebung lernt, zum Beispiel:
- **5 Jahre:** einfache Sätze lesen
- **5–6 Jahre:** ein Strichmännchen zeichnen
- **6 Jahre:** einfache Sätze schreiben

Aus Kindern werden Leute

Nach den Jahren der Pubertät und des Heranwachsens werden aus Kindern langsam erwachsene Menschen. Die meisten Menschen sind mit 20 Jahren körperlich voll ausgereift. Viele müssen noch soziale Fähigkeiten und Verhaltensformen erlernen. Sie können die Tradition, in der sie aufgewachsen sind, annehmen oder ablehnen und sie durch neue Weltanschauungen ersetzen. Die „Weisheit des Alters", die auf jahrzehntelange Erfahrung und Jahre des Lernens gründet, ist hier noch weit entfernt.

Buch des Lebens

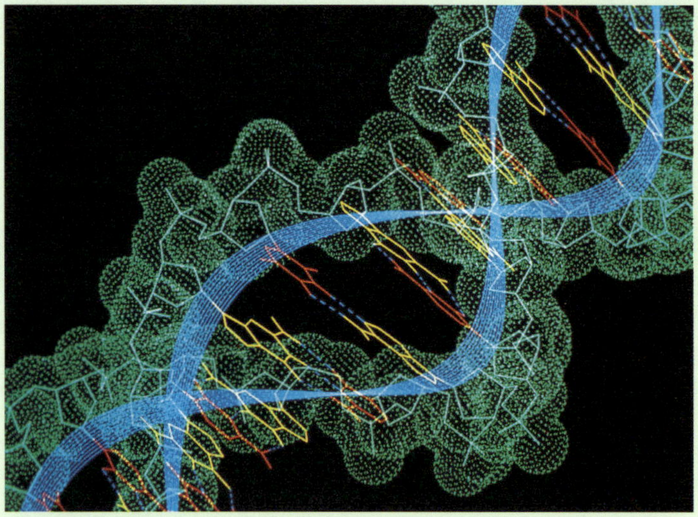

Das Computerbild der DNS zeigt zwei Stränge (blau), die durch Paare aus Untereinheiten verbunden sind: Guanin (G) und Adenin (A) in Gelb und Thymin (D) und Cytosin (C) in Rot.

IM JAHR 1953 ENTDECKTEN zwei Wissenschafter, Francis Crick und James Watson, die Struktur der DNS, des „Moleküls des Lebens". Auf seiner ganzen Länge weist die DNS Muster von vier Untereinheiten (siehe Glossar) auf, die mit den Buchstaben A, T, G und C gekennzeichnet werden. Die Anordnung (Sequenz) dieser Einheiten ist unterschiedlich, und das ist der Schlüssel. Die Unterschiede sind so, wie wenn du die Buchstaben des Alphabets beim Schreiben von Wörtern und Sätzen neu anordnest. Die DNS ist also die chemische Version einer schriftlichen Gebrauchsanweisung, auch wenn sie nur vier Buchstaben hat und nicht 26 wie unser Alphabet.

Dieses „DNS-Buch" enthält alle notwendigen Informationen, um ein Wesen zu bauen und am Leben zu erhalten. Alle lebenden Organismen, egal ob Amöbe, Mücke, Seetang, Gänseblümchen, Eichen oder Menschen, haben ihr eigenes DNS-Buch.

Ein Gen ist wie ein Satz in diesem Buch. Es enthält die Bauanleitung für eines der tausenden Moleküle im Körper, etwa Kreatin für die Haut oder Hämoglobin für die roten Blutkörperchen. Insgesamt enthält das menschliche DNS-Buch zwischen 100 000 und 200 000 Gene. Sie sind aufgeteilt, wie die einzelnen Bände einer Enzyklopädie. Jeder dieser „DNS-Bände" nennt sich Chromosom und ist eine winzige, fadenähnliche Struktur im Inneren eines Zellkerns.

So gelangt die DNS in die Zellen

Ein kompletter Satz menschlicher Gene enthält 46 Chromosomen, 23 aus der Eizelle der Mutter und 23 aus der Samenzelle des Vaters. Jedes Mal, wenn sich eine Zelle durch Mitose teilt (siehe Seite 22), wird jedes Stück DNS in jedem Chromosom kopiert. Das bedeutet, dass jede Zelle in ihrem Kern alle 46 Chromosomen und damit alle Gene enthält. Die Zellen erhalten ihre unterschiedlichen Aufgaben und äußeren Merkmale dadurch, dass nicht alle dieser Gene aktiv sind. Einige Zellarten, wie etwa die roten Blutkörperchen, haben keinen Kern mehr und enthalten keine Gene. Wenn sich Samen- oder Eizellen teilen, so tun sie das durch Meiose (sie-

Das Buch verstehen

Heutzutage arbeiten viele Wissenschafter daran, die gesamte genetische DNS-Gebrauchsanweisung zu entschlüsseln. Dieses weltweite Projekt wird von der Organisation HUGO (Humane Genome Organisation) koordiniert (Genom ist ein voller Satz Gene in einem Lebewesen). Wissenschafter versuchen, auch Gene zu identifizieren, die Krankheiten hervorrufen. Mehr als 100 Krankheiten, wie etwa verschiedene Muskelschwunderkrankungen, werden von fehlerhaften Genen hervorgerufen, und wieder andere, zum Beispiel Brustkrebs, sind eng mit bestimmten Genarten verbunden.

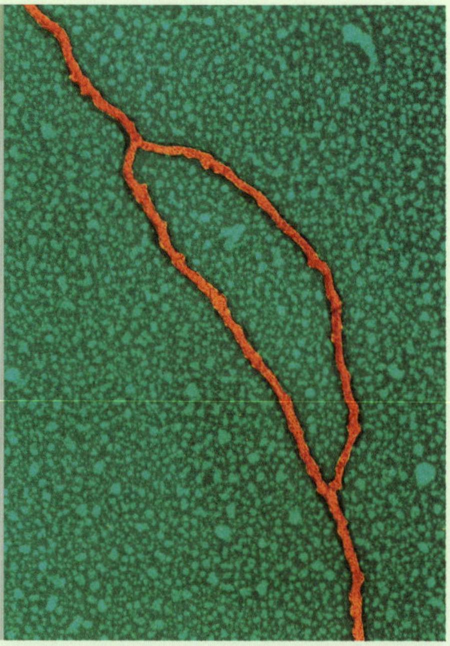

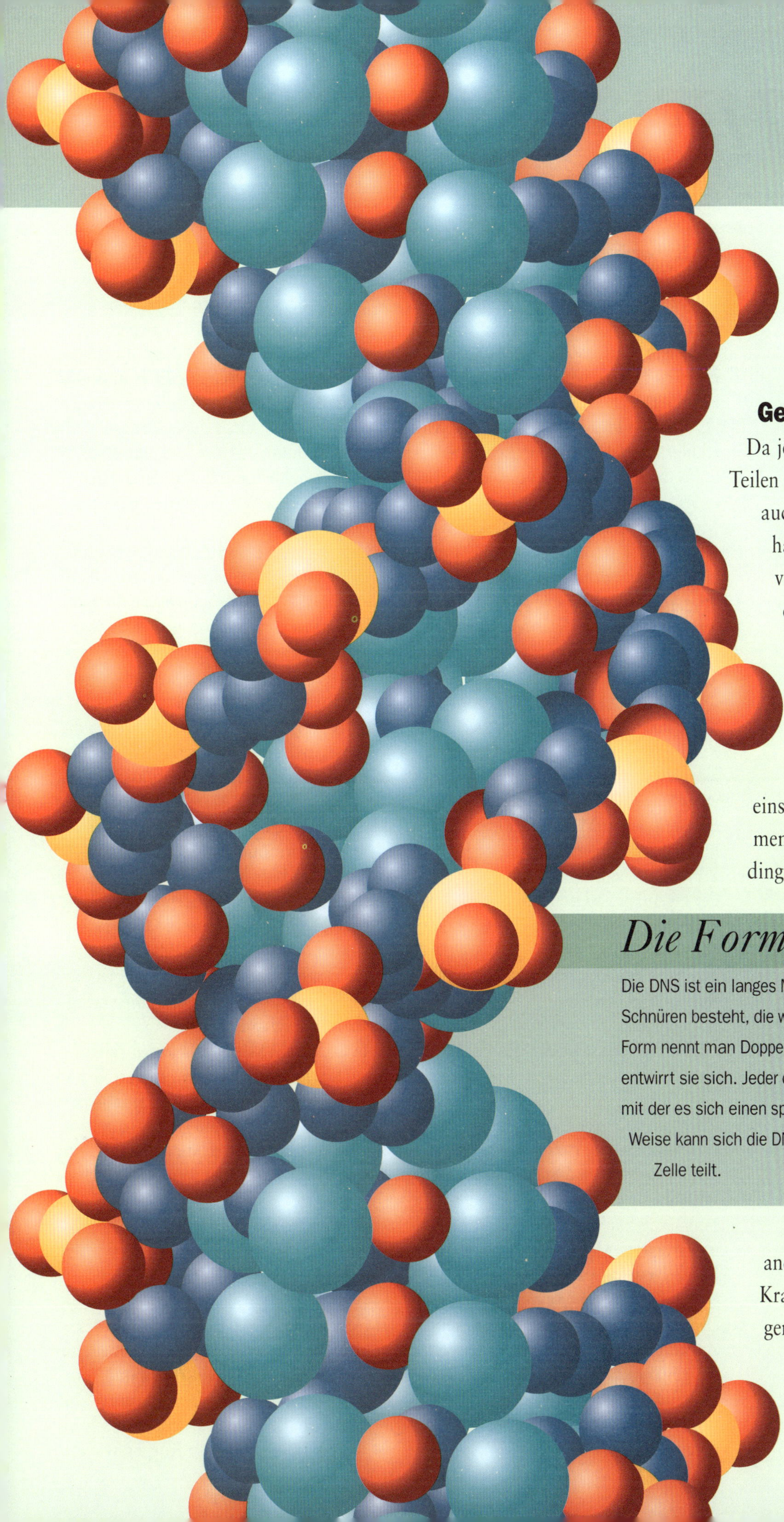

he Seite 116). Dadurch wird die Zahl an Chromosomen in einem Ei und einem Spermium auf die Hälfte, also 23, reduziert.

Genetisches Erbe

Da jeder Mensch seine Gene zu gleichen Teilen von Vater und Mutter erhält, erbt er auch einige ihrer Eigenschaften. Deshalb liegen bestimmte Eigenheiten, von der Größe bis zur Haarfarbe, in der Familie. Die Mischung ist aber nicht genau halbe-halbe. Die Gene verbinden sich auf sehr komplizierte Weise. Manchmal werden sie auch nicht richtig kopiert, also können sich Veränderungen einschleichen. Außerdem lebt jeder menschliche Körper unter eigenen Bedingungen, isst anderes Essen, hat ein

Die Form der DNS

Die DNS ist ein langes Molekül, das aus zwei gewundenen Schnüren besteht, die wie bei einem Seil verbunden sind. Diese Form nennt man Doppelhelix. Wenn sich eine Zelle teilt, so entwirrt sie sich. Jeder der beiden Teile wird zu einer Gussform, mit der es sich einen spiegelgleichen Partner schafft. Auf diese Weise kann sich die DNS selbst kopieren, wann immer sich eine Zelle teilt.

anderes Umfeld und bekommt andere Krankheiten. Wir gehen auch unsere eigene geistige und soziale Entwicklung durch. Wir erben eine Mischung körperlicher Eigenschaften von unseren Eltern, sind aber dennoch einzigartig.

Glossar

Dieses Glossar erklärt Begriffe, die im Buch vorkommen. *Kursiv* gedruckte Wörter sind eigens erklärt.

ANTIKÖRPER: ein winziges Teilchen, das der Körper als Reaktion auf Infektionen bildet. Antikörper hängen sich an feindliche Keime und andere Fremdkörper oder attackieren sie.

AORTA: das größte und dickste Blutgefäß. Sie ist die Hauptschlagader, die sauerstoffreiches Blut von der linken Herzseite wegtransportiert, sich in kleinere Gefäße aufteilt und das Blut in den ganzen Körper befördert.

ARTERIE: Schlagader; ein großes, starkes Blutgefäß mit dicken Wänden, das Blut unter hohem Druck vom Herz wegtransportiert. Eine Arterie verästelt sich öfter und bildet dabei Blutgefäße oder *Kapillaren.*

ATMUNG: das Ein- und Ausatmen; weiters der chemische Prozess, bei dem Energie aus Traubenzucker gewonnen wird, um die Arbeit der Zelle voranzutreiben (Zellatmung).

ATOM: das kleinste Teilchen eines chemischen Elements, das alle chemischen Eigenschaften dieses Stoffes in sich hat. Mehrere Atome bilden *Moleküle.* Atome bestehen aus kleinsten Elementarteilchen, nämlich Protonen, Elektronen und Neutronen.

AUSSCHEIDUNG: das Abladen von Abfällen, Nebenprodukten und unerwünschten oder überschüssigen Substanzen. Die wichtigsten Ausscheidungsorgane im Körper sind die Nieren (erzeugen *Harn*), die Leber (sondert unerwünschte Salze und Chemikalien aus), die Haut (gibt Wasser und Salz ab) und die Lunge (scheidet Kohlendioxid und Wasser aus).

BAND: ein fester, elastischer, gurtähnlicher Teil, der die Knochen mit einem Gelenk verbindet. Er verhindert, dass sich das Gelenk zu sehr beugt oder auseinander springt.

DNS: Desoxyribonucleinsäure; ein riesiges Molekül, das die Form einer Doppelhelix (ähnlich einem Korkenzieher) hat. Es enthält die chemischen Informationen, die die *Gene* brauchen, um einen Körper zu bauen und am Leben zu erhalten.

EIWEISS: auch Protein; eine wichtige Molekülgruppe, die bei allen Lebewesen vorkommt. Sie kommt normalerweise in Stützteilen von Zellen, Knochen, Muskeln und anderen Körperteilen vor. *Enzyme* sind auch Proteine. Eine ausgewogene Ernährung sollte tierisches und pflanzliches Eiweiß enthalten, die der Körper während der Verdauung zersetzt und in seine eigenen Teile einbaut.

ENDOKRINES SYSTEM: die Hormondrüsen und die *Hormone,* die sie erzeugen, die die vielen längerfristigen Körperprozesse und Tätigkeiten wie etwa Wachstum, Zuckergehalt im Blut, den weiblichen Menstruationszyklus und die Schwangerschaft steuern.

ENZYM: ein chemischer Stoff, der Veränderungen bei anderen Chemikalien beschleunigt (oder verlangsamt). Es gibt tausende Enzyme im Körper, von denen jedes eine bestimmte chemische Reaktion kontrolliert.

GEN: eine Anleitung oder ein „Entwurf" für die Herstellung oder das Funktionieren eines Körperteiles. Ein Gen ist ein Abschnitt auf der *DNS* und enthält Informationen für die Bildung eines Proteins. Der Mensch hat etwa 100 000 – 200 000 Gene.

GEWEBE: eine Gruppe, Schicht oder Ansammlung ähnlicher Zellen, die zusammenarbeiten. Muskelzellen bilden Muskelgewebe und Nervenzellen (Neuronen) bilden Nervengewebe.

GLUKOSE: Traubenzucker, die einfachste Zuckerform. Wird aus verdautem Essen gewonnen und durchläuft als Blutzucker den Körper, der daraus die Energie für die Vorgänge in seinem Inneren gewinnt.

HÄMOGLOBIN: ein Stoff im Blut, der Sauerstoff „mag". Es hängt sich an den Sauerstoff in den Lungen an und transportiert ihn in alle Körperteile, wo er der Zell*atmung* dient. In jedem roten Blutkörperchen gibt es ungefähr 270 Millionen Hämoglobinmoleküle.

HARN (URIN): eines der wichtigsten Abfallprodukte des Körpers, entsteht hauptsächlich durch die Zersetzung von *Eiweiß.* Wird über den Urin ausgeschieden.

HOMÖOSTASE: ein Zustand, wo alles konstant bleibt; ist der übergeordnete Begriff für alle Vorgänge, die die Bedingungen im Körper, wie etwa Wärme, Feuchtigkeit und die Vorkommen verschiedener Chemikalien, gleichbleibend halten.

HOMO SAPIENS: „weiser Mensch", die wissenschaftliche Bezeichnung für die menschliche Rasse; sie umfasst alle Menschen.

HORMON: ein chemischer Stoff, der von einer Hormondrüse produziert wird, über das Blut in den ganzen Körper gelangt und einen Körperprozess steuert. Die Hormone Insulin und Glukagon, die in der Bauchspeicheldrüse produziert werden, kontrollieren die Glukosewerte im Blut und damit die verfügbare Energiemenge.

HYPOTHALAMUS: ein kleiner Teil im unteren, vorderen Hirn; steuert Grundinstinkte und -bedürfnisse des Körpers wie etwa Hunger und Durst, Emotionen wie Furcht, Freude und Wut, sexuelle Instinkte und automatische Körperprozesse wie Verdauung und Körpertemperatur.

IMMUNISIERUNG: Vorgang, um gegen etwas immun oder geschützt zu werden.

IMMUNSYSTEM: das System, das den Körper vor eindringenden Keimen, anderen infektiösen Mikroben und verschiedenen Krankheiten, darunter einigen Arten von Krebs, schützt. Es beinhaltet Teile im ganzen Körper, wie et-

wa die weißen Blutkörperchen, die Lymphknoten („Drüsen“) und den Thymus. Eine Methode der Verteidigung ist die Produktion von *Antikörpern.*

IMPFUNG: ein Vorgang, bei dem ein Impfstoff in den Körper eingeführt wird, um ihn vor Krankheiten zu schützen oder zu *Immunisieren.*

INOKULATION: dem Körper einen Impfstoff oder eine ähnliche Substanz zuführen, um ihn immun zu machen und vor einer Infektion zu schützen. Kann in Form einer *Impfung* oder Spritze vor sich gehen.

JOULE: die Einheit zum Messen von Energie oder Arbeit. In Ruhe verbraucht ein Mensch ungefähr 3–5 kJ (Kilojoule oder 1000 Joule) pro Minute. Der Energiegehalt von Nahrungsmitteln wird auf der Packung in Joule angegeben. *Kalorie* ist eine ältere Einheit (kcal oder 1000 Kalorien).4,2 kJ = 1 Kalorie.

KALORIE: siehe Joule.

KAPILLARE: das kleinste Blutgefäß; es ist dünner als ein Haar und normalerweise kürzer als 1 mm. Im ganzen Körper gibt es Millionen von ihnen. Sie zweigen sich von Ästen der *Arterien* und *Venen* ab.

KARDIOVASKULÄR: das Herz (cardio-) und das Netz aus Blutgefäßen, den Blutkreislauf betreffend.

KLEINHIRN: kleiner, faltiger Hirnteil, liegt in der hinteren Schädelgrube; koordiniert die Muskeln und ihre Bewegungen.

KNORPEL: eine blasse, glänzende, glatte, leicht matschige und widerstandsfähige Substanz; federt Stöße ab und vermindert die Reibung in den Gelenken; bildet auch den elastischen Rahmen für Körperteile wie Ohr, Nase oder Stimmbänder.

KREISLAUF: alles, was rundherum geht. Das wichtigste Kreislaufsystem des Körpers ist der Blutkreislauf durch das Herz und die Blutgefäße. Auch die *Lymphe* fließt regelmäßig durch den Körper, ebenso wie die zerebrospinale Flüssigkeit im Gehirn.

LYMPHE: eine blasse Flüssigkeit, die sich zwischen den Zellen ansammelt, langsam in den Lymphgefäßen durch den ganzen Körper fließt und schließlich in den Blutkreislauf mündet.

MEMBRAN: eine dünne, sackähnliche Haut, die etwas bedeckt oder auskleidet. Eine Zellmembran ist wie ein Sack rund um eine *Zelle.* Die buccale Membran deckt das Innere der Wange ab.

MENSTRUATION: ein regelmäßig wiederkehrender Blutfluss von der Gebärmutter bei weiblichen Säugetieren, darunter auch beim Menschen. Sie ist Teil des Menstruations- oder Fortpflanzungszyklus und wird auch Regel oder Periode genannt.

MINERAL: ein anorganischer (nicht lebendiger) Stoff, den wir brauchen, um zu wachsen und gesund zu bleiben. Mineralien sind sehr wichtig für viele Körperfunktionen. So etwa Kalzium für kräftige Knochen und Zähne oder Eisen für gesundes Blut.

MOLEKÜL: ein Teil, der aus mindestens zwei *Atomen* gebildet wird. Sauerstoff in der Luft ist ein sehr kleines Molekül aus zwei Sauerstoffatomen, O_2. Die *DNS* ist ein gigantisches Molekül, das aus tausenden Atomen besteht.

MUSKEL: ein Körper*gewebe*, das darauf spezialisiert ist, sich zusammenzuziehen. Der Körper hat etwa 600 Muskeln, die seine Knochen bewegen (willkürliche Muskulatur) und sein Herz, seinen Darm und andere innere Organe antreiben (unwillkürliche Muskulatur).

NÄHRSTOFF: jede Substanz, die der Körper für das Wachstum, seine Lebensprozesse, seine Wartung und Reparatur benötigt; kommt normalerweise über die Nahrung in den Körper.

ORGAN: ein wichtiger Körperteil, der eine wesentliche Aufgabe zu erfüllen hat; etwa Herz, Gehirn, Leber oder Darm.

PERISTALTIK: Wellen von Muskelbewegungen, die Stoffe in einer Richtung durch eine Röhre im Körper drücken, etwa geschlucktes Essen in der Speiseröhre (Ösophagus), verdaute Nahrung im Darm, Urin im Harnleiter und Eizellen im Eileiter.

PLASMA: die blasse, gelbliche Flüssigkeit, die etwa die Hälfte des Blutes ausmacht. Es enthält hunderte gelöster Stoffe, darunter Zucker, Salze, Mineralien und Hormone.

PRIMATEN: eine Unterordnung der *Säugetiere,* zu der auch der Mensch gehört. Zu den Primaten gehören Affen, wie etwa Schimpansen und Gorillas, Affen und Halbaffen.

SÄUGETIERE: eine große Gruppe von ungefähr 4000 verschiedenen Arten. Ein typisches Säugetier ist ein Wirbeltier, hat warmes Blut, Haare oder Fell, und die Kleinen werden mit Muttermilch gefüttert. Fledermäuse, Ratten, Katzen, Hunde, Schweine, Wale, Seehunde, Kängurus und Menschen sind Säugetiere.

SEHNE: ein starker, spitz zulaufender, seilähnlicher Teil am Ende eines *Muskels.* Sie verbindet den Muskel fest mit dem Knochen oder einem anderen Körperteil, sodass ihn der Muskel bewegen kann.

STOFFWECHSEL: auch Metabolismus; der übergeordnete Name für tausende chemischer Veränderungen und Reaktionen, die sich Sekunde für Sekunde im Körper abspielen.

VENE: eine großes, dünnwandiges, schlappes Blutgefäß, das Blut zum Herzen zurücktransportiert. Venen werden gebildet, wenn viele *Kapillaren* zusammenkommen.

ZELLE: die kleinste lebensfähige Einheit. Ein Keim, wie etwa eine Bakterie, ist eine Zelle. Im menschlichen Körper finden sich Billionen verschiedener Zellen. Normalerweise haben sie einen Durchmesser von 20–30 Mikrometern. Reihte man 40 Zellen hintereinander auf, wären sie zusammen 1 mm lang.

Register

Die *kursiv* gedruckten Seitenangaben beziehen sich auf Bildbeschreibungen.

Register

Danksagung

Der Verlag möchte sich bedanken bei: Liz Joseph, Fiona Knowles und Zoe Maggs für ihre Unterstützung beim Design; Jane Parker für den Index; Lol Henderson für inhaltliche Unterstützung; Julian Baum und Geoff Fowler für die Illustrationen; unseren Fotomodellen Mary Bartolo, Christopher Blake, Candy Day, Emma Eckersley, Heloise Evans, Billy Kebble, Christopher Keightley, Hannah und Joshua Porter, Fiona Marsh, Charlotte und Oliver Monguel, Edward Moody, Thomas New, Lian Ng, Eugenia Olavide Goya, Charlie Quinn, Kelly Richardson, Daniel Swayer, Kayleigh Swan, James White und Karen Testorf bei Paul Binhold in Deutschland; unser besonderer Dank geht an die Mitarbeiter von ESP, besonders an Jane Seamer, Peter Seamer und Diana Harmer, ohne die dieses Projekt nicht zustande gekommen wäre. Die Herausgeber möchten sich auch bei den folgenden Quellen für die freundliche Erlaubnis bedanken, Abbildungen in diesem Buch zu verwenden:

Robert Harding Picture Library; Images Colour Library/Horizon; **Rex Features; Science Photo Library**/Alex Bartel; Professor Marcel Bess; Biology Media; Dr. G. Oran Bredberg; BSIP, LECA; BSIP VEM; Dr. Jeremy Burgess; CNRI; Abteilung für klinische Radiologie, Salisbury District Hospital; A. B. Dowsett; Professor C. Ferlaud/CNRI; Simon Fraser; Adam Hart-Davis; Manfred Kage; Krassorsky/BSIP; Francis Leroy, Biocosmos; Renee Lynn; David Madison; Will & Deni McIntyre; Eammon McNulty; Professor P. Motta, Abteilung für Anatomie, Universität „La Sapienza", Rom; den Professoren P. Motta, G.Macchiarelli, C. Caggiati & F. M. Magliocca; den Professoren P. Motta, K. R. Porter & P. M. Andrew; Larry Mulvehill; Dr. Gopal Murti; S. Nagendra; Omikron; Alfred Pasieka; D. Philips; St. Bartholomews' Hospital; Andy Sacks; Secchi/Lecaque/Roussel/CNRI; Stanford Augenklinik; James Stevenson; Andrew Syred; Geoff Tompkins; **Tony Stone Images; Windrush/** Kevin Carlson; Michael Gore; Gordon Langsbury.

Wir haben uns bemüht, alle Quellen und Copyright-Inhaber korrekt anzuführen; der Verlag entschuldigt sich für etwaige Fehler und Auslassungen. Diese werden in den künftigen Ausgaben dieses Buches korrigiert.